A gente se vê na Parada

A gente se vê na Parada

ABDI NAZEMIAN
ARIEL F. HITZ
ARQUELANA
MARIANA CHAZANAS
PEDRO RHUAS
RYANE LEÃO

Rio de Janeiro, 2023

Copyright © 2023 por Abdi Nazemian, Ariel F. Hitz, Arquelana, Mariana Chazanas, Pedro Rhuas e Ryane Leão.

Todos os direitos desta publicação são reservados à Casa dos Livros Editora LTDA. Nenhuma parte desta obra pode ser apropriada e estocada em sistema de banco de dados ou processo similar, em qualquer forma ou meio, seja eletrônico, de fotocópia, gravação etc., sem a permissão dos detentores do copyright.

Coordenadora editorial: Diana Szylit
Editora: Chiara Provenza
Assistente editorial: Camila Gonçalves
Copidesque: Laura Pohl
Revisão: Alanne Maria e Mel Ribeiro
Projeto gráfico de miolo e diagramação: Vitor Castrillo

Dados Internacionais de Catalogação na Publicação (CIP)
Angélica Ilacqua CRB-8/7057

G21

        A gente se vê na Parada/Abdi Nazemian...[et all]. — Rio de Janeiro: HarperCollins, 2023.
        272p.

ISBN: 978-65-6005-004-4

1. Ficção Brasileira 2. Homossexualidade I. Nazemian, Abdi.

               CD BB69.3
23-2063   CD B2-3 (61)

Os pontos de vista desta obra são de responsabilidade de seus autores, não refletindo necessariamente a posição da HarperCollins Brasil, da HarperCollins Publishers ou de sua equipe editorial.

Rua da Quitanda, 86, sala 218 — Centro
Rio de Janeiro, RJ — CEP 20091-005
Tel.: (21) 3175-1030
www.harpercollins.com.br

SUMÁRIO

FOFO, por Abdi Nazemian...7

A hora certa, por Mariana Chazanas.........................53

Palavras nunca ditas, por Ariel F. Hitz.................97

A Odisseia grega
de Íris e Genevieve, por Arquelana........................135

Amo mulheres desde
que percebi o amor, por Ryane Leão......................175

O retorno triunfante
de Minah Mora, por Pedro Rhuas.............................209

Epílogo..267

Sobre os autores..269

FOFO

ABDI NAZEMIAN

TRADUZIDO POR VITOR MARTINS

Dia da Parada do Orgulho de São Paulo, 9h

OK, vocês venceram, eu sou gay. Parabéns por terem tirado
um garoto de 18 anos do armário à força, seus babacas.
Espero que estejam felizes. Já eu?
Bom... "Gay" também significa feliz, né?

Parece que tem anos em que nada acontece e dias que contêm acontecimentos de um ano inteiro. Essa é a história de um dia como esse. Tudo começou com aquele pronunciamento amargurado, que eu teria postado bem cedinho naquela padaria lotada na Haddock Lobo, em São Paulo, se não fosse a minha própria vaidade. Eu não era um cara vaidoso, mas trabalhar na TV me mudou. Comecei a pausar as cenas em que aparecia de perto e analisar os fios desgrenhados na minha cabeça, as espinhas que nem mesmo a equipe de maquiagem da emissora conseguia esconder, a curva do nariz, as olheiras profundas que não existiam antes das noites em claro decorando as falas do dia seguinte e tudo o que as pessoas jogavam sobre mim, comentavam sobre mim, fofocavam sobre mim na internet e… Bom, deu para entender.

Encarei o texto até as palavras se tornarem um borrão. Estava pronto para ver minha vida inteira explodir assim que eu tocasse no botão para publicar o texto. Já tinha escrito e reescrito a mensagem inúmeras vezes. Tinha refletido bastante se era melhor dizer que sou gay ou queer. Se dissesse "gay", será que me acusariam por não ser inclusivo? Mas se dissesse "queer", será que me acusariam de não estar sendo específico? Melhor escrever "okay" por extenso ou deixar só

"OK" mesmo? E se eu deletasse a palavra "babacas"? Mas, no fim das contas, eu gostava da mensagem. Ela dizia o que precisava ser dito: eu era gay *e* estava furioso.

Agora, só precisava de uma foto minha para acompanhar o pronunciamento. Tirei uma selfie na padaria, mas não curti a iluminação. Fez minhas olheiras parecerem profundas como crateras. Minha barba por fazer parecia uma sombra sinistra. Quando meu pai ainda era vivo e me ensinou a me barbear, aconselhou a nunca me tornar um daqueles hispters barbudos espalhados por toda Los Angeles.

— Eles podem até achar que as barbas deles são legais, mas para nós é diferente. Barba nos deixa com cara de terrorista.

Desde então, faço a barba todo dia, exceto hoje, porque saí com tanta pressa que esqueci de colocar a lâmina de barbear na mala. E a escova de dente. E a minha sanidade. Tudo o que trouxe comigo foi uma mochila arrumada às pressas e uma montanha de ansiedade.

Já conhecia o truque valioso de todo mundo que tira selfies com frequência: a melhor iluminação em locais públicos fica sempre no banheiro. Peguei a mochila, o celular e caminhei até o banheiro masculino. Eu me posicionei sob a melhor luz possível, com a câmera próxima do rosto, quando escutei o barulho da descarga. Um homem de setenta e poucos anos saiu da cabine e me encarou enquanto eu fazia biquinho para a foto. Ele balançou a cabeça, me julgando, enquanto se dirigia à pia.

Senti meu rosto ficar vermelho. Sabia muito bem como as pessoas faziam caras e bocas quando estavam posando para selfies em público. Eu e meu melhor amigo Nader sempre ficávamos zoando quem tirava a mesma fotografia de novo e de novo na esperança de que uma variação mínima pudesse deixar a foto do jeitinho que queriam.

— Desculpa — murmurei para o homem em espanhol.

Quando ele saiu, voltei para a selfie. Porém, quando estava prestes a apertar o botão, o celular tocou. Uma foto da minha mãe posando comigo apareceu na tela. É a minha foto favorita de nós dois. Ela está me segurando, ainda bebê, no braço esquerdo, e levantando uma faca com a mão direita para cortar meu bolo de aniversário. Sempre achei que aquela foto capturava perfeitamente a essência da minha mãe. Metade cuidadora, metade guerreira. Eu amava aquela mulher. Faria qualquer coisa por ela. Qualquer coisa menos atender aquela ligação. Deixei tocar, tocar e tocar. Encarei o homem forte que entrou no banheiro já com o zíper aberto enquanto se apressava até o mictório. Levei o celular ao ouvido para escutar a mensagem de voz que ela havia deixado. A voz dela, que em um dia normal já parecia estar em pânico constante, saiu do alto falante como lava explodindo de um vulcão.

— Azad *joon*, por que o seu celular está tocando como se você estivesse fora do país? Você está fora do país? Você saiu do país sem me avisar? Peraí... — Ouvi o barulho das unhas dela destrancando o nosso cofre. — Cadê seu passaporte? Por que não está no cofre? Onde você se meteu? Espere um minuto, vou te rastrear. — Depois de uma pausa, ela começa a gritar. — Você desativou o rastreio do seu celular?! Por que fez isso?! Se não me ligar agora, vou te procurar, e se eu descobrir que você não foi sequestrado nem torturado, eu mesma vou fazer isso. De uma forma lenta e brutal. Está me entendendo? — Depois de uma pausa, ela completou: — Te amo.

Deletei a mensagem rapidamente. Não aguentava a preocupação, a fúria e o amor da minha mãe. O problema dos celulares é que, assim que você começa a ler as notificações, é difícil *parar*. São projetados para isso. Conferi os e-mails que vinha ignorando enquanto o homem musculoso lavava as mãos e as secava no jeans escuro. Havia um do meu agente. Ele geralmente escrevia os e-mails com letras minúsculas, como se estivesse ocupado demais para se importar com maiúsculas, minúsculas e pontuações. Porém, aquele fora escrito inteiro em caps lock e cheio de pontuação. Ele estava irritado.

"CADÊ VOCÊ, AZAD? DESAPARECEU DO SET? QUEM VOCÊ PENSA QUE É? MARILYN MONROE? JUDY GARLAND? FUMOU ALGUMA COISA? TÁ CHAPADO? VOCÊ SABE QUE ELES PODEM MATAR SEU PERSONAGEM SE QUISEREM, NÉ? APOSTO QUE OS ROTEIRISTAS ESTÃO INVENTANDO

UM MONTE DE MANEIRAS DE MATAR A PORRA DO SEU PERSONAGEM NESTE. EXATO. MOMENTO."

Marquei o e-mail como spam.

Um garoto entrou no banheiro cantarolando uma música chiclete, entoando as palavras em voz alta como se fosse participante de um reality de competição musical.

— Foguete do tipo NASA saindo da atmosfera...

Era baixinho, com o cabelo raspado nas laterais formando um mullet moderno que, para ele, de alguma forma, funcionava. Vestia jeans e uma regata preta com uma pequena bandeira trans. Ele cantava enquanto entrava em uma das cabines. O som do xixi dele criou a trilha sonora para a mensagem de voz que Nader me mandou.

— Que porra é essa, Azad? Cadê você? Sua mãe fechou a loja pelo resto do dia. Ela está exasperada. Tô até usando palavra difícil, olha só. Eu também estou exasperado. Estou preocupado com você, tá bom? Me liga. Por favor.

Fechei os olhos para resistir à tentação de ligar, mandar áudio ou qualquer tipo de mensagem para ele. Havia mais e-mails. Mais mensagens. Mais DMs. Eu não aguentava mais. Joguei o celular dentro da mochila. O cantor mijão lavou as mãos enquanto eu respirava fundo.

Usando português em um tom gentil, ele perguntou:

— Tá tudo bem?

Respondi em espanhol:

— Sim, obrigado.

Fechei os olhos e inspirei, contido e ansioso, uma vez e depois outra. Algumas pessoas entraram e saíram rapidamente. Por fim, tirei a selfie que acompanharia a minha saída amargurada do armário. Eu estava pronto. Fui pegar o celular na mochila e...

Ele havia sumido.

Procurei no bolso da frente, nos bolsos laterais... e nada. Tudo o que eu tinha trazido — as mudas de meias e cuecas, meu diário, meu livro favorito de poemas do Rumi — estava ali. Mas nada do celular. Entrei em pânico. O celular, a coisa que me conectava a todas as coisas das quais eu precisava me desconectar, havia sumido. E, em vez de me sentir livre, me senti violado e sozinho. Agora, nem se eu quisesse ou precisasse poderia ligar para minha mãe, meu melhor amigo ou meu agente. Não poderia mais ver o que todo mundo falava sobre mim na internet.

Saí esbaforido do banheiro e voltei para a padaria, parando o garoto de mullet antes que chegasse à saída. Ele estava parado com um amigo que vestia um *harness* por cima de uma camiseta cor-de-rosa.

— Ei! — gritei.

Eles se viraram para mim.

— Oi, que foi? — perguntou o garoto de mullet.

— Você roubou meu celular? — perguntei em inglês.

Os dois se entreolharam e começaram a rir. O de mullet revirou os olhos e disse para o amigo:

— Viu só? Esses gringos são todos iguais. Metade acha que todo mundo é ladrão e quer algo deles. A outra metade é turista sexual querendo alguma coisa nossa. Para eles, a vida é uma transação. Que triste.

— Eu entendi o que você disse — respondi em inglês. — Eu só queria…

— Queria o quê? — ele perguntou com raiva. — Me revistar? Manda ver. — Ele começou a virar os bolsos da calça do avesso.

Rapidamente, me senti envergonhado da acusação, meu rosto ficou vermelho ao perceber que os olhares de todos os clientes estavam sobre mim.

— Desculpa — eu disse. — Eu acredito em você. Só… Me desculpa.

Enquanto saíam do café, o garoto de mullet voltou às músicas.

— Crazy, crazy, crazy… — ele cantou, como se a música fosse sobre mim.

Caminhei até o balcão.

— Alguém roubou meu celular — eu disse em espanhol. — Fechei os olhos por alguns segundos no banheiro, e…

— Eu não falo espanhol, mas falo inglês — disse a atendente com um sorriso. Ela vestia uma camiseta rasgada com a estampa de uma drag queen. Embaixo do rosto da drag estava o nome dela estampado com letras cobertas de glitter: Minah Mora.

— E vi que você acusou um dos nossos clientes mais fiéis. — Atrás de mim, uma fila de pessoas impacientes e desesperadas para fazerem pedidos começava a se formar. A atendente me entregou um pedaço de papel. — Escreve seu nome aqui e o endereço de onde está hospedado. Caso a gente encontre…

— Eu não… Não estou hospedado em lugar nenhum… Ainda. Eu vim pra cá de última hora. Ia até pegar um quarto de hotel, mas… — Foi aí que me dei conta de que todos os meus cartões de crédito estavam na carteira magnética grudada no celular. Meu coração acelerou. — Você pode ligar para a polícia ou algo do tipo?

Atrás de mim, a fila resmungou. A atendente deu de ombros e disse:

— Tem uma unidade móvel da polícia montada aqui perto. É só subir a rua até chegar na Avenida Paulista. Mas, sendo bem sincera, acho que eles têm coisas mais importantes para se preocupar do que um celular roubado. Sinto muito. — Então, com um sorriso gentil e um gesto, ela chamou alguém atrás do balcão. O outro atendente se aproximou e me entregou um copo de viagem que segurava na mão — Um cafezinho. Especialidade brasileira. Meu presente para você por conta de toda essa confusão.

— Obrigado — foi o que consegui dizer. Quando dei meia-volta, o lugar inteiro me encarava de cara feia, não por ter me reconhecido da TV nem porque eu era um homem hétero interpretando um personagem gay, mas porque eu era um turista americano idiota que acabara de dar um showzinho.

A situação não melhorou muito quando cheguei à estação de polícia — que não parecia uma estação de verdade. Era meio que uma barraca temporária com letras garrafais e ameaçadoras dizendo POLÍCIA MILITAR. Eu me aproximei de um policial que estava parado do lado de fora fumando um cigarro.

— Hum… a delegacia é aqui? — perguntei.

Ele olhou para a palavra POLÍCIA com um sorrisinho debochado.

— Esta é uma unidade móvel. Em que posso ajudar? —perguntou. Expliquei minha situação da melhor forma que pude. — É só rastrear o celular pelo seu computador — o policial disse.

— Eu não trouxe computador — respondi.

— Pelo tablet, então.

— Não trouxe nenhum outro aparelho, só meu celular. E todos os meus cartões de crédito estavam na capinha do celular. E eu não tenho dinheiro nenhum.

Ele tirou o cigarro da boca.

— Acho melhor você procurar uma delegacia para abrir um b.o., então. E, de lá, eles podem ajudar a rastrear seu celular.

— O problema é que… Eu desativei o rastreio do celular antes de vir para São Paulo.

— Por que você fez uma coisa dessas?

— Porque não queria ser encontrado.

O policial arqueou uma sobrancelha grossa.

— Bom, parece que você conseguiu o que queria.

— Você não pode fazer nada para me ajudar? — perguntei, desesperado.

Faremos o possível, mas não posso prometer nada. Onde você está hospedado? Caso a gente encontre…

— Eu… Ainda não reservei um hotel.

O policial arqueou as duas sobrancelhas.

— Você veio para São Paulo no fim de semana da Parada sem reservar um quarto de hotel?

— No fim de semana do quê? — perguntei, notando de repente algumas bandeiras do Orgulho hasteadas ao redor da barraca.

— Da Parada do Orgulho — disse o policial. — Não está vendo? É a Parada do Orgulho LGBT. Por que você acha que estamos com essa unidade móvel montada aqui? — Olhei ao redor e percebi a decoração da avenida. — É a maior Parada LGBT do mundo. Você deveria ter sido mais esperto e reservado a hospedagem com antecedência. — Devo ter ficado sem reação porque, por fim, o policial disse:

— Passa aqui mais tarde. Se tivermos qualquer informação, daremos para você. E se eu não estiver aqui, é só procurar pela Sheila.

— Quem é Sheila? — perguntei.

Uma policial com um sorrisão acenou para mim dos fundos da tenda.

— Eu! — disse ela. — Estarei aqui o dia todo, até de noite.

— Tudo bem, obrigado.

Coloquei a mochila no ombro e caminhei com o cafezinho na mão. Nunca me senti tão desesperado, perdido ou furioso na vida. Eu só conseguia sentir um ódio irracional de mim mesmo. Ódio por ter fugido dos meus colegas de trabalho, da minha mãe, do meu melhor amigo, da minha própria vida. Ódio por pensar que viajar para outro país poderia me dar uma nova perspectiva quando, na verdade, acabei trazendo todos os problemas comigo. E foi naquele instante que vi a *câmera*. Uma câmera fotográfica grande e antiga, com uma daquelas lentes enormes acoplada.

Escolhi o Brasil justamente porque a série de TV não é exibida aqui, porque talvez aqui eu pudesse ser anônimo. Eu atuava numa série de um canal fechado. Os direitos de exibição eram vendidos para países estrangeiros individualmente, e ainda não haviam sido vendidos para o Brasil. Não estava disponível em nenhuma plataforma de streaming ou canal daqui. Ou seja: a controvérsia sobre eu ser hétero e interpretar um personagem gay não havia saído dos Estados Unidos… ainda. Pensei que poderia passar desapercebido, mas talvez eu estivesse errado.

— Ei! — gritei para o homem que ajustava o foco da lente. — Não quero ser fotografado — eu disse em espanhol.

O homem me ignorou.

Cobri o rosto com as mãos. Certa vez, eu vi uma foto da Lana Del Rey fazendo a mesma coisa para desviar dos paparazzi. Ela fez aquilo parecer chique, mas agora eu sabia que não havia nada de glamuroso em querer desaparecer.

O fotógrafo continuava mexendo na câmera que cobria o rosto dele. Decidi tentar em inglês.

— Eu imploro. Pare. Por favor. Não quero ser fotografado. Não quero que me encontrem aqui. Pessoas como você estão destruindo a minha vida. São abutres. Sugadores de alma. ME DEIXA EM PAZ! — gritei enquanto corria em direção a ele.

Quando coloquei a mão em cima da lente da câmera, ele sussurrou num sotaque americano:

— Você está estragando a minha foto.

— Você é americano? — perguntei. — Peraí, você me seguiu até aqui?

Ele riu, dando um passo para o lado e disparando o botão mais uma vez.

— Consegui! — disse ele com um sorriso.

A câmera até parecia antiga, mas era digital. Ele me mostrou a foto que acabara de tirar. No fundo, notei um tipo de cartaz colado. Em letras coloridas, dizia: "Seu beijo tem gosto de futuro bonito". No primeiro plano da foto, uma família: mãe, pai e filho segurando bandeiras do orgulho.

— Inacreditável, né? — disse ele. — Aquele prédio ali já foi sede do primeiro grupo de ativismo queer no Brasil. Quando foi fundado, eu era bem novo. Um bebê. Eles lutavam por aceitação e visibilidade. Hoje, as famílias seguram bandeiras do Orgulho no meio da rua. Incrível, né?

Assenti e sussurrei:

— Sim, claro.

O homem pendurou a câmera no pescoço, e eu consegui olhar para o rosto dele. Devia estar na casa dos quarenta ou cinquenta anos, tinha um bigode grosso e o cabelo raspado rente à cabeça. Vestia uma bermuda cargo e uma jaqueta jeans cheia de broches e bordados. Reconheci algumas das pessoas e dos símbolos nos broches. Madonna, Grace Jones, Debbie Harry. Um triângulo rosa. Uma bandeira trans. Um bottom que dizia "PrEP PARA TODOS".

— Sabe a minha parte favorita de ser fotógrafo? — perguntou ele.

Dei de ombros.

Ele abriu um sorriso.

— Quando olho através das lentes da câmera, consigo ver o mundo inteiro como se fosse novinho em folha. Como se estivesse vendo tudo pelos olhos de uma criança, pela primeira vez na vida. Ser fotógrafo é um lembrete constante de que sempre há coisas novas para serem descobertas neste mundo. Mais beleza, mais magia, mais novidades.

— Tá bom — eu disse. — Por que você está me falando tudo isso?

— Sei lá — ele respondeu. — Achei que talvez você precisasse ouvir isso. — Ele respirou fundo antes de completar: — Todo mundo quer ser encontrado, sabia?

— Quê? — perguntei.

— Você disse que não queria ser encontrado, mas todo mundo…

— Você de fato me seguiu, né? A emissora te enviou? Ai meu Deus, você não trabalha pro TMZ, né?

Ele riu.

— Não entendi uma vírgula do que você disse, mas não, eu não trabalho pro TMZ. Não fui enviado por nenhuma emissora. Não trabalho em nenhum site de fofoca e não tenho a menor ideia de quem você seja. Literalmente, pelo menos. Mas emocionalmente… Acho que sei uma coisinha ou duas sobre você.

— Tipo? — perguntei.

— Tipo… Você acha que está totalmente sozinho no mundo, mas não está. Tipo… Você vive se perguntando se um dia poderá ser quem é de verdade, e a resposta é sim. Você é iraniano, certo?

— Como adivinhou? As pessoas nunca sabem de onde eu sou.

— Talvez eu não seja "as pessoas" — disse ele. — Talvez eu seja só eu mesmo.

— Não sei se entendi a diferença — respondi.

Ele olhou para a multidão ao nosso redor, passando o olhar por uma mulher que esperava o semáforo ficar verde para continuar com sua corrida matutina, por um grupo de adolescentes amontoados ao redor de um celular enquanto assistiam a algo muito interessante na tela.

— Quanto mais cedo você entender que o mundo é feito de indivíduos, e não de uma massa de *pessoas*, mais cedo vai se permitir ser livre.

— Livre.

Soltei uma risada ao repetir aquela palavra.

— Qual é a graça? — ele perguntou.

— Nada. É só que meu nome significa livre. Em persa.

— Você se chama Azad? — ele perguntou.

— Peraí, como é que…

— Meu primeiro namorado era iraniano. Somos melhores amigos até hoje. Conheço a família dele há décadas. Aprendi as palavras essenciais ao longo dos anos.

— Quais são as palavras essenciais? — perguntei.

— Liberdade, é claro. Amor. Orgulho. Comida. Filho da puta. A irmã dele, Tara, me ensinou essa última no dia em que nos conhecemos. — Ele continuou, pronunciando cada uma das cinco palavras em persa com um sotaque americano carregado.

Soltei uma risada sincera, o que foi ótimo.

— Só o essencial — eu disse.

Ficamos parados meio sem jeito por um tempo, até ele finalmente dizer:

— Bom, prazer em conhecer você, Azad. Aproveite sua estadia nesta cidade linda.

Enquanto ele se afastava, eu gritei:

— Espera aí! — Ele se virou para me olhar. — É… É uma história longa, mas eu vim para cá do nada, tentando fugir… Bom, fugir da minha vida. E alguém roubou meu celular com todos os meus cartões de crédito, e eu não tenho onde ficar, também não tenho dinheiro, e entendo português bem mais ou menos, mas toda vez que tento falar, acaba soando como espanhol porque minha mãe me mandou para um colégio interno bilíngue antes de eu abandonar tudo para atuar num programa de TV superidiota…

— Respira — disse ele.

Sorvi o ar em uma respiração curta.

— Acho que você consegue fazer melhor do que isso.

Fechei os olhos e respirei bem fundo pelo nariz. Notei o aroma distinto no ar, um misto de fumaça de carburador, perfume de mulher e pipoca sendo vendida por um senhorzinho para uma fila de pessoas.

Quando abri os olhos, ele estava sorrindo.

— Um assistente de fotografia não seria nada mal — disse ele. — Posso te pagar em dinheiro no fim do dia, e você terá o suficiente para alugar um quarto.

— Sério? — perguntei.

— Sério. — Com a sobrancelha arqueada, ele completou: — A não ser que você tenha algo melhor para fazer do que me ver fotografar os heróis do movimento queer brasileiro.

Ele começou a caminhar de novo, como se estivesse me desafiando a segui-lo. E eu segui.

— Você está fotografando para alguma revista ou algo do tipo? — perguntei.

— Estou montando uma exposição — explicou ele. — Viajo para países diferentes para fotografar as lideranças do movimento queer local. Bom, pelo menos esse é o plano. O Brasil é o primeiro país da lista, então o projeto pode acabar mudando. Às vezes, eu começo com uma visão e ela vai mudando completamente durante o processo. Tento deixar o espírito criativo me guiar, e não o contrário.

— Nossa, que legal — eu disse.

— *Legal?* — repetiu ele. — Quando eu tinha a sua idade, achava que já estaria morto a esta altura. Tive que ver alguns dos homens que eu mais amei morrerem sem que pudessem cumprir seus destinos. É muito mais do que *legal*. É incrível. É um sonho que agora está sendo realizado. Você precisa parar de ser tão apático em relação ao mundo em que vivemos.

— Ah, sim, pode crer — eu disse.

Ele riu.

— Quanta eloquência.

— Para onde vamos? — perguntei enquanto ele apertava o passo.

— Preciso pegar uns equipamentos de iluminação lá no apartamento onde estou ficando porque não sei como é a luz natural no estúdio do Luiz — explicou ele.

— Quem é Luiz? — perguntei.

— Um jovem artista multimídia que faz arte sobre os direitos e a história queer.

— Nossa, que legal — falei com um sorrisinho irônico, e o fotógrafo riu. — Ei, se eu for mesmo ser seu assistente, preciso saber seu nome, né?

Ele parou de andar por um segundo, e então estendeu a mão para mim. As unhas estavam roídas e pintadas de preto.

— Eu me chamo Art Grant — disse ele. — Prazer em te conhecer.

Dia da Parada do Orgulho de São Paulo, 11h

Existem pessoas que você pode conhecer durante toda a sua vida e nunca vão fazer diferença nela, e existem pessoas que podem mudar toda a sua história em um piscar de olhos. Art era uma dessas pessoas. E eu soube disso assim que comecei a segui-lo pela cidade, ajudando-o a carregar o equipamento de iluminação do bairro da Liberdade, onde ele estava hospedado, até a Vila Mariana, onde Luiz morava. A Vila Mariana era um bairro residencial lindo, cheio de padarias, mercados, restaurantes e sorveterias. Caminhamos pelas ruas até chegarmos ao endereço que Art procurava. Era uma casa pequena, cercada de prédios maiores e canteiros de obra. Parecia ser um bairro em transição. Batemos na porta e, no instante em que Luiz abriu, eu soube que ele também era o tipo de pessoa que muda vidas. Ele era mais alto que eu, tinha a pele negra, os olhos brilhantes como as estrelas do céu e cheios de vida. Tinha barba no rosto e as duas orelhas exibiam alargadores pretos e redondos. A regata branca e o short preto que ele vestia deixavam à mostra as tatuagens monocromáticas que cobriam seu corpo — um leão, um polvo, uma água-viva, uma lâmpada, uma rosa, uma aranha. Ele parecia uma obra de...

— Art! — disse Luiz ao abrir a porta, embora a pronúncia soasse mais como "Artch". Ele o envolveu em um abraço apertado. — Não acredito que estou finalmente conhecendo você!

— Peraí, vocês nunca se viram? — questionei.

— Quem é o seu amigo? — Luiz perguntou.

— É o meu novo assistente de fotografia, Azad — disse Art.

— Oi! — Luiz estendeu á mão para mim.

Quando fui cumprimentá-lo, percebi quatro letras tatuadas nos dedos dele: F-O-F-O.

— O que isso significa? Fofo? — perguntei.

— Significa que fazer tatuagens depois de beber muita tequila não é uma boa ideia — disse ele, corando. Depois completou: — Estou pensando em remover essas letras. Não gosto mais delas.

A mãe de Luiz, uma mulher deslumbrante que parecia não fazer esforço para ser tão bonita, surgiu no batente.

— Luiz, o que é isso? — repreendeu ela. — Vai deixar as visitas plantadas na porta? Entrem, por favor. — Enquanto entrávamos na casa, ela sussurrou para Luiz: — Que falta de educação. Não te criei desse jeito. Ofereça alguma coisa para eles beberem.

Luiz obedeceu, nos oferecendo algo para beber, mas nós dois recusamos.

— Por favor, não reparem na bagunça — disse a mãe dele. Procurei pela bagunça na casa, mas não achei nenhuma. Era um lar perfeito. Tudo limpo e organizado, mas também cheio de sinais de amor. Porta-retratos com fotos de família. Livros espalhados na mesa da sala. Quadros coloridos nas paredes, respingos de cores vibrantes que pareciam o oceano e o céu.

— Vou com eles lá pro puxadinho, mãe — disse Luiz, deixando-a em casa enquanto nos levava até o pequeno quintal onde a roupa pendurada no varal secava ao lado de uma churrasqueira. Ele então nos guiou até o galpão onde criava sua arte.

— Cara, que loucura — disse para Art. — Eu sou fã da sua fotografia há tanto tempo. Ver você aqui, no Brasil, me fotografando… Nossa, parece um sonho.

— Como eu poderia não querer fotografar você? — Art indagou.

— Você foi *a* inspiração para todo o projeto que estou fazendo.

Luiz agachou para abrir a porta do galpão, seu corpo musculoso. Senti o pulso acelerar enquanto encarava fixamente as panturrilhas dele, então, para me distrair da minha própria excitação, fiz uma pergunta:

— Peraí, como... como foi que o Luiz inspirou seu projeto?

Depois de levantar a porta, Luiz nos levou ao espaço apertado em que guardava as criações multimídia dele. O chão e as prateleiras estavam abarrotados de objetos garimpados.

— Luiz entrou em contato comigo pelo Instagram — explicou Art — me perguntando se podia usar minhas fotos da ACT-UP em uma das peças dele...

— Foi para esta peça aqui. — disse Luiz, apontando para uma estátua enorme no meio do galpão. A escultura tinha o formato do Cristo Redentor, os braços estendidos em um gesto pacífico e acolhedor. Porém, em vez de ser feita de mármore, concreto ou pedra, a peça era composta por fotos e colagens de jornal. — Olha a sua foto bem aqui na mão esquerda.

Art se aproximou da estátua. Com os olhos marejados, ele disse:

— Os homens nesta foto... Eles ficariam tão orgulhosos de fazerem parte desta peça.

— Quem são eles? — perguntei.

Art apontou para um homem branco com o punho em riste.

— Este é o Stephen. Ele era meu... Tio, mais ou menos. Tio da minha melhor amiga. E este aqui... — Art apontou para um homem negro gritando para o céu, como se discutisse com Deus. — Este aqui é o Jimmy. Vocês já devem ter lido algum dos livros dele. Se é que vocês, jovens, ainda leem livros hoje em dia. Por favor, me digam que vocês ainda leem livros.

Senti meu rosto queimar ao responder:

— Bom, eu leio livros para o colégio... quando sou obrigado.

Art balançou a cabeça.

— O mundo está cada dia mais assustador. Cheio de gente tentando dividir as pessoas. Precisamos nos armar para lutar no futuro.

— E o que isso tem a ver com livros? — perguntei.

Art sorriu.

— Livros nos ensinam a prestar atenção. Nos treinam para procurar nuances em vez de partir direto para o modo reativo. Os livros nos permitem nutrir empatia por pessoas que talvez não se pareçam tanto com a gente e a imaginar como seria estar no lugar delas. Livros nos ensinam a resistir ao mundo em que vivemos, em que tudo é urgente e as pessoas julgam logo de cara em vez de tirarem um tempo para fazer as perguntas certas.

— Claro que eu leio livros — Luiz anunciou com orgulho. — Se reparar bem, vai ver algumas páginas dos meus livros favoritos na estátua. — Luiz apontou para o tronco de Jesus. — Aqui tem um trecho de *Terra estranha*, de James Baldwin, bem ao lado de uma página de Caio Fernando de Abreu. Ele foi um dos primeiros autores brasileiros a escrever sobre a AIDS.

— Que incrível — sussurrou Art. — Sabe, quando eu era mais novo, achava que Nova York, minha cidade, era o mundo inteiro. Eu sabia que existia um universo inteiro fora de lá. Sabia que não estávamos lutando apenas por quem nasceu lá, mas, de alguma forma, o mundo parecia muito menor do que ele realmente é. Quando fui envelhecendo, aprendi a reconhecer que nós somos um. Especialmente as pessoas queer. Somos uma comunidade global. Se um de nós não está seguro, ninguém está.

Olhei rapidamente para Luiz enquanto Art falava me perguntando o que ele estava pensando.

Art continuou falando enquanto arrumava a iluminação:

— Quando você me perguntou se podia usar uma foto minha como parte do seu Cristo Redentor, soube que precisaria apontar minha lente para um mundo maior. Foi assim que você me inspirou, Luiz. Acho que você definiu o rumo da próxima fase da minha carreira. Depois daqui, vou viajar para a Colômbia, para a Tailândia e, com sorte, para muitos outros países. Quero fotografar ativismo e arte queer por toda a parte. Quero documentar tudo.

Luiz ficou radiante.

— Talvez um dia eu faça uma escultura do globo terrestre, mas, em vez do mapa do mundo, será um mapa de todas as suas fotos, uma para cada país que você visitar. Como uma cartografia da vida e do amor queer.

Eu me senti deslocado na conversa dos dois e queria desesperadamente me inserir ali. Queria fazer parte de uma comunidade do jeito que eles pareciam ser. Queria acreditar em algo maior do que eu mesmo.

A mãe de Luiz entrou pela porta entreaberta segurando uma bandeja com bebidas e lanches.

— Sei que vocês disseram que não queriam nada, mas, caso mudem de ideia, preparei isso aqui. Tem cocada, bolacha e café.

— Muito obrigado — disse Art, tomando um gole do café.

— Não vou mais perturbar vocês, a não ser que queiram alguma coisinha mais salgada. Se for o caso, posso assar pãezinhos de queijo.

Agradecemos repetidamente enquanto ela saía. Paramos um pouco para tomar um gole da bebida forte e doce e provar as bolachas. Até que notei, bem próximo ao ombro direito do Cristo, uma foto em preto e branco de um homem que eu conhecia.

— Aquele ali é o Rock Hudson? — perguntei.

— É, sim — disse Luiz.

— Me surpreende que vocês dois saibam quem ele é — Art comentou.

— Bom, ele deve ser o astro de Hollywood mais famoso de todos os tempos, e talvez a pessoa mais famosa que morreu de AIDS — eu disse.

— Essa foto é de quando ele foi passar o Carnaval no Rio de Janeiro em 1958 — explicou Luiz. — Olha só o que está escrito na faixa que ele está usando.

Eu me aproximei da imagem e li em voz alta:

— PRINCESA. DO. CARNAVAL.

Art uniu as mãos, batendo uma única palma.

— Nossa. Um ator não assumido usando uma faixa de princesa nos anos 1950. Quantas camadas de ironia e significado em uma única imagem. Fico pensando em como ele se sentiu nesse dia.

Senti meu rosto tremer e meu coração acelerar. Eu também era um ator não assumido, ao lado de dois homens que transformavam arte em ativismo. Eu sabia muito bem como Rock Hudson deveria ter se sentido. Uma mistura de liberdade e medo, como se quisesse mergulhar em sua *verdadeira* identidade e, ao mesmo tempo, se esconder atrás da segurança de um personagem. Prisioneiro da própria vergonha, vislumbrando a liberdade pela janela da prisão. Era assim que eu me sentia naquele momento.

— A foto é de uma edição antiga do *Lampião da Esquina* — explicou Luiz. — Tem um monte de recortes do jornal na estátua.

Ele começou a apontar para áreas diferentes do corpo da estátua: um artigo na coxa de Jesus, a ilustração colorida de um homem com um boá de plumas no pé de Cristo. E, nas costas, uma série de palavras recortadas de um jornal, em letras garrafais. Palavras que não precisavam nem sequer de tradução.

"HOMOSSEXUAIS SE ORGANIZAM."

"CARNAVAL DAS BICHAS É O MAIOR DO MUNDO."

"TRAVESTIR."

"LESBIANISMO MACHISMO ABORTO DISCRIMINAÇÃO."

"A MATANÇA DOS HOMOSSEXUAIS."

"ÍNDIOS."

Silenciosamente, me peguei traduzindo tudo para o inglês enquanto lia as manchetes.

— É claro que algumas dessas palavras a gente não usa mais — disse Luiz. — Dizemos indígenas ou povos originários agora, e não "índios". Mas a essência é a mesma.

— Isso era tipo um jornal gay? — perguntei.

Art aproveitou a deixa para explicar:

— Era um jornal gay fundado em 1978 por um monte de intelectuais incríveis. Eu já fotografei alguns deles, inclusive. Olha só. — Art tirou o notebook que estava na mochila e começou a procurar por uma pasta de fotos. — Este aqui é o Celso Curi no apartamento dele. — Art abriu outra foto. Um homem sentado atrás de uma mesa coberta de papéis. — E este aqui...

— Nossa! É o João Trevisan — disse Luiz antes mesmo que Art pudesse completar a frase. — Você o fotografou e agora vai me fotografar? Que loucura. Esse cara é um herói. Celso também.

— Bom, talvez você também seja um herói — falou Art. — Seu trabalho está inspirando toda uma nova geração. E estou fazendo questão de fotografar jovens ativistas. Não há nada que eu odeie mais do que gente velha que não honra os jovens de hoje, exceto, talvez, jovens que não honram os mais velhos. Esta aqui é uma das minhas fotos favoritas. — Meu coração acelerou quando Art nos mostrou a foto de alguém que eu reconheci. A pessoa que estava com o garoto que eu acusei de roubo. — Conheçam Heidi — apresentou Art. — Uma pessoa importantíssima na liderança da comunidade não-binária.

— Eu já conheço — disse Luiz. — Quer dizer, a gente não se *conhece*, mas nos seguimos nas redes sociais.

Senti uma onda de culpa atravessar meu corpo. Eu me perguntei se quem acusei de roubar meu celular também era um herói queer. Mudei de assunto rapidamente.

— Que bom que seu trabalho coloca o holofote na comunidade queer mais velha, Luiz. Não conheço muito sobre essa parte da história. Mas também… ninguém ensina isso na escola.

— Acho que boa parte do meu interesse em história queer veio por causa de um primo da minha mãe que eu nem cheguei a conhecer — murmurou Luiz, tristonho. — Ele morreu de AIDS nos anos 1990. Ela vive dizendo que somos parecidos. Ele também era artista. Pintor. Só que morreu antes de fazer sucesso.

— Aquelas pinturas na sala eram dele? — perguntei, pensando nos respingos mágicos de cor das paredes da sala.

Ele assentiu.

— Acho que, de certa forma, eu faço a minha arte para honrar a arte dele.

Senti meu corpo gelar enquanto ele falava. Algo havia ficado claro para mim bem naquele instante. Aqueles dois homens viviam a vida com verdade e propósito porque sabiam quem eram e de onde vinham. Eu não sabia nada sobre quem eu era, e meu lugar de origem sempre foi cercado de mistério. Minha mãe nunca, *nunca* falava sobre o Irã ou sobre as pessoas que ela perdeu durante a revolução e a guerra que veio em seguida. Uma vez, meu pai chegou a comentar sobre os "anos de luto", mas ela rapidamente mudou de assunto, e nunca mais falamos sobre aquilo de novo.

— Eu adoraria fotografar você ao lado da estátua do Redentor, se topar — Art sugeriu.

— Hoje eu sou só uma top model — disse Luiz com um sorrisinho bobo. — Você me diz onde eu fico, e eu faço pose para a câmera.

Art apontou um dos refletores portáteis na direção da estátua.

— Hedy Lamarr disse que qualquer garota pode ser glamurosa. É só ficar parada e fazer cara de tonta.

Luiz riu do comentário.

— Vou fazer minha melhor cara de tonto, mas, primeiro, precisamos de uma musiquinha, né? — falou. — Este aqui é um dos meus álbuns favoritos. — Ele pegou um disco de vinil e colocou no tocador. As caixas de som eram pequenininhas, mas o som da música me transportou para outro espaço-tempo. — Minha mãe sempre escutava esse disco da Gal Costa quando eu era criança. Era o favorito dela. Quando a Gal gravou a música título do disco, "Índia", não mudou nenhum pronome. Ela cantava uma canção de amor para outra mulher. Isso no Brasil dos anos 1970. E numa das apresentações ao vivo, beijou a Maria Betânia no palco.

— Acho que os brasileiros têm muito a ensinar para o mundo inteiro sobre arte como forma de ativismo político — disse Art enquanto tirava algumas fotos de teste. — O tropicalismo foi um movimento de resistência contra a ditadura militar, não foi? — Ajustou a iluminação e então tirou mais algumas fotos para testar. Ele me mostrou as imagens. — O que você acha da iluminação?

Eu me peguei gaguejando.

— Eu, hum… Tá boa… Mas eu não entendo muito de iluminação.

Luiz sorriu.

— Seu assistente não parece saber muito de fotografia.

Corei.

— Bem observado — falei. — Para ser sincero, eu não sou assistente dele de verdade.

— Então, quem é você? — perguntou Luiz.

— Pergunta difícil — sussurrei. E, na real, eu nem sabia o que responder.

Eu me distraí seguindo na direção de uma escultura nos fundos da garagem. Era uma árvore metálica enorme, os galhos brilhando com glitter dourado e prateado. Pendurados na árvore, estavam centenas de pequenos cartões.

— Vou fazer perguntas mais fáceis, então — disse Luiz. — O que trouxe você a São Paulo?

— Isso… Não é uma pergunta fácil — respondi com uma risada triste.

— Você veio para a Parada? — perguntou ele. — A maioria dos turistas está na cidade por causa da Parada.

Balancei a cabeça.

— Não, eu nem sabia da Parada. Se soubesse, acho que nem teria vindo.

— Peraí, você não é gay? — perguntou Luiz. — Foi mal. Só achei que fosse porque você é assistente do Art e porque você está aqui… Desculpa.

Eu me senti desesperado para mudar de assunto de novo, então perguntei:

— O que são esses papéis pendurados na árvore?

— Ah. — Luiz se aproximou tanto de mim que senti o cheiro do suor e da sua paixão. — Essa foi uma peça que criei para a Parada do ano passado. Eu levei a escultura de árvore para a avenida comigo e pedi para as pessoas escreverem um desejo para o futuro da nossa comunidade. Depois li e gravei todas as respostas em um vídeo artístico.

— Eu vi esse vídeo — disse Art. —Incrivelmente poderoso.

— Posso… Posso ler os papéis?

— É claro. — Luiz puxou um papel de um dos galhos metálicos e entregou para mim. — A intenção é que esta seja uma obra de arte viva. Ou seja, as pessoas podem encostar ou adicionar novas mensagens. Seria muito legal poder exibir essa peça em Paradas de países diferentes, sabe?

Baixei os olhos e li o papel.

"Queria que cada pai e mãe do mundo prometesse aceitar e amar seus filhos do jeito que eles são antes de começarem uma família. Uma família deve sempre ser um lugar seguro."

Devolvi o papel ao galho.

— Imagine só uma Parada do Orgulho cheia de arte colaborativa em vez de trios elétricos de grandes marcas. Antigamente, as Paradas eram assim, como uma grande obra de arte comunitária — disse Art.

Luiz murmurou:

— Não desejamos nada além de transformar nossas vidas em uma obra de arte. —Ele sorriu. — Minha cantora favorita que disse.

— Gal Costa? — perguntei, o disco continuava tocando ao fundo.

— Lana Del Rey. — O sorriso dele aumentou. — A gente *ama* ela aqui no Brasil, apesar dos pesares. Acho que nos identificamos com todo o romantismo amaldiçoado. Às vezes, ouço as músicas e penso que ela tem o espírito das nossas divas gays de antigamente. Dalva de Oliveira. Ou Nora Ney.

— Que engraçado — eu disse. — Porque eu também me sentia assim em relação a Lana Del Rey e ao Irã. Tipo, às vezes as músicas dela soam muito como umas baladas persas antigas. A poesia, sabe? E acho que tem um pouco da tristeza também.

— Acho que é porque a música dela carrega um pouco do passado — disse Art. — Assim como o trabalho do Luiz.

— Olha ele, fã da Lana! — Luiz provocou Art.

— Que foi? Você acha que só porque eu sou velho não acompanho as músicas dos jovens? — retrucou Art. — Faço questão de ouvir tudo o que a garotada anda ouvindo. Engajar com a cultura é o melhor jeito de permanecer jovem de coração. Uma coisa é honrar o passado. Outra coisa é *viver* no passado. Além do mais, um dos meus melhores amigos, o gay iraniano que comentei contigo, dá uma matéria optativa na faculdade sobre a Lana.

Senti uma dor no peito quando ouvi as palavras "gay iraniano" juntas, e não consegui me segurar.

— Também sou um gay iraniano.

Os dois se viraram para mim nem um pouco surpresos.

— Bom saber — disse Luiz.

— Mas eu não sou… "assumido", nem nada do tipo. Quer dizer, uma pessoa sabe. Meu melhor amigo, Nader. Só ele.

Art se aproximou de mim com um olhar compreensivo.

— Agora três pessoas sabem. Seu melhor amigo. O Luiz. E eu.

Luiz também se aproximou.

— Quatro, se a gente contar com aquele Jesus ali.

— A questão é que… — Eu fui até o Redentor e apontei para o Rock Hudson. — Sou um pouquinho parecido com ele, no momento. Quer dizer, não sou tão bonito ou famoso como ele era. Mas atuo numa série de TV idiota nos Estados Unidos, e todo mundo está furioso comigo porque acham que sou mais um ator hétero de Hollywood interpretando um personagem gay, o que não é o caso, mas ninguém sabe que eu sou queer porque ainda não me assumi, e não sei se eu *posso* me assumir porque se isso acontecer talvez minha mãe não possa mais visitar a família dela no Irã, mas, tipo, pouco antes de roubarem meu celular, eu estava prestes a postar um pronunciamento amargurado nas redes sociais, só que aí eu fui roubado e, bom…

— Calma aí — disse Art. — Primeiro de tudo, ninguém deveria tirar você do armário à força. Isso precisa acontecer no seu tempo.

— Falar é fácil — respondi. — Tem literalmente uma multidão de pessoas na internet cheia de opiniões a meu respeito. Separo essas pessoas em três categorias. Aqueles que acham que eu não deveria atuar, o que tudo bem, não estou em aí, já que nem queria aquele papel para começo de conversa.

— E como você acabou caindo num papel que não queria? — Luiz perguntou. — Atuar em Hollywood não é, tipo, o trabalho mais difícil de se conseguir? O emprego dos sonhos de todo mundo?

Dei de ombros.

— Acho que sim, sei lá. Eu fui numa audição aberta para o papel de um adolescente iraniano porque o Nader queria o papel. Ele é da galera do teatro, e eu fui de acompanhante para dar apoio. A diretora de elenco me pediu para fazer o teste assim que me viu chegando com ele. Nader implorou para eu fazer. Disse que se fosse para existir um adolescente iraniano na TV, tinha que ser um de nós. Aí eu decidi fazer a audição e pronto. Quando fui convocado para a segunda chamada com testes de câmera para a emissora, eu queria recusar. Mas aí me contaram quanto um protagonista ganha numa série de TV em um canal fechado e me dei conta do que aquilo poderia significar para a minha família. Talvez um dia minha mãe possa parar de trabalhar tanto e curtir a aposentadoria em uma mansão, tudo por minha causa. E foi só por isso que eu topei. Não tinha noção de que minha vida se tornaria tão… pública. E eu odeio isso. Não sei se fui feito para ser famoso.

— Quais são as outras categorias de pessoas? — Luiz perguntou. — Você disse que eram três.

— Ah, sim — falei. — Bom, a segunda é boa. São as pessoas que comemoram por eu ser um dos primeiros atores iranianos que *não* faz um terrorista na TV americana.

Eu poderia até entediar Luiz e Art com todas as estatísticas que aprendi desde que aceitei o papel. Tipo, 78% dos personagens da África e do Oriente Médio na TV dos Estados Unidos são ou terroristas ou tiranos, e só porque meu personagem já era um refugiado gay não significava que eu estava livre de alguma reviravolta. Séries de TV precisam de *drama*, uma surpresa atrás da outra. Visitei a sala de, roteiristas uma vez para conhecer todos os escritores que criavam nossas histórias. Todos estavam de calça de moletom, comendo salgadinhos, enquanto me apresentavam uma planilha colorida cheia de cartões que eles prendiam em um mural de cortiça. Cada episódio precisava de cinco *act-outs*, aqueles momentos dramáticos em que a história faz uma pausa para os comerciais. Um *act-out*, conforme me explicaram, precisa deixar uma ponta dramática solta, algo emocionante o bastante para manter o público preso durante o intervalo. Eu tinha certeza de que, cedo ou tarde, um deles seria a revelação de que meu personagem tinha sido radicalizado por um grupo ou que ele sempre fora um terrorista disfarçado. Não há nada que a televisão norte-americana ame mais do que um terrorista marrom.

— E a última categoria é aquela que transformou minha vida num inferno — eu disse. — O grupo mais barulhento de todos, o daqueles que estão furiosos comigo, um ator que é hétero aos olhos deles, por estar interpretando um personagem gay. Tem um perfil com o nome "Queensie" que está empenhadíssimo em acabar comigo por ter aceitado esse papel. Queensie diz que me contratar é como um tapa na cara de todos os refugiados que temem por suas vidas.

— Refugiados? — Luiz perguntou.

— Sim, porque eu interpreto um gay imigrante que veio do Irã e encontra refúgio numa casa de uma família norte-americana superfofa que me adotou junto com outras crianças do mundo inteiro.

Luiz tentou soar generoso ao dizer:

— Isso parece muito… uma narrativa clássica do *White savior*.

— Existe isso aqui no Brasil também? — perguntei.

— Mas é claro. Minha mãe diz que quando ela era mais nova, os brasileiros amavam fingir que não existia racismo aqui. Muitos ainda acreditam nessa mentira. Mas as pessoas finalmente estão começando a discutir sobre como este país foi construído nas costas de indígenas e negros.

Assenti.

— Acho que os países onde vivemos não são tão diferentes assim.

Mudando de assunto, Art perguntou:

— Mas por que as pessoas simplesmente presumem que você é hétero?

— Porque eu disse que era hétero na primeira entrevista pública que dei na vida. — Procurei julgamento no olhar de Art ou Luiz, mas só encontrei empatia. — Eu não sabia o que fazer. Minha mãe implorou para eu não aceitar o papel quando descobriu que era um personagem gay. Ela tinha medo de nunca mais podermos voltar para o Irã. Disse que preferia passar mais três décadas trabalhando na lavanderia do que assumir um risco desses. Se essa foi a reação dela quando eu disse que faria um *personagem* gay, imagina se eu me assumisse como um *garoto* gay? Quer dizer, eu deveria não ter dito nada, mas não dizer nada é um atestado de…

— Culpa? — perguntou Art. — Você se sente culpado por ser gay?

— Bom, mais ou menos — eu disse. — Não acho que é errado nem nada do tipo, mas sei que isso vai tornar a vida da minha mãe muito mais difícil. E a vida dela já é bem complicada.

— Mas é a vida *dela*. Não a sua — disse Art.

— Pois é. — Ao mesmo tempo, queria dizer que, pelo que vi da mãe dele, Luiz provavelmente teve pais que o aceitaram com facilidade. Em vez disso, falei: — O que me deixa mais furioso é que pelo menos metade dessa gente que está irritada comigo, sequer mostra o rosto nas fotos de perfil. Podem se dar ao luxo de permanecerem anônimas enquanto acabam comigo publicamente em todas as redes sociais: Twitter, Instagram, TikTok. Criaram fóruns no Reddit e até mandaram cartas para a emissora. Teve uma pessoa que até começou um abaixo-assinado on-line pedindo para que Hollywood pare de colocar atores héteros em papéis LGBTQIAP+, e já tem mais de cem mil assinaturas. Saí para tomar um café semana passada, e o barista disse que eu deveria tomar vergonha na cara.

— Então foi por isso que você veio para cá? — perguntou Luiz. — Você sentiu que precisava fugir?

Assenti.

— Mas por que o Brasil?

— Bom, eu tenho uma lista de países onde a série é exibida, aí escolhi um em que ela ainda não está disponível. Só queria ir para um lugar bem longe, onde ninguém ia me reconhecer. Eu não estava batendo bem das ideias.

— Dá pra ver — disse Luiz com um sorrisinho irônico.

Eu ri antes de continuar:

— Eu não sabia muita coisa sobre o Brasil quando cheguei ao aeroporto de Los Angeles apenas com meu passaporte em mãos. Quer dizer, a única coisa que eu conhecia era um CD de lambada que meus pais costumavam escutar o tempo todo. Quando eles colocavam para tocar, dançavam agarradinhos, morrendo de rir, parecendo… eles pareciam felizes. Livres. Imaginei que se o Brasil foi capaz de dar a eles toda aquela positividade e conexão, talvez pudesse fazer o mesmo por mim.

Luiz cerrou os olhos ao dizer:

— Tô um pouquinho assustado que todo o seu conhecimento sobre o Brasil se limitava a lambada.

— Bom, obviamente isso já mudou — eu disse. — Agora sei sobre o Celso Curi e o João Trevisan, e sobre um jovem artista incrível chamado Luiz…

— Salgado — completou ele. — Luiz Salgado.

— Enfim, é por isso que estou aqui. Quero ficar o mais distante possível de toda a raiva que está sendo jogada em cima de mim, de todas as coisas que estão me pedindo, de todas as vozes na minha cabeça que não me deixam dormir à noite. Meu plano era fazer uma postagem bem raivosa me assumindo nas redes sociais e depois desaparecer por um tempo num país estrangeiro.

Quando cheguei ao aeroporto e comprei a passagem para o Brasil, não havia nenhum voo direto de Los Angeles para São Paulo. Eu gostei daquilo. As pessoas em Los Angeles não dirigem nem de Hollywood até Santa Monica porque acham "longe demais". Nunca minha mãe, meu melhor amigo, meu agente ou os Queensies do mundo conseguiriam me seguir até o Brasil. Além do mais, minha mãe me mandou para um colégio onde todo mundo falava espanhol também, então imaginei que conseguiria entender um pouquinho de português. E havia um assento livre em um voo que estava saindo de imediato. Uma escala rápida em Miami, e depois direto para São Paulo. Comprei a passagem sem hesitar e tomei um remédio para dormir durante o voo. Nunca havia tomado remédio para dormir antes de virar ator. Eu dormia como um bebê. A vida era mais simples quando eu não tinha reuniões às três da manhã em um dia e às dez da noite no outro, quando não me pediam para trabalhar de madrugada e ainda continuar fazendo todos os projetos da escola.

— E você não chegou a publicar o post se assumindo? — Art perguntou.

Balancei a cabeça.

— Não. Quando me senti pronto para publicar, meu celular foi roubado.

Art assentiu.

— Talvez seja coisa do destino. Se assumir deveria ser uma celebração, não uma confissão forçada. — Art voltou para o computador. Ele clicou em uma pasta chamada "Cartões do Stephen", e então perguntou: — Tudo bem se eu ler uma coisa para você?

— Claro — respondi.

— Stephen, um dos homens na foto que o Luiz usou na escultura, escreveu uma série de cartões quando eu tinha a sua idade. Aqueles cartões me guiaram pelo mundo. Tinha um que… — Ele clicou numa imagem e a foto de um cartão apareceu. No topo, estava escrito: "#91, SE ASSUMIR". Art respirou fundo antes de começar a ler em voz alta: — A ideia de "se assumir" começou com as debutantes que, chegada a hora, usavam a oportunidade para se apresentarem à alta sociedade deslumbrantes, virgens e todas de branco. Então, o que os gays fizeram? Subvertemos essa tradição de merda e transformamos em algo nosso. Nós também poderíamos *nos assumir*, assim como aquelas debutantes, não para a sociedade, mas uns para os outros. Se assumir significava nos apresentar para a nossa própria comunidade, num baile de drags, num bar, num jantar com os amigos ou durante as férias em Fire Island. Se assumir tinha o mesmo efeito tanto para nós quanto para aquelas debutantes. Significava que estávamos nos juntando à NOSSA sociedade, aquela que estaria ao nosso lado pelo resto da vida. Uma tradição que era sobre nós. Porém, de alguma forma, o termo se tornou sobre *eles*. Começou a significar se assumir para os héteros porque, claro, eles têm prioridade, e nossa identidade deveria depender da aceitação deles. Como se nos aceitar e sermos acolhidos pela NOSSA comunidade queer não fosse o bastante. Depois, ainda decidiram inventar o termo "sair do armário". Quem é que quer sair do armário, afinal? O armário é onde você guarda coisas fabulosas, como sapatos, suas jaquetas de couro favoritas e aquela camiseta que tem o cheiro da noite em que você viu a Madonna se apresentar numa boate e ela disse ao seu namorado que ele tem olhos lindos.

Art respirou fundo e olhou para mim e para Luiz para se certificar de que ainda estávamos escutando. Luiz levantou a agulha do toca-discos para podermos focar nas palavras do Art.

— Continua — disse Luiz.

Art obedeceu.

— Mas a coisa que eu mais odeio nessa história de "se assumir" é quando ela deixa de ser uma decisão individual. Existem muitas pessoas queer que acreditam que deveríamos expor quem ainda está no armário, e queria que elas soubessem o quanto estão erradas. Meu amor, Jose, foi arrancado do armário pelo primo. Isso quase destruiu a vida dele. Ele poderia ter sido preso. Foi ameaçado de morte pelo próprio pai. Arriscou a vida ao fugir de Cuba porque não tinha outra escolha. Ele foi exposto. Claro, se isso não tivesse acontecido, ele jamais teria ido parar em Miami e, mais tarde, em Nova York. Ele jamais teria vindo procurar a minha ajuda. Eu nunca teria conhecido o homem dos meus sonhos, o único homem no mundo capaz de me amar pela bicha doida, nervosa, apaixonada e difícil que sou. Ele teve sorte. Outros, nem tanto. No mundo todo, homens como ele são expostos e perseguidos. Expostos e mortos. As coisas são difíceis para nós por aqui. Mas não é nada, comparado com nossas irmãs e irmãos espalhados pelo mundo. Se alguém não está pronto para se assumir, expor essa pessoa só causa mágoas. Tenho apenas uma exceção: políticos que tentam limitar nossos direitos. Aquele senador babaca que apoiou a emenda do Jesse Helms e foi exposto... Ele que se dane. Se você aprova leis contra nossa comunidade de dia e chupa um pau à noite, você, meu inimigo, merece tudo que receber. Mas para todo o resto, atores e banqueiros e advogados e adolescentes e esse povo todo, qualquer um que esteja lidando com a dificuldade de se assumir dentro dos próprios termos, nós devemos oferecer apoio, devemos ajudar, guiar e nunca, nunca mesmo, expor ninguém. Já existem muitos de nós por aí, não precisamos forçar aqueles que ainda não estão prontos. Se assumir deveria ser uma celebração paciente. Deveria ser um baile de debutante, e todo mundo sabe que um baile de debutante não é bom se a debutante não se sente linda por dentro. Não deve ser forçado. Deve ser como voltar para casa. Deveria se chamar "entrar no armário", aliás, porque você estará seguindo para dentro de si, do seu futuro e da sua comunidade.

Ficamos imóveis depois que Art terminou a leitura. O que mais poderia ser dito?

— Acho que a única coisa a se fazer agora é criar algo bonito, né? — Luiz declarou. — Onde você quer que eu fique, Art?

— Bem ao lado da estátua — disse Art. — Dois Redentores, lado a lado.

Dia da Parada do Orgulho de São Paulo, 13h

Depois que Art ficou satisfeito com as fotos que tirou de Luiz, ele me pagou pelo trabalho de assistente. Protestei por ser dinheiro demais, já que eu não tinha ajudado em muita coisa, mas ele insistiu. Disse para eu arrumar um bom quarto de hotel. Ofereci ajuda para levar o equipamento de volta para a Liberdade, mas ele recusou — disse que conseguia levar tudo. Ficou claro para mim que queria ficar sozinho. E, quando Luiz se ofereceu para me levar até a Parada, eu finalmente me despedi de Art.

— Tive uma ideia — disse Luiz enquanto nos preparávamos para sair. — Me ajuda a tirar os desejos da árvore?

— Tirar tudo? — perguntei. — Mas é uma peça tão linda.

— A intenção é que seja uma obra de arte viva — explicou ele. — E eu pensei em um jeito de fazer com que ela continue soprando mais vida no mundo.

Juntos, fomos retirando os desejos da árvore e guardando os papéis no bolso. Olhei para alguns deles.

"Queria que os políticos parassem de usar minha identidade como uma arma."

"Queria me apaixonar."

"Queria parar de sentir tanta vergonha."

Assim que terminamos de remover todos os pedaços de papel dos galhos, voltamos à casa principal para nos despedirmos da mãe do Luiz. Ela lhe deu um abraço apertado e desejou que aproveitasse muito a Parada. Observei os dois com uma pontinha de inveja no coração. Queria que minha mãe fizesse o mesmo por mim um dia.

No caminho até o metrô, Luiz perguntou se eu estava com fome, e eu disse que estava faminto.

— Se é assim, preciso te apresentar uma iguaria brasileira — disse ele. — Já comeu coxinha?

— O quê?

Ele riu.

— É uma delícia, você vai ver. Lá no Veloso, eu peço uma de frango e uma de camarão, essa só eles fazem, é maravilhosa. A gente pode dividir.

Ele pediu nossas coxinhas no tal bar do Veloso. Ao entregar uma para mim, disse:

— Existe um debate infinito sobre qual é o jeito certo de comer coxinha. As pessoas esquisitas começam pela ponta e deixam a bundinha para o final. Pessoalmente, eu sempre começo pela bunda.

Encarei o salgado frito em formato de gota com um sorriso.

— Eu não esperava falar sobre comer bunda tão cedo no nosso, hum… relacionamento.

Ele deu uma gargalhada enquanto dava uma mordida na bunda da coxinha.

— Hummm, molhadinha, que delícia — ele declarou com um sorrisinho bobo. — O que você achou do bairro?

— Amei — respondi. — Queria ter vindo direto para cá em vez de ter parado naquela padaria onde meu celular foi roubado.

— Infelizmente, o bairro está mudando — disse ele. — O mercado imobiliário está comprando um monte de casas lindas para construir prédios gigantes. Meus pais receberam uma proposta enorme de dinheiro pela nossa casa, mas não aceitaram. Nossa casa é nossa casa, sabe?

Eu não conhecia aquele sentimento, Los Angeles não parecia ser minha casa. Sempre me senti estrangeiro nos Estados Unidos, mesmo tendo nascido lá, mesmo tendo sido o único lugar onde vivi. Nunca me senti parte daquele país. Fiquei em silêncio enquanto provava aquela comida deliciosa. Demos mais algumas mordidas e depois troquei a minha de frango com Luiz, provando a de camarão. Havia algo muito íntimo naquela coisa de trocar comida, como se eu pudesse sentir o gosto dos lábios dele no sabor. Aquilo me deu vontade de largar a coxinha e sentir a coisa de verdade. Beijar aqueles lindos lábios. Sentir a língua dele na minha boca. Pensei naquele cartaz que vi na Paulista: *Seu beijo tem gosto de futuro bonito.* Foi assim que me peguei observando os lábios de Luiz se abrindo para dar mais uma mordida. Como se o beijo dele fosse capaz de me presentear com um futuro lindo.

Encarando a placa com o nome do bar, ele me perguntou:

— Já ouviu alguma coisa do Caetano Veloso?

— Quem? — perguntei.

— Nossa, amigo, você tem muito a aprender. — Ele enfiou o último pedaço da coxinha boca.

— E você? Já ouviu Googoosh? — perguntei.

Ele sorriu.

— Não.

— Nossa, amigo — repeti, brincando com ele. — Você *também* tem muito a aprender.

— Me ensina no metrô — disse ele. — A gente não quer perder a Parada. Estão dizendo que vai ter uma surpresa na apresentação de uma drag super famosa.

— Podemos passar no posto policial no caminho? — perguntei.

— Me disseram para voltar lá caso tenham encontrado o meu…

Antes que eu pudesse terminar, repassei a manhã inteira na minha cabeça. Pousando no aeroporto. Pedindo ao taxista para que me deixasse em um lugar movimentado da cidade com café forte. Indo até ao banheiro da padaria. Jogando o celular na mochila. E foi naquele me momento que me dei conta…

Talvez eu não tivesse sido roubado. Talvez o celular apenas não tivesse caído na mochila quando eu o joguei lá de qualquer jeito. Só Deus sabe como eu era incapaz de acertar uma bola numa cesta mesmo que minha vida dependesse daquilo.

— Na verdade, preciso voltar àquela padaria da Haddock Lobo — declarei. — Acho que meu celular pode estar lá ainda. Sou o maior idiota do mundo.

— O idiota mais *bonitinho* do mundo — disse ele com um sorriso que me fez corar. Mas antes que eu pudesse pensar em uma resposta boa com o mesmo tom de flerte, ele completou: — Vamos logo!

Dia da Parada do Orgulho de São Paulo, 14h

Pegamos a linha verde do metrô na estação Ana Rosa e descemos na Consolação, caminhando até a padaria Bella Pauslista, onde levei Luiz até o banheiro. Parei no lugar exato onde estava quando joguei o celular. Havia uma lixeira ao lado da bancada onde a mochila estava apoiada. Enfiei a mão na lixeira, atravessando a montanha de toalhas de papel molhadas até encontrar algo rígido lá dentro. Meu celular. Puxei o aparelho e dei de cara com um monte de mensagens, chamadas perdidas e e-mails que tinha recebido nas últimas horas. Minha mãe, meu agente, meu melhor amigo e o criador da série de TV, isso só falando o básico. Limpei o celular com uma toalha de papel úmida e olhei nos olhos de Luiz ao dizer:

— Estou me sentindo péssimo. Mais cedo, acusei uma pessoa de ter roubado meu celular. Sou um lixo.

Luiz apoiou a mão sobre o meu ombro.

— Todo mundo é meio lixo de vez em quando.

— É, mas… Foi um cara que estava com aquela pessoa não-binária que o Art tinha fotografado.

— Peraí, deve ser o Nicolas. Ele é amigo de Heidi. — Ele pegou o celular no bolso e me mostrou uma foto no Instagram do cara que eu tinha visto no banheiro. Assenti, confirmando que era ele.

— Vocês se conhecem?

— A gente se segue no Instagram. Você pode mandar uma DM pedindo desculpas. — Então, me analisando como se fosse capaz de revirar minha alma do avesso, Luiz completou: — Ele é muito gente boa. Vai te desculpar. A questão é se você vai ser capaz de perdoar a si mesmo.

— Por ter acusado ele? — perguntei.

— Também — ele sussurrou. — Mas principalmente por ser quem você é.

— Queer? — perguntei.

— Isso — ele continuou sussurrando, aproximando os lábios dos meus. — E também... lindo. — Pensei que ele fosse me beijar, mas aí disse: — Vamos nessa. Acho que está na hora de você mostrar ao mundo o verdadeiro significado de orgulho.

Ele me levou de volta para a Paulista, onde a Parada estava prestes a começar. Os eventos pré-parada já estavam lotados. Pessoas, música e amor por todo lado. Gente subindo nos trios, finalizando os detalhes das decorações. Caminhamos algumas quadras, parando perto de um parque que ficava em frente ao enorme prédio de um museu. Eu me senti perdido naquele caos colorido, e Luiz tocou no meu ombro.

— Olha lá. — Ele apontou. Um pouco mais à frente, estavam Nicolas e Heidi. — Acho que se desculpar pessoalmente pode ser melhor do que por DM, não acha?

Corri até me aproximar da dupla.

— Ei, lembra de mim? — perguntei ao Nicolas.

— Difícil de esquecer — disse ele.

— Fui muito babaca contigo e sinto muito. Não sei o que dizer... Você conheceu a minha pior versão, e eu adoraria ter uma segunda chance.

Luiz se aproximou, ficando ao meu lado.

— Oi, Nicolas. Dou minha palavra pelo Azad, ele é um cara legal de verdade.

Nicolas olhou para Heidi.

— Bom, estamos na Parada do Orgulho — disse Heidi. — É hora de união, e não de divisão. Prazer em conhecer sua melhor versão, Azad.

— Prazer em te conhecer oficialmente — disse Nicolas. Ele apertou minha mão e depois os dois se afastaram.

— Ainda tempos um tempinho antes da Parada começar — disse Luiz. — O que você acha de participar de uma pequena performance artística?

— Hum... A única vez em que eu vi uma performance artística, duas pessoas estavam peladas e vomitando uma na outra em um teatro minúsculo sem ar-condicionado. Preciso ficar com medo?

— Sempre. Mas não desta vez. Anda, vem aqui pra cima.

— Pra cima de onde? — perguntei.

No que pareceu ser um borrão de tempo, energia e cor, Luiz escalou a imponente estátua de um homem barbudo que estava ali na frente do parque.

— Anda! — chamou. Eu hesitei, até olhar para o alto e ver seu rosto iluminado.

Luiz me chamava com a mão estendida. Foquei naquelas letras tatuadas nos dedos dele mais uma vez. F-O-F-O. Entrelacei meus dedos nos dele e deixei que me puxasse para cima.

Assim que soltamos as mãos, tracei as letras tatuadas com a ponta do dedo.

— Você não vai me dizer o que isso significa? — perguntei.

— É só um termo carinhoso. Como "cute" em inglês. Mas é... — Ele parou de falar.

— É o que? — perguntei.

Ele olhou para a multidão feliz e alegre caminhando até o ponto de partida da Parada.

— É como eu e meu primeiro namorado chamávamos um ao outro — ele explicou. — Fiz essa tatuagem para ele. Eu o amei, mas ele partiu meu coração e agora eu tenho esse lembrete do coração partido marcado nos meus dedos.

Olhei para as pessoas na rua reunindo-se para um dia de celebração. Tantos casais. Tantas pessoas se beijando, se abraçando, compartilhando amor. Eu nunca tive nada parecido com aquilo. Nunca havia namorado ninguém, nem mesmo beijado uma pessoa além de uma garota por quem tentei desesperadamente me apaixonar no primeiro ano do ensino médio. Só que aquilo não era amor, era enganação. Eu enganei a ela e a mim mesmo. Agora, porém, estava pronto para finalmente viver minha verdade. E, talvez, para ter meu coração partido algum dia. Com carinho, eu disse:

— Talvez a tatuagem não seja um lembrete do coração partido. Talvez seja um lembrete de que você amou uma vez e vai amar de novo. Um lembrete de que você é mais forte do que seu passado.

Ele sorriu.

— Gostei desse jeito de ver as coisas — sussurrou.

— E, talvez, se eu repetir essa palavra um monte de vezes, você vai se lembrar de mim também, não só dele. — Respirei fundo e gritei para a multidão: — FOFO! FOFO! FOFO! FOFO! FOFO! FOFO! FOF...

Ele colocou a mão sobre a minha boca para me impedir de continuar passando vergonha.

— Quer saber? — ele disse. — Essa palavra tem um monte de variações. Ele foi meu fofo, mas você pode ser minha fofura ou meu fofucho.

— Fofura — sussurrei. — Gostei dessa. Rima com "loucura", tipo "crazy" em inglês, né?

— O que você está querendo dizer? — perguntou ele.

— Que estou louco por você — sussurrei.

— Acho que chegou a hora da nossa performance artística — declarou ele.

— O que vamos fazer? — perguntei. — Eu ainda não concordei com nada.

Os olhos dele brilharam ao dizer:

— Vou contar até três, daí a gente pega os papéis no seu bolso e joga os desejos para quem estiver passando. Vamos deixar as pessoas pegarem esses sonhos. Não estava esperando subir na estátua de um antigo dono de escravos para fazer isso, mas acho que assim a mensagem vai ficar ainda mais poderosa.

— E qual é a mensagem? — perguntei.

— Não desista de sonhar — ele sussurou —, e o mundo vai mudar.

Nós dois colocamos a mão no bolso e pegamos os papéis, e quando a contagem chegou no três, começamos a jogá-los, um por um, naquele mar de pessoas queer e aliados. Conforme íamos jogando, Luiz gritava:

— PEGUE UM DESEJO ANTES DA PARADA!

Eu lia cada um antes de atirar nas pessoas abaixo.

"Queria ser forte para me assumir para a minha avó."

"Queria que finalmente descobrissem a cura da AIDS."

"Queria que não existisse mais violência contra os LGBTs."

"Queria que todo mundo no planeta inteiro se apaixonasse."

Nós jogamos um, depois outro, e mais outro, enquanto pessoas fascinadas pegavam os papéis e liam os desejos. Quando lancei o último que restava na minha mão...

"Queria que todos os desejos desta árvore se realizassem um dia."

... vi que Art havia pegado.

Acenei para ele e mexi a boca sussurrando um "muito obrigado".

Ele leu o desejo e então pressionou o papel contra o peito. Bateu no coração três vezes, e foi então que percebi que o broche de triângulo rosa na jaqueta jeans estava bem ali, em cima do coração. Sabia que não era coincidência. Eu me senti tão conectado a ele naquele momento, conectado a Luiz e a todas aquelas pessoas queer vibrantes que pareciam minha nova família.

Art não ficou por ali. Continuou andando, deixando que eu e Luiz tivéssemos nosso momento. Observamos enquanto ele se afastava. Seguindo adiante. Assim como a vida. Sempre na mesma direção, rumo ao futuro, mas com um pedacinho do coração preso ao passado. Não, preso, não. Preso, nunca. Honrando o passado de um jeito lindo, fazendo um tributo a todos aqueles que abriram o caminho daquela parada, da nossa história, do nosso amor.

Peguei meu celular e virei para o Luiz.

— Acho que chegou a hora de me assumir — anunciei.

— Para quem? — ele perguntou.

— Para o mundo.

Abri meu Instagram e comecei uma live. Pensei naquele pronunciamento amargo que tinha escrito e me senti tão grato por aquela não ser a forma como decidi me assumir. Eu não estava mais furioso. Entendia por que as pessoas queriam mais atores queer assumidos, eu queria a mesma coisa. Talvez, se mais pessoas tivessem visibilidade, se mais queers iranianos fossem assumidos, o que eu estava prestes a fazer não seria tão difícil. Só que não me parecia mais difícil. As palavras saíram facilmente dos meus lábios.

— EU SOU QUEER! — gritei em inglês. — Estava morrendo de medo de dizer essas palavras, mas eu não tenho mais medo. E também não estou com raiva. Sei que vocês estavam furiosos ao verem um ator hétero num papel gay porque vocês precisam e merecem mais referências queer. — Respirei fundo. — Mas acredito que não sou uma referência dessas. Quer dizer, eu nem quero ser ator. Não quero interpretar outras pessoas. Só quero aprender a ser... Eu mesmo.

Virei o celular e deixei a câmera filmar aquela cidade linda enquanto voltava minha atenção para o Luiz.

— Isso aqui que é liberdade — sussurrei no ouvido dele. — É o significado do meu nome. Livre. E, agora, finalmente, estou fazendo jus a ele.

Desliguei a live e guardei o celular. Já estava cansado de ser filmado. Cansado de ser qualquer coisa além de eu mesmo. Imaginei minha mãe assistindo àquele vídeo. Torci para que ela entendesse o motivo de tudo aquilo precisar acontecer daquele jeito. Ela merecia uma conversa sozinha comigo, e aconteceria assim que nos encontrássemos de novo. Porém, essa era uma preocupação para outro dia. Aquele momento era só sobre mim, sobre o que eu queria. E eu queria o Luiz.

— Obrigado por me inspirar, fofura — eu disse a ele enquanto descíamos da estátua. Dava para sentir uma lágrima de felicidade se formando no meu olho.

— Como você está se sentindo? — ele perguntou.

— Esperançoso — respondi.

Luiz abriu um sorriso.

— Esperança é algo perigoso para um fofo ter.

Completando a letra da Lana, declarei com alegria:

— Mas eu tenho!

Então, finalmente, ele me beijou. Meu primeiro beijo com outro garoto. E não um garoto qualquer. *Luiz*, que criava mágica, inspirava pessoas e me mostrou o que era liberdade.

Luiz, que me presenteou com um beijo que tinha gosto de um futuro — fofo-turo? — bonito.

O momento estava perfeito, até que uma voz gritou:

— Ei, vocês dois! Venham comigo! — Virei a cabeça e encontrei Sheila, a policial que tinha conhecido. Antes que eu pudesse perguntar o que eu tinha feito de errado, ela colocou a mão no meu ombro e disse: — Sabe uma coisa que eu não esperava hoje? Um advogado de um programa de TV dos Estados Unidos me ameaçando caso eu não encontrasse um ator que está dando o maior prejuízo pra eles.

— Mas...

— Sem "mas" nem meio "mas". Você vem comigo até a gente resolver as coisas.

— Não dá para resolver depois da Parada? — perguntou Luiz. — Vai ter uma surpresa na apresentação de uma drag queen, e...

Sheila estreitou os olhos para ele.

— Você pode aproveitar a Parada à vontade. O sr. Hollywood aqui vem comigo.

Queria dizer ao Luiz que ele podia aproveitar sozinho, mas antes que eu pudesse, ele deu de ombros e disse:

— Parece que vamos passar a Parada na polícia, então.

A HORA CERTA

MARIANA CHAZANAS

Fevereiro de 2019, Carnaval com recorde de chuva

Não sei explicar como percebi que era assexual.

Foi uma certeza que me veio e fluiu como a força do mar em ressaca que arrasta tudo para dentro de si, tal qual os olhos de Capitu. E, por acaso, tal qual a onda de verdade que quase me afogou naquele Carnaval chuvoso, na viagem que me fez começar a pensar nesse assunto.

Fui com minha melhor amiga, Rayssa, com quem dividia uma quitinete de trinta metros quadrados. Estávamos em um grupo de umas dezesseis pessoas dividindo uma casa de três quartos na praia do Lázaro, em Ubatuba, e eu só fui porque a casa era dos pais dela, que não iam cobrar aluguel de mim.

E também porque a Ray não me considerava capaz de sobreviver sozinha em São Paulo.

— Mas não conheço ninguém dessa galera — eu disse. — Vai ficar chato.

— Não, não se preocupe. Você vai se enturmar, vai ser ótimo. Qualquer coisa, a gente fica junta.

A gente não ficou junta.

Não que minha intenção fosse grudar nela desde o começo. Primeiro porque eu era boa em fazer amigos, e segundo porque era o primeiro ano da faculdade, então ainda não tinha perdido o brilho nos olhos. Estava convencida de que todas as aventuras que não vivera no Ensino Médio aconteceriam na faculdade, era só questão de tempo. Eu encontraria meus novos melhores amigos, sairia para beber, conversaria até de madrugada, tocaria violão em um dos gramados uspianos ou ouviria alguém tocando, já que eu não sabia nem tirar um dó da minha viola. Passaria vergonha, choraria por amor, dormiria na praça, beijaria na chuva. Eu me apaixonaria e me entregaria numa noite de amor.

Esse último item era meio urgente.

Eu tinha começado a mentir sobre o assunto aos catorze anos, para não me chamarem de Boca Virgem — BV, pra fins de economia. Tinha incrementado a mentira aos dezoito para não me chamarem de patética.

Aos dezenove, eu ainda era as duas coisas. Até minha mãe estava ficando desesperada, e volta e meia me mandava artigos com estratégias para uma garota tímida encontrar um namorado. Sendo que eu nem era tímida.

Uma viagem de Carnaval parecia muito uma versão expressa e sem graça do que eu queria ter, mas paciência. Já me imaginei dançando em um bloquinho animado, segurando uma lata de cerveja, enquanto um cara charmoso me pegava pela cintura dizendo que não conseguia tirar os olhos de mim.

Meio implausível, porque essas coisas sempre me davam vontade de simular um desmaio, mas, na fantasia, eu beijava o sujeito e gostava do beijo. Ia com ele para a cama sem a repulsa meio irritada que me dava pensar na audácia do cretino imaginário.

Valia o esforço fazer isso nessa viagem, pelo menos perderia o BV. E, na pior das hipóteses, caso nada acontecesse, teria passado um tempo com minha melhor amiga e com pessoas legais e divertidas, que poderiam se tornar minhas amigas também.

No fim, só passei raiva.

A chuva começou cedo na serra, e não parou até a Quarta de Cinzas. Minto, deu uma brecha para eu me afogar na segunda-feira, mas não vou antecipar o resto da história.

A viagem começou sábado de manhã, e no domingo eu já estava perdendo a paciência com o grupo, o Carnaval, a casa e até com Rayssa, por ter me metido naquela roubada. E comigo mesma por não conseguir, por mais que me esforçasse, entrar no ritmo animado dos outros.

O que tinha acontecido até então poderia ser resumido da seguinte forma:

1. Na chegada, todas as meninas se dividiram em dois quartos. Os meninos foram para o terceiro quarto, e essa divisão não demorou a colapsar, graças aos casais que se deslocavam durante a noite. Admito que fiquei desgostosa, mas coloquei meu protetor de ouvido extraforte ultraisolante desenvolvido pela NASA e dormi até às nove. Quando acordei, os casais já tinham se desmanchado e se reorganizado em outra ordem, causando grande comoção entre as metades descartadas.

2. Rayssa e Brenda começaram a disputar a atenção de Gustavo. Eu não tinha nada contra o Gustavo. O Gustavo era legal. O Gustavo era gente boa. O Gustavo até sabia tocar violão. Eu só achava que, se fosse para duas mulheres lindíssimas disputarem a atenção de alguém, não deveria ser a atenção do Gustavo.

Só minha opinião.

3. Nova dança das cadeiras amorosa. Uma menina usou a toalha da outra — que inclusive, agora estava com o cara que tinha estado com a menina da toalha — e descartou a toalha molhada na cama, quase resultando em um assassinato.

4. Gustavo fez sua escolha. E escolheu as duas. Sem contar para elas que estava escolhendo as duas, claro. Quando a verdade foi descoberta algumas horas depois, todos se viram obrigados a tomar partido. Optei por ficar de fora por motivos de: quem se importa? Era só o Gustavo.

5. Ficou impossível conversar com qualquer um dos meninos sem que uma das meninas viesse marcar território — e impossível conversar com qualquer uma das meninas sem que outra viesse questionar minha lealdade. Essa parte eu até compreendia, também

não gostaria se minha amiga se engraçasse com a garota que tinha usado minha toalha, mas qual é. Eu não tinha nada a ver com isso.

6. E a pior coisa: Rayssa me chamou de lado, perguntou se eu queria mesmo ficar com o Diego. Aparentemente, tinha um boato rolando de que eu estava me fazendo de difícil e atormentando o pobrezinho. Qual deles era Diego? Eu não sabia. Tinha jogado Uno com alguém em uma hora, Diego era o infeliz que me obrigou a comprar dezesseis cartas?

Não importava. Se não estava a fim do Diego, de quem eu estava a fim?

— De ninguém — eu disse, irritada. — Vim só para conhecer o pessoal. Só que ninguém aqui está interessado em me conhecer de volta.

— Que mentira, o Diego não tirou os olhos de você a noite toda! Até o Gustavo…

— Por favor, não fale esse nome em minha presença. Ray, está chato, constrangedor, e você não olha na minha cara desde sexta porque só fica correndo atrás desse otário. A gente não ia ficar junto? O nosso combinado era…

— Você está querendo me dizer — interrompeu ela, indignada — que estou correndo atrás de homem?

Brigamos.

— Todo mundo aqui é amigo — apontou ela depois de vinte minutos de bate-boca. — E Carnaval é pra pegação! Se vai ficar nessa má vontade, pra que você veio?

— Porque você me arrastou, e eu não sabia que todo mundo aqui era incapaz de pensar em outra coisa!

Não era nosso costume engrossar assim nas brigas, mas me senti ofendida e meu desconforto a deixava na defensiva também, porque Ray era sensível ao meu humor, e passamos vinte minutos batendo boca sem chegar a lugar algum. Só paramos quando começou a juntar plateia.

O pior é que ela não estava errada, aquele pessoal ainda viajou muitas vezes junto depois disso. O drama não abalava a relação deles.

O problema era eu, que não entendia uma amizade em que o único assunto era sexo, formas de fazer sexo e tipos de sexo para se fazer.

Depois da briga, fiquei mais desconfortável ainda. Sim, eu ainda queria encontrar o tal do cara do bloquinho que iria se apaixonar por mim e mudar minha vida, mas ao mesmo tempo tinha presumido que o Carnaval podia ser só para dançar e brincar, e, sei lá, dormir cinco dias ou o que mais desse vontade de fazer. Nem que fosse só aproveitar a companhia da minha melhor amiga. Pelo jeito, só eu pensava assim naquela casa. Agora não tinha mais vontade de continuar qualquer conversa. Com que cara eu ia puxar papo com, digamos, o tal do Diego sabendo que no fundo ele estava irritado comigo?

E que não tinha nenhum senso de ética para jogar Uno?

Quando a chuva finalmente deu uma trégua, fomos para a beira do mar levando cadeiras de praia, esteiras e isopor com cerveja gelada. Chegamos à praia ainda semideserta e, enquanto todos se acomodavam, anunciei que ia mergulhar.

Ninguém me acompanhou. Fui mesmo assim, certa de que todos ali me odiavam.

A praia do Lázaro costumava ser uma piscina, mas as ondas estavam mais altas do que o costume por causa da chuva. Mar revolto de uma ressaca gloriosa.

Entrei. Era só passar a arrebentação que eu poderia flutuar quando viesse alguma onda, deixando o mar me levar. Foi o que fiz, assistindo de longe o grupo se organizar na areia, montando acampamento. Gustavo se sentou em uma das cadeiras de plástico do barzinho, Rayssa se acomodou no colo dele. Ou ele se decidira, ou ela ia sentar numa perna e Brenda na outra.

Talvez os três se entendessem. As duas às vezes trocavam uns olhares que me deixavam pensativa.

Era uma sensação tão curiosa, ficar ao sabor da água pensando em nada. *Deveria ter vindo sozinha*, pensei, mas no fundo não era isso que eu queria.

Aliás, esse "fundo" era imaginário também, não pensava isso nem no raso. Eu gostava de companhia. Talvez não estivesse me esforçando o suficiente, talvez devesse tentar mudar. Se o Diego tinha mesmo flertado comigo via massacre no Uno, eu deveria retribuir. Ver no que dava. Fazer o meu papel no filme que passei tanto tempo imaginando...

O problema de entrar em crise existencial dentro de um mar de ressaca é que não prestamos atenção nos detalhes. Não calculei o retorno direito quando decidi voltar pra areia.

Até então, estava na parte mais funda. Nadei até onde dava pé, mas assim que me firmei na areia, o mar me abandonou. A água caiu para a altura dos joelhos.

Só tive tempo de olhar para trás, e a onda quebrou na minha cabeça.

Meu corpo revirou, inalei água salgada; eu estava tão em pânico que nem me ocorreu prender a respiração. Quando dei por mim, estava de quatro em algum ponto ainda dentro d'água e o mar estava repuxando mais uma vez, o que significava que ia me atacar *de novo*, e me levantei para tentar correr.

Falhei. Minhas pernas vacilaram, meu corpo se projetou para a frente e me preparei para bater no chão e afundar.

Em vez disso, caí contra Rayssa, que abraçou minha cintura e me puxou, eu cambaleando e ela me arrastando para o raso. A próxima onda veio imensa e espumando, gastou tudo no caminho e chegou em mim mansinha, mal dando nos tornozelos.

Tentei me endireitar, engasgada e com o nariz ardendo, a cabeça doendo daquele jeito estranho de quando a gente respira água. O pessoal estava rindo, ouvi alguém dizer "tomou um caldo, Milena", ouvi perguntarem se estava tudo bem.

Rayssa estava me encarando, olhos arregalados fixos no meu rosto. Sem tirar o braço da minha cintura, e sem reclamar do fato de que eu estava tossindo na cara dela, ela tocou na minha bochecha.

Doeu pra caramba. E os dedos dela saíram manchados de sangue.

— Esfoliação de graça — eu disse, e comecei a tossir de novo.

Ela não fez nem o favor de rir por educação.

— Vamos pra casa lavar isso. Se eu soubesse que você ia ser idiota assim, não tinha te deixado vir.

Para começo de conversa, foi ela que me arrastou até lá, mas não reclamei.

Deveria ter reclamado, porque o susto dela passou, e no caminho ela me xingou tanto que comecei a chorar, mas foi pelo medo de morrer. E também porque sou uma violeta sensível e delicada.

E porque já estava começando a chover de novo.

Pior. Carnaval. Do. Mundo.

Depois me contaram que, quando afundei, ela estava a um segundo de beijar o Gustavo. Desviou os olhos a tempo de me ver cair e, quando deu por si, tinha deixado o cara na mesa ainda com o bico armado, e corrido sem pensar duas vezes para me salvar.

Junho de 2023,
nove e pouco da manhã

O dia da Parada começou todo errado.

Pela previsão, teria um pouco de frio, mas com um solzinho amigável. Em vez disso, estava tão nublado que pensei em ficar em casa. Se não fosse o fato de que o clima ali dentro estava ainda pior, teria me enfiado debaixo das cobertas e ficado por isso mesmo.

Eu e Rayssa ainda não estávamos nos falando desde a nossa briga mais recente. Apenas o de sempre, óbvio, nós duas éramos civilizadas o suficiente para trocar uns bom-dia e com-licença quando necessário, mas não era uma conversa de verdade. Desde que tínhamos alugado aquele apartamento e saído da primeira quitinete que dividíamos quando começamos a faculdade, raramente passávamos um dia sem uma conversa longa porque só nos encontrávamos à noite e era nosso costume contar as novidades preparando e comendo o jantar.

Eu me sentava para vê-la cozinhar; nós comíamos, ela se sentava para me ver lavar a louça e, nesse meio tempo, não parávamos de falar. Era tão estranho não ter mais essa rotina que eu me pegava querendo comentar com ela o fato de não estar falando com ela.

De qualquer modo, Rayssa também já estava de saída, deveria estar enrolando só para não cruzar comigo no corredor.

Eu pretendia chegar à Paulista cedo, para ver a concentração e sair antes que o fervo começasse, caso as coisas ficassem caóticas. Era minha primeira vez na Parada, ainda não sabia como estava me sentindo quanto a isso. Orgulhosa? Apavorada? Sufocada devido à presença de dois milhões de pessoas em uma única avenida?

Por enquanto, estava só aborrecida com o clima. E com o silêncio enchendo meu apartamento como uma fumaça muito densa. Mais um minuto e ia bater na porta dela, nem que fosse para continuar a briga.

Já tinha separado as roupas para só me enfiar dentro delas e sair. Ver as peças que escolhi com todo cuidado me fortaleceu, em parte pelo princípio da coisa — minhas cores, minha identidade — e em parte porque eu ia ficar bem gata.

Eu geralmente fico. Há espaço para controvérsias? Sim. Porém, sempre achei que, quanto à minha aparência, o importante era eu estar feliz.

Claro que foi só começar a me vestir que mudei de ideia. Eu ficaria ridícula, isso era um absurdo, que sentido tinha anunciar minha sexualidade aos quatro ventos? As pessoas iam me parar na rua e dizer "nossa, moça, quem perguntou"? Os Fiscais da Comunidade LGBTQIAP+ iam exigir minha carteirinha com foto e número de matrícula, e me proibiriam de entrar. E dois milhões de pessoas apontariam para mim e diriam que o "A" da sigla era de aliados. Ou de androides. Abobrinhas. Amebas. Tudo, menos o que eu era.

Fui obrigada a fazer exercícios de respiração. Quatro segundos inspirando, quatro prendendo o ar, quatro expirando, quatro enfiando na cabeça que não tinha como um fiscal parar todo mundo para pedir carteirinha. Era gente demais.

E minha roupa estava mesmo legal. Meia-calça arrastão branca que dava um efeito bacana contra minha pele marrom-claro, jeans preto rasgado para mostrar os losangos da meia. Extremamente rasgado. Deixava umas janelas tão grandes na minha perna que eu morreria de frio, mas parecia sexy, e o objetivo era esse. Pelo menos uma vez, queria sensualizar para mim mesma, sem sentir que estava provocando ou oferecendo algo que não pretendia entregar.

Coloquei uma blusinha lilás bem justa e uma jaqueta cinza de imitação de couro que foi cara, mas dava um toque elegante. Por último, o cachecol infinito tão grosso que pegava meu pescoço inteiro, metade do queixo e boa parte do peito, nas mesmas cores da roupa: preto, cinza, branco e roxo. Mais barato que a jaqueta, mas bem mais difícil de achar.

Quem não entendesse o simbolismo ia só me achar extremamente bela, porque vamos ser sinceras, eu estava mesmo.

E quem entendesse, reconheceria de cara a bandeira assexual. Minha mensagem não poderia ser mais óbvia: *Eu existo, estou aqui, e tenho tanto direito de estar aqui quanto qualquer um de vocês.*

Um pouco defensiva?

Sem sombra de dúvida.

Terminei de me vestir e passei um batom lilás. Não me penteei, porque só me penteava no chuveiro, mas enchi os cachos de spray para ver se duravam até o fim da tarde. Eu tinha secado com toneladas de creme e gelatina, mas com aquele clima, nada estava garantido.

A porta do quarto de Rayssa continuava fechada.

Arrastei os pés até a cozinha. Peguei a água que tinha deixado na geladeira, pensei se deveria comer alguma coisa. Fazer um almoço rápido, esquentar a pizza de ontem, roubar um dos lanches naturais que Rayssa fizera para levar, já embrulhados em papel alumínio.

Descartei todas as ideias porque não consegui enganar nem a mim mesma. Só estava tentando enrolar para ver se ela saía do quarto e olhava na minha cara. Então, peguei meu chaveiro do nosso porta-chaves artesanal em formato de gatinhos e dei uma última olhada na cozinha, como se estivesse partindo para a guerra. Saí de casa fingindo que os olhos ardendo eram só por conta do vento gelado que me recebeu lá fora.

2020, 2020, 2020, 2020...
Ou: cinquenta anos em um

Depois do Carnaval de 2019, fiquei me perguntando o que tinha de diferente em mim. Por que eu estava tão fora de sincronia com o resto da humanidade?

Foi aí que entrei em contato com o conceito de Assexualidade.

Nessa altura, Rayssa fizera uma descoberta importante ao beijar uma garota de Engenharia em uma das festas universitárias. Depois disso, minha amiga floresceu de um jeito que me perguntei se eu não seria lésbica também, se era por isso que não me interessava por nenhum menino. De repente, essa era a chave para eu me compreender.

A falha no raciocínio era que eu também não me interessava por meninas. Estava tentando entender o que eu sentia quando caí por acaso num artigo listando canais de vídeos sobre o tema.

O primeiro era de um rapaz trans chamado Nicolas Nadalin. Chamei a Rayssa para ver comigo, e abri o vídeo.

Depois de alguns minutos de silêncio de nossa parte — e alguns gritos da parte dele —, ela disse:

— Esse menino gosta bastante de matar piratas, né?

— Aparentemente, sim — eu respondi, meio defensiva. — Talvez seja uma metáfora.

O vídeo era sobre joguinhos.

Joguinhos feios, ainda por cima.

— É — disse Ray —, uma metáfora sobre matar piratas. Quem fez a curadoria dessa lista?

Eu também estava me perguntando.

— O resto da lista é bom, devem ter incluído por distração. O próximo parece legal, olha só.

O próximo vídeo era de um rapaz chamado Yohann recitando poesia, usando as roupas mais fascinantes da galáxia. Que, aliás, era o que ele parecia, com o casaco furta-cor e uma bermuda roxa com planetas prateados. Zero relação com o que eu estava procurando, mas pelo menos achei a poesia linda, e já estava pensando em bordar um trecho em um quadrinho para decorar nossa cozinha, quando Rayssa anunciou que ia ver se sua cama ainda estava no quarto.

— Me chame se alguém falar alguma coisa relevante — disse ela, e sumiu.

Minha amiga não tinha alma para a poesia.

Anotei os melhores versos do vídeo e continuei assistindo. Meu esforço foi recompensado, porque ele tinha, sim, conteúdos sobre o que eu estava pesquisando, além de mais um monte de vídeos em que lia poemas. A maior parte era sobre sua transição, mas achei um especial sobre cada letra da sigla LGBTQIAP+. Conteúdo, não poemas. Convoquei Ray de volta para a sala.

Como quase todo mundo, eu brincava com o efeito sopa de letrinhas que cada letra extra provocava. Paguei a língua naquela noite quando ele chegou no A, que para mim sempre tinha representado "Aliados". Yohann explicou que pessoas que não sentiam atração sexual por ninguém faziam parte daquele grupo.

Sempre fui de chorar fácil. Naquela noite, não chorei. Não conseguia nem me mexer porque Rayssa se aninhara no meu colo como um gatinho, então ali estava eu, congelada no sofá segurando o celular, os olhos arregalados e o coração batendo na garganta porque alguém, em algum lugar — sei lá quem resolvia essas coisas

— fizera questão de me incluir na sigla nominalmente. Tinha um campo específico para pessoas iguais a mim. Eu *existia*.

Mais que isso. Eu era importante.

A partir daí, mergulhei em pesquisas. Não poderia me precipitar. E se fosse mesmo só questão de esperar a hora certa? Seria constrangedor presumir que eu era *ace* — o diminutivo carinhoso de assexual — e mudar de ideia semanas depois.

Resolvi verificar tudo fazendo uma lista. Eu nunca quis fazer sexo, mas não achava a ideia repulsiva. Exceto quando achava. Mas não sempre. Poderia me imaginar fazendo em uma situação de muito carinho. Uma entrega sublime, um encontro de almas. Nada de tesão.

Próximo ponto: eu não sabia identificar tensão sexual na vida real. Sempre confundia com tensão do tipo "normal". Em filmes também, mas, em compensação, nunca errava em livros. E eu gostava de ler romance. Às vezes pulava as cenas de sexo, mas às vezes não. Isso significava alguma coisa?

Conversei com Rayssa. Li bastante. Conversei de novo com Rayssa. Achei *influencers* aces e conversei outra vez com Rayssa, e tive que aceitar que ela nunca entenderia como eu me sentia. Estava longe demais da realidade dela. Eu era outro planeta.

No entanto, entender não era necessário, ela só precisava me aceitar, e isso Ray fez várias e várias vezes, aconchegada no sofá enquanto eu falava. Ouvindo.

Assisti a mais vídeos. Uma menina não tolerava cenas eróticas em ficção, muito menos na vida real. Uma mulher era casada e tinha filhos. Um homem estava em uma tríade com duas pessoas no espectro — tinha isso também, não era só questão de ser ace ou não, existiam gradações diversas, porque atração era um espectro inteiro —, o que me deu certa inveja da vida dele. Encontrei um manifesto da década de 1970 e achei estranho, porque a autora tratava a falta de vida sexual mais como um posicionamento político do que uma identidade. Por outro lado, era difícil imaginar uma pessoa allo — o contrário de ace, *allosexual*, alguém que sente atração sexual —

defendendo que era possível decidir uma coisa dessas, e ela fazia questão de dizer que era diferente de celibato.

Como a autora era uma pessoa real, eu não tinha direito de presumir sobre a identidade dela, mas achei esse comentário bem ace.

Apesar de todas as minhas dúvidas, foi nascendo uma convicção forte como a maré. Eu era. Eu sabia que era. Só queria achar uma prova definitiva, uma lista que ticasse inteira.

E isso me levou ao segundo problema.

No caso: eu ia morrer sozinha.

Imaginei uma vida vendo minhas amigas me largando para sair com um cara aleatório. Ou, para ser inclusiva, uma menina aleatória. Ou uma pessoa não binária aleatória. Todo mundo esquecendo as amizades depois de se casar, minha mãe insistindo em me arrumar marido, Rayssa com suas namoradas, eu sempre em segundo lugar.

Cometi o erro de dar uma lida nos comentários daquele vídeo antes que o coitado do Yohann tivesse a chance de apagar os piores. Era tanta gente dizendo que uma pessoa ace só se entenderia com outro ace, porque ninguém renunciaria à vida sexual pela companhia, que fiquei horrorizada.

Era como viver em um enorme Carnaval de 2019, com um monte de desconhecidos me dizendo que até poderia fazer amigos, mas ninguém iria se apaixonar por mim, ou me daria preferência, ou passaria a vida ao meu lado, ou me *escolheria* se eu nunca estivesse disposta a fazer sexo.

Parecia muito com os discursos da minha mãe. A única diferença era que ela recomendava ceder só depois do casamento para garantir a aliança no dedo, e o pessoal nos comentários recomendava avisar logo de cara que o produto estava em falta, para o cliente já se dirigir a outro estabelecimento.

Pior: achavam que se alguém me quisesse e me respeitasse sem pressão, eu sempre teria que ser grata pelo sacrifício que essa pessoa estava fazendo. E precisaria ser um relacionamento aberto, ou ninguém aceitaria.

Eu poderia ter um relacionamento aberto.

Só que não por não ser boa o suficiente para monogamia.

Briguei nos comentários e fui dormir xingando todo mundo. Meu único consolo foi que o Yohann deletou a conversa toda depois, menos a minha resposta, e não me bloqueou como fez com os outros. Eu sabia que podia confiar nele.

Outro Carnaval chegou. Não viajei, porque a experiência de 2019 ecoava na minha memória, os comentários do vídeo também, e, de repente, era como se toda a minha experiência anterior fosse falsa.

No fundo, eu sabia que não tinha feito nada de errado no ano passado. Sabia que Rayssa só tinha falado daquele jeito porque a gente estava brigando, e que eu tinha direito de curtir o carnaval do jeito que fizesse sentido pra mim. Eu *sabia*.

E mesmo assim, não conseguia mais me sentir bem-vinda. Ela deixara claro no passado a intenção dessas viagens. Era desleal buscar um relacionamento se eu não ia me entregar, ficariam exasperados comigo, me achariam chata, eu ia ser excluída. Como a Ray tinha dito: nesse caso, para que ir?

Pois não fui. E me arrependi, porque o mundo foi invadido pelo micróbio diabólico.

Sim, eu sabia que era um vírus, mas gostava de chamá-lo assim para indicar meu desprezo. Meus problemas de pressão me colocavam no grupo de risco, mas na prática todo mundo estava vulnerável, e eu e Rayssa nos fechamos no apartamento durante a quarentena, esperando a vacina. Quando a vida voltou ao normal — o "novo normal", como se dizia —, senti uma pressa muito grande. Vontade de viver. Existir. De nunca mais me privar de uma festa por expectativas de outra pessoa, fosse quem fosse.

Rayssa foi rever uma crush antiga na euforia de poder finalmente sair. Eu me deixei levar pelo impulso e chamei minha mãe para um café.

Depois de um bom tempo falando mal do governo, o assunto seguiu para minha falta de vida amorosa, como não poderia deixar de ser. Agora que a vida recomeçava, era hora de voltar à luta.

Então falei do que tinha aprendido. Contei que talvez nunca encontrasse o marido que ela sonhara para mim, expliquei da melhor forma que podia o que era ser ace e demi — a misteriosa área cinzenta das gradações —, a total falta de angústia ou sofrimento que ser assim me provocava, e como o que me aborrecia era sempre a pressão dos outros, não o fato de ser como era.

Ela ouviu. Quando terminei, bebeu seu café em paz, digerindo as informações.

— Acho — disse ela, lentamente — que o primeiro passo seria ver uma endócrino. E uma ginecologista.

Meio anticlimático.

— Por quê? — perguntei, com um suspiro. — Está sentindo alguma coisa?

— Não eu, meu bem. Pode ser uma questão hormonal. Mas acho que você só não encontrou a pessoa certa ainda, não precisa entrar em pânico.

— Pânico?

— Hoje em dia, o povo inventa nome pra tudo, não precisa acreditar nessa bobagem toda. Você sempre fez as coisas no seu tempo. Vai acontecer na hora certa.

E sorriu pra mim, toda carinhosa.

— Estou dizendo que não vai acontecer — falei. — Nunca.

— Ah, todo mundo pensa assim quando as coisas demoram. Um dia a gente vai lembrar dessa conversa e dar risada.

Não respondi.

Poderia ser tão pior que nem me senti no direito de ficar chateada. Pessoas eram expulsas de casa. Pessoas morriam. Minha mãe nunca seria cruel comigo, não deixaria de me amar.

Ela só não ia me entender, nunca. Nem fazer qualquer esforço, porque não precisava enfrentar os fatos. Sempre poderia dizer que era só questão de tempo, aguardar a hora certa, a pessoa certa, e com isso os anos passariam, e nós íamos nos dar bem a vida inteira. Um relacionamento perfeito entre ela e sua versão imaginária de mim.

Junho de 2023,
nove e muito da manhã

O ônibus estava lotado, e o metrô que peguei depois também.

Existe uma energia bem específica de cidade grande quando todo mundo está indo para o mesmo lugar. Eu sentia na virada do ano, quando todos iam para a Paulista, e em dias de jogo, quando todo mundo seguia para os estádios. As veias de São Paulo convergindo.

Naquele domingo, essa energia era multiplicada por mil. Minha tristeza começou a... não necessariamente se dissipar, mas se misturar com um pouco de animação. Interesse, talvez.

A primeira coisa que percebi foi que não dava para adivinhar cem por cento quem estava indo para o mesmo lugar que eu e quem estava só se locomovendo pela cidade. Algumas pessoas eram bem óbvias, outras eram discretas, e gente de todo estilo no meio dos extremos. Plumas, paetês, lantejoulas, jeans e camiseta de banda. Duas mulheres de uns trinta e poucos se beijando, um rapaz de sunga preta e... não dava para chamar de camiseta, um amontoado de tiras de couro cruzando o peito, sozinho em um dos bancos perto da porta. Um grupo enorme de adolescentes com cabelo colorido entrou, tomando vinte e cinco por cento do espaço disponível e falando alto, tirando fotos, e eu me perguntei se o ambiente seria apropriado para menores.

Quer saber? Provavelmente era. Até já ouvira falar que rolava exibição de "fetiches incomuns" na Parada, mas como quem disse esse absurdo foi um dos presidentes mais burros que já tivemos no país, era melhor desconsiderar.

O olhar do rapaz seminu encontrou o meu. Ele sorriu, um pouco tímido, e eu sorri de volta, em respeito ao fato de que ele em breve morreria congelado.

Ele imediatamente se levantou e veio sentar do meu lado.

Admito que meu primeiro pensamento foi: *ah, pronto*.

Arrogante, eu sei, mas eu estava mesmo muito gata.

E desnecessário, já que ele não tentou flertar comigo. A primeira coisa que fez foi apontar para o meu cachecol:

— O que são essas cores? Sei que já vi antes, mas não lembro o significado.

Muito suspeito. Seria ele um fiscal disfarçado? Quando eu explicasse, ele diria que deveria estar me dirigindo a um consultório terapêutico, e não à Parada do Orgulho.

— A bandeira assexual — falei, com um sorriso brilhante e uma segurança forçada. — O primeiro manifesto foi publicado há décadas, e não concordo muito, mas não é uma coisa que eu inventei, e assim, estou com a carteirinha em dia e paguei todas as mensalidades, só não tenho o comprovante aqui comigo.

Ele piscou algumas vezes com o mesmo ar atento, esperando minhas palavras fazerem sentido.

Não era um fiscal. O menino nem sabia do que eu estava falando. Tive que explicar o conceito inteiro, e, quando finalmente assimilou a ideia, ele arregalou os olhos.

— Mas nunca? Você não quer dar pra ninguém?

— Pois não quero.

— Nem que deem pra você? Ninguém mesmo?

— Ninguém mesmo.

— Tem certeza?

— Tenho. Eu teria notado.

Ele soltou o ar num assobio impressionado.

— Cara, que incrível! Nunca conheci ninguém assim.

— Provavelmente conheceu, sim, a pessoa só não comentou isso com você. Não é bem um assunto que aparece, né? A gente não chega anunciando que...

— Não, eu saberia. Já peguei todo o meu círculo de amigos.

— Ele pensou um pouco, e acrescentou: — Admito que o nível de entusiasmo pode variar, mas acho que tem mais a ver com o tempo na fila de espera. Alguns ficaram meio bravos comigo.

Enquanto eu tentava digerir *essa* informação, ele descansou a mão sobre a minha.

Deixei. Toques platônicos nunca me incomodaram. O problema era descobrir que não eram tão platônicos quanto eu estava supondo que eram, o que não parecia ser o caso aqui.

— Você é uma pessoa muito evoluída espiritualmente — decretou o menino, segurando minha mão, me encarando com intensidade, e decidi que gostava dele. Até seria sua amiga, se ele abrisse uma exceção para mim na fila da pegação.

— Sim — respondi, satisfeita —, exatamente o que eu falo, mas ninguém me...

— Você consegue ler o futuro?

Bom.

Pelas minhas pesquisas, essa não era uma das características intrínsecas da assexualidade, mas fiquei com pena de decepcioná-lo.

— Consigo, mas só de curto alcance, e nada numérico, então não adianta pedir o resultado da Mega-Sena.

— Ah.

— Mas, por exemplo, considerando o que você falou, estou prevendo diversas ligações de madrugada no seu futuro próximo. Isso eu posso garantir.

Ele arregalou os olhos de novo.

— Aconteceu mesmo! Nessa noite até o Vini me ligou bêbado às três da manhã, cantou um pagode inteiro e começou a chorar. E desligou na minha cara. Você consegue me dizer se ele vem hoje?

Coitado do Vini.

— Sem a menor dúvida.

Meu novo amigo sorriu, satisfeito. Achei melhor redirecionar a conversa, porque minha clarividência só chegava até aí.

— Vocês costumam vir à Parada? É a minha primeira vez, queria muito saber como é.

O menino se recostou no banco, o braço encostando no meu. Pensei em desatar o cachecol e cobri-lo também, mas ele parecia confortável como estava.

Por enquanto. Previ que ia mudar de ideia depois de umas horas no frio lá fora.

— Meus amigos de São Paulo, sim, várias vezes. Eu não. É um trampo chegar, moro em Marília e são horas de viagem, só vim porque a Minah vai estar aqui. A cantora, sabe? A Minah Mora?

Eu sabia. Todo mundo sabia. E sabia também que ela cantaria logo depois de Ludmilla e Pabllo, porque tinha lido a programação antes de sair.

A única coisa que não sabia era o trocadilho no nome, que só peguei quando ele falou.

Fiquei um pouco indignada. Na minha cabeça, era para ser uma referência à Mina Harker, a personagem de *Drácula*. Minah tinha até uma música sobre vampiros.

Bom, sobre mordidas no pescoço. Eu sempre tinha interpretado como sendo sobre vampiros.

— Mas é garantido? Ela não teve uns problemas de saúde recentemente?

Como meu novo amigo sabia tudo da vida da cantora, o assunto rendeu até chegarmos à estação da Consolação. Subimos a escada rolante juntos, mas havia um grupo de uns cinco ou seis rapazes com não-roupas bem parecidas com a dele esperando na catraca. Ele cumprimentou a todos, se atracou aos beijos com um específico e fez uma pausa de cinco segundos para perguntar se eu queria me juntar a eles. Começou outro beijo antes que eu tivesse tempo de responder.

Um dos outros meninos olhou triste para o casal, e então se obrigou a virar para mim.

— Lindo o seu cachecol — murmurou ele. — São as cores ace, né?

— Obrigada. São mesmo.

— Sorte a sua.

Eu não podia discordar.

— Você é o Vini? — perguntei, cheia de compaixão, já pensando se deveria prever que era só questão de tempo até a fila andar.

— Hum? Não, meu nome é Lucas — respondeu ele, indicando o lindo casal. — Vini é ele.

Coitado do Lucas.

Subi com o grupo até a Paulista e lá dei um tchau um pouco constrangido, em respeito ao coração partido do menino. A hora dele chegaria também, mas não naquela tarde, de acordo com meus poderes, e considerando o beijo que os outros dois ainda estavam trocando.

Eu tinha mesmo sorte, pensei. Tinha ciúmes da minha melhor amiga? Tinha. Teria ligado bêbada para ela cantando uma música brega? Talvez.

Mas e daí? O que isso significava, considerando a experiência humana no mundo?

Fui caminhando no sentido Paraíso. Como a Parada seguiria na direção oposta, imaginei que no contrafluxo teria mais espaço.

Não funcionaria por muito tempo, mas por ora precisava só desviar do pessoal que vinha para a concentração. Barracas de instituições sendo montadas, a polícia se organizando na operação de segurança, vários grupos de pé conversando, ou sentados no chão enquanto esperavam. Estava mesmo frio, e ajeitei melhor meu cachecol, deixando todas as cores bem à mostra.

Um grupo enorme chegou e imediatamente começou a se desfazer, enquanto três pessoas davam orientações de segurança e sobrevivência durante a Parada. Turistas, com certeza, e eu podia apostar que até o começo do evento, já teriam se perdido.

Uma das guias se separou do grupo e começou a colar lambe-lambes nos semáforos, cola em uma das mãos e os papeis na outra. Parecia tão satisfeita, tão orgulhosa, que acabei sorrindo de longe, e fui ler quando a galera se afastou.

O texto era "beije sua preta em praça pública" e fez meu sorriso aumentar. Tirei uma foto para enviar para a Rayssa, e então lembrei que não estávamos nos falando.

Fiquei ali parada encarando as palavras.

E então, em um impulso irritado, mandei a foto assim mesmo.

Um sinalzinho só, indicando que a mensagem tinha ido.

E não tinha sido entregue? Se aquela menina tivesse me bloqueado, eu a agarraria pelo pescoço.

Mas não, se fosse o caso, eu não veria a foto dela, certo? Devia estar dormindo ainda, ou no metrô vindo para cá também, ou sei lá. A internet às vezes dava uma vacilada no nosso apartamento.

E eu não podia ficar paranoica. Enfiei o celular no bolso interno da jaqueta e continuei andando.

Vários prédios exibiam faixas e cartazes pendurados. Um coração enorme com as cores da bandeira LGBTQIAP+ estava estampado no Conjunto Nacional, o arco-íris se repetindo em broches, camisetas, tinta de cabelo, bandeiras usadas como capas de super-heróis. Eu estava dentro de um prisma. Travestis com imensos cílios postiços generosamente autorizavam fotografias, dois senhores de pelo menos setenta anos andavam de mãos dadas usando terno e sapato social. Uma garota empurrava a cadeira de rodas de uma velhinha que usava uma camiseta com os dizeres "amo minha neta trans".

Aquilo tudo me deixou feliz. Não existe comunidade se não há espaço para idosos e crianças. Gente de todas as idades, com todo tipo de laço.

Uma barraca da Secretaria da Saúde me chamou a atenção, e fui dar uma olhada.

Estava dividida em alguns setores, oferecendo orientação de prevenção de ISTs, testes gratuitos e preservativos. Entrei e aproveitei para olhar o celular em relativa segurança.

Tinha vinte ligações, todas da Rayssa. E três mensagens.

A primeira era uma série de pontos de interrogação, provavelmente uma resposta à foto que eu enviara do lambe-lambe. Em seguida, um "onde vc tá?" e, então, uma última mensagem dizendo: "foi sem comer nada?????".

Respondi "estou na parada, ué", mas a mensagem não foi. Ergui a mão, procurando rede, e então alguém ao meu lado alertou:

— Menina, não faz isso, vão levar seu celular — e então completou: — Creio que essa barraca come sinal.

Olhei para a pessoa.

Era uma senhora que estava de braços dados com outra senhora. Conduzindo-a com todo cuidado, aproveitou minha atenção para dizer:

— Tem onde sentar aqui? Ela precisa descansar.

— Não preciso — protestou a outra, com cara de que precisava.

Deixei que o celular enviasse a mensagem para Ray quando quisesse e fui caçar um voluntário. Voltei com uma cadeira de plástico e um copo de água.

A senhora se sentou, a outra ficou em pé ao lado dela, a mão repousada em seu ombro.

Deviam ter quase setenta anos. A que precisou sentar estava usando um conjunto de ginástica com agasalho todo cor-de-rosa, inclusive o tênis. E os óculos. E o cabelo. E a garrafa de bebida na mão.

Aquilo sim era comprometimento. Nem me ocorrera coordenar meus trajes com alimentos, o que seria um problema, porque já estava sentindo um tremor de fome. Não sei se teria encontrado as cores certas, mas poderia ter trazido pelo menos uma Fanta Uva.

A outra senhora tinha pintado o cabelo nos tons pastel da bandeira trans. Estava de jeans e sandália e uma camiseta larga onde se lia em letras garrafais "ESTOU DISPONÍVEL PARA DAR CONSELHOS" em cima da imagem de uma caçamba de lixo onde se via um guaxinim gritando com um ar de que estava, de fato, disponível para dar conselhos.

Ótimo. Era exatamente quem eu precisava.

Com um sorriso cordial, apontei para a camiseta e perguntei:

— Isso é de verdade?

A mulher olhou para baixo, bem surpresa.

— Sim, coloquei uns meses atrás. Que coisa. Não sabia que a nova geração era direta desse jeito.

A outra deu uma tossida, colocando o copo vazio na mesa.

— Vida, ela não se refere ao seu regaço. Mocinha, não perca seu tempo, ela não fala coisa com coisa.

Levei alguns segundos para entender.

Então pensei que queria era me enfiar em um buraco, mas a Vida se iluminou:

— Aaaah, os conselhos! Perdão. Decerto, minha jovem. Pergunte, terei prazer em ajudar.

Minha mãe às vezes repetia um ditado: onde eu vim amarrar meu burro? Lembrei dele naquela hora, mas já tinha começado a conversa, então perguntei:

— Na verdade, não é bem um conselho que eu quero, é mais uma dúvida que eu tenho, que me... A senhora acha que...

— Você — corrigiu ela com firmeza antes que eu terminasse. — Não gosto de "senhora", pode me chamar de Sabrina. E ela é a Odete, bem sem graça. Continue, meu bem.

Odete suspirou, com um ar de quem já ouvira isso muitas vezes. Eu ri, mais relaxada.

— Certo, e eu me chamo Milena, mas pode ser Mili também.

— Como na novelinha?

Fiquei entusiasmada. Claramente, ela era a pessoa ideal para resolver a minha vida.

— Sim! Exatamente. Eu queria saber se... Como é que a gente sabe? Essas questões de identidade. Como é que uma pessoa pode ter certeza?

Elas gentilmente não fizeram nenhum comentário sobre a pergunta não fazer sentido. Só olharam para mim, pensativas, e Odete apontou para meu cachecol.

— São as cores do movimento assexual, certo?

Será que eu tinha cometido um erro? De repente *elas* eram as fiscais, e o pessoal estava contratando senhorinhas para provocar uma falsa sensação de segurança.

— São. Como reconheceu? — perguntei, pensando se deveria explicar que deixei o crachá em casa, mas que as mensalidades estavam quase em dia.

— É um movimento antigo — respondeu ela, ao mesmo tempo em que Sabrina disse ter aprendido sobre isso no YouTube.

As duas se encararam.

— O movimento é antigo — protestou Sabrina —, mas a bandeira é nova! E você gosta do canal do mocinho também, não gosta? Então.

Para mim, ela complementou:

— Um rapaz trans que explica diversas coisas, muito cativante.

— O Yohann? — eu perguntei. — Se for, também assisto o canal dele!

Ela torceu o nariz.

— Não, um outro. As roupas desse menino aí atacam minha labirintite.

Pensando bem, não sei se elas possuíam tanta sabedoria assim para me conceder um pouco.

— O que eu estava dizendo — recomeçou Odete, abrindo mão do debate —, é que desde a década de 1970 tem estudos sobre o assunto.

— Eu li o manifesto. Inclusive achei meio… tem umas coisas que…

— Ah, sim — interrompeu Sabrina —, a definição como uma práxis política, e não uma pauta identitária. Creio que esse aspecto foi superado.

— Embora seja o tipo de coisa que uma pessoa ace diria — comentou Odete.

Odete ergueu o copo de água que eu trouxera para ela como se estivesse fazendo um brinde.

Aquilo soava mais ou menos como o que eu tinha pensado, então concordei. Sabrina continuou:

— Enfim, vocês estão aí faz um tempinho. Sua pergunta é como ter certeza de que você é?

— Isso. Algo assim. E como ter certeza de que vou continuar sendo. Tanta gente me diz que é uma fase. Minha mãe acha que devo passar com uma endócrino. Como sei que estou certa?

— Não sabe — respondeu Sabrina com um sorriso contente. — Não há estado permanente do ser. Cada um encontra sua forma de existir no mundo. Mas você pediu um conselho, não uma resposta ontológica, então: não esquente a cabeça com essa pergunta, pois não existe resposta.

Não sei que cara que eu fiz, mas, depois de alguns segundos, Odete disse:

— Ela é professora de Fenomenologia.

— Ah.

— Inclusive, aqui está o meu contato — disse Sabrina, abrindo a bolsinha cor-de-rosa de Odete e puxando um cartão com o tridente da psicologia. — Diga para sua mãe me ligar. A não ser que seu cabelo esteja caindo, daí é bom ver a endócrino. Todas essas palavras que usamos para referir a nós mesmos são uma descrição, não um molde no qual se encaixar. Se a palavra assexual te descreve, então você é. No dia em que não descrever mais, escolha outra palavra. Ou nenhuma. Somos maiores do que rótulos.

— Contraponto — disse Odete antes que eu respondesse —, algumas pessoas encontram grande paz em ter a palavra certa que descreve a sua essência.

— E ela — completou Sabrina — é psicanalista lacaniana. Não existe essência, paixão.

— Modo de dizer, estou sendo coloquial para não assustar a menina. Concordo que não existe, na medida em que nossa existência precede uma essência e que, por sermos reflexo do espelho do outro, sempre haverá uma ausência no que sabemos de nós.

Ela fez uma pausa pensativa. Então acrescentou:

— Mas há liberdade em se atribuir sentido ao longo da vida. Como um caminho que se faz ao passar por ele.

Sabrina franziu a testa.

— Como você está definindo liberdade?

Sério mesmo, onde eu tinha amarrado o coitado do meu burro?

— Vocês estão juntas? — perguntei, desesperada para mudar de assunto antes que a conversa desandasse.

Sabrina sorriu. Ergueu a mão de Odete expondo as alianças douradas, orgulhosa.

— Trinta anos e contando, e discutimos o tempo todo. A sorte é que há proximidade entre Lacan e a Fenomenologia.

— Não, não há — respondeu Odete, indignada, mas Sabrina deu um beijinho nos lábios dela.

Eu insisti:

— Tá, e sendo ace, como faço pra passar trinta anos ao lado de alguém também? Não quero morrer sozinha!

— Em última instância, todos morreremos sós. A solidão é intrínseca ao ser humano. Nada solucionará a angústia da finitude.

Sabe de uma coisa? Se eu visse um fiscal agorinha, ia abrir a denúncia contra aquelas duas.

Então Odete deu uma batidinha amigável em minha mão e completou:

— Além disso, o que nos impede de ficarmos sós não é um romance. É a construção de uma comunidade.

— Não sei fazer isso — resmunguei, meio emburrada.

Sabrina estava se levantando, já recuperada. Odete deu o braço para ela e sorriu para mim:

— Sabe, sim. É por isso que estamos aqui, não é?

Maio de 2023, alguns dias antes da Parada

A briga foi em parte culpa minha.

Em parte. Uns dez por cento, digamos.

A ideia de ir à Parada foi de nós duas, enquanto assistíamos a alguma coisa no sofá dividindo um balde enorme de pipoca com manteiga.

— É superlotado — comentou Rayssa —, chega uma hora que não dá mais nem pra se mexer.

— Você já foi?

— Não, mas várias amigas foram. A Letícia comentou que da outra vez acabou saindo numa das travessas pra conseguir respirar.

Letícia era a namorada de Rayssa do momento.

Ninguém tinha pedido a opinião de Letícia.

— Dá pra ir mais cedo, chegar à concentração e ver como as coisas andam de lá — falei. — Se a gente ficar desconfortável, é só ir embora.

— Você quer mesmo ir? De verdade?

A pergunta continha múltiplas camadas. Rayssa virou para mim no sofá, ignorando o filme se desenrolando na tela, e eu baixei os olhos, contemplando meus dedos sujos de manteiga. Brinquei com um milho que não tinha estourado direito.

— Acho que seria interessante. Pelo menos uma vez.

Rayssa assentiu devagar.

— Pelo menos uma vez — ecoou. — Ia ser legal não ser discreta.

Ela era mesmo. *Eu* sabia de todos os casos amorosos dela, mas era praticamente a única.

Bom, eu e as trezentas meninas com quem ela tinha saído no último ano, mas a Parada seria diferente.

Não tanto pela visibilidade. Se fosse para anunciar para o nosso círculo, poderíamos fazer isso na faculdade. A questão era o orgulho, era ocupar nosso lugar. Fazer parte de algo muito maior do que nós duas.

— Não quero nem imaginar o que meus pais diriam — murmurou ela, pegando mais pipoca.

— Minha mãe ia só dar risada — respondi, voltando a olhar para a tela. — Dizer que estou inventando moda.

Podia até ouvir a voz dela ecoando no meu ouvido. *Que bobagem, você não é nada disso, vai fazer o que lá?*

Aquilo me irritou tanto, que eu disse:

— Vamos juntas. Do jeito mais óbvio possível. Eu coloco as cores da minha bandeira, e você…

— Vou de terno e gravata. Um terno vermelho. Vai ficar incrível.

— Não é pra seduzir ninguém — disse, porque já sabia que ela ia mesmo ficar lindíssima. — É pra gente andar juntas e curtir a festa.

— Claro — respondeu ela, erguendo o balde de pipoca para sentar mais perto de mim, o braço sobre meus ombros. — Não se preocupe. Vou cuidar de você.

Quando, uns dias depois, ela falou que algumas amigas também iriam e poderíamos andar em um grupo, não reclamei.

Quando a turma foi aumentando, e até a Brenda daquele grupo do nosso primeiro ano apareceu, forcei um sorriso e disse que quanto mais gente, melhor.

Foi só quando ela disse que a Letícia também ia com a gente que eu falei que, nesse caso, preferia ir sozinha.

Na minha cabeça, ela reviraria os olhos com o comentário e falaria que então me encontraria depois.

Não foi o que aconteceu.

— Nossa, por quê? Vai ter milhões de pessoas lá de qualquer jeito, você não vai estar sozinha. Pra que evitar nossos amigos?

— *Seus* amigos — apontei. — Os meus eu não evito, estou falando desde o começo que quero ir com você. Sei muito bem o que vai acontecer se for com essa galera toda.

— Não vai acontecer nada. Você não vai ver nada que já não veria de qualquer forma, qual é o problema?

— Eu é que te pergunto, pra que essa insistência? Você sabe que vai esquecer que eu existo assim que a sua Letícia aparecer!

Ela teve a mínima dignidade de parecer constrangida.

— Não é a *minha* Letícia, nem estamos…

— Não me interessa o que ela é — interrompi. — A questão é que eu não vou me dar a esse trabalho todo pra ficar segurando vela e ver vocês se beijarem!

Ela ergueu as sobrancelhas, uma raiva chocada acendendo os olhos:

— Como é?

— Ah, Ray, para. Não tem uma mísera vez que isso não acontece, e quer saber, quero mesmo ir sozinha! Vai com ela, se ela é tão importante assim, e seja bem feliz, mas para de fingir que não está me entendendo, porque você sempre me deixa de lado quando está com uma dessas meninas!

— Você está com ciúme? Pelo amor de Deus, Milena, não me diga que está apaixonada por mim a essas alturas.

Quase ouvi minha raiva chiando, como água quando espirra na chapa quente.

— Claro, porque essa é a única explicação possível, né? O único tipo de relacionamento que existe, o único sentimento que uma pessoa pode ter por outra. Não existe nada no universo além de se apaixonar.

— Não foi isso que eu disse — começou ela, furiosa.

Eu a interrompi antes que continuasse:

— Foi, sim, e é o que você pensa, então pra que perder tempo? Não estou apaixonada por ninguém, sou só a idiota da sua melhor amiga.

— Que não quer me ver beijando outra pessoa! Não acredito que estou ouvindo isso. É a Parada do Orgulho, você está mesmo dando esse show por eu querer beijar outra menina em público pela primeira vez na minha vida? Eu quero me orgulhar de quem eu sou!

— Sim, eu sei, e eu também! Nós duas combinamos, Ray, eu só…

Dessa vez ela me interrompeu:

— Não, não sabe. O seu problema é que você quer, sei lá, reconhecimento, biscoito, quer tirar uma onda de oprimida também, sendo que é só calar a boca e fazer o mínimo de esforço que ninguém vai nem perceber nada de diferente em você! Tem um poder muito grande em beijar outra mulher em público, sabe? Qual é o poder em não beijar ninguém?

Senti os olhos marejarem. Acho que abri a boca para puxar o ar, com a sensação de que ela tinha me dado um soco no estômago.

— Então tá, Ray. Bom saber o que você pensa de verdade.

Rayssa nunca chorava. Ela mostrava a tensão no corpo, não em lágrimas, e dava para ver que seus ombros tremiam.

— Mili, não começa com…

— Eu ainda vou sozinha. Agora faço questão. E só pra você saber, tudo isso se aplica a você também, tá? É só ficar quieta. Só não contar pra ninguém, só fingir que você não é quem é. Um mínimo de esforço, né? Você deve achar super fácil fazer isso. Com licença, eu vou dormir.

Ela estava na frente da porta, e eu não queria nem correr o risco de esbarrar nela quando passasse para entrar no meu quarto.

Ela se afastou, o pescoço duro, o maxilar todo travado. Nem sequer olhou para mim.

Eu passei e me tranquei no quarto, e no outro dia não nos falamos. Nem no outro. E nem no outro.

Junho de 2023, quase meio-dia

Agora que a Parada estava de fato começando, a Paulista foi se enchendo numa velocidade bem maior.

Eu estava sentindo o impacto de não ter tomado café nem adiantado o almoço, com uma dor de cabeça leve e uma fraqueza chatinha no corpo. Decidi sair da avenida e investigar alguma das ruas transversais em busca de algum mercadinho. Qualquer bar ou restaurante estaria cobrando os olhos da cara para aproveitar o evento.

Infelizmente, nesse minuto o primeiro carro de som se aproximou, me distraindo completamente.

Não posso dizer que danço bem. Realmente, não posso. Mesmo porque, se requebrar até o chão, depois só levanto se me tirarem de lá com um guincho. Também não posso bater cabelo, que minha pressão cai. Ainda assim, há algo magnético num funk proibidão que me faz enrubescer só de ouvir a letra, e fui me enfiar no meio da galera já dançando.

Mais importante, isso era o tipo de coisa que eu tinha começado a evitar desde aquele Carnaval, com medo de que, por dançar uma coisa mais sensual, estivesse dando uma ideia errada, convidando alguém a chegar em mim, sendo que eu já sabia que recusaria. Criando expectativas.

Ali, no meio da confusão da coreografia coletiva, aquela ideia parecia tão absurda, tão boba, que me deu vontade de rir. Eu poderia dançar o que quisesse. Poderia ir a qualquer festa que quisesse. Existir do jeito que quisesse.

Ninguém poderia me dizer o que ser ou o que fazer. Eu não devia nada pra ninguém, e estava em meio a uma galáxia colorida de tênis e saltos e plataformas, no meio de pessoas, rodeada por um cara com calça de couro e o peito exposto — outro que congelaria pela causa —, uma mulher trans vestida de plumas, três garotas se beijando e dois homens de terno dançando colados. Para onde quer que eu olhasse tinha gente dançando, passando por mim como fios de luz. E eu, um ponto roxo, preto, branco e cinza ali no meio com todo mundo, dando tudo de mim numa coreografia que faria mamãe desmaiar, declarando-me parte de um universo. Eu era um planeta, todo mundo ali era, e ninguém precisava de carteirinha ou permissão para existir.

Comunidade.

Mais gente encheu a rua, me apertando por todos os lados, e dancei até não aguentar mais. Precisava comer alguma coisa, dava para sentir a glicemia caindo como uma barrinha esvaziando sobre minha cabeça.

Existir tinha seus contratempos.

Mais de um, aliás, porque começou uma movimentação na rua como a força da maré, e uma fração do meu cérebro apontou que devia ser o carro de som se movendo, causando um efeito cascata de umas cem mil pessoas querendo ocupar um espaço bem pequeno.

Onde, por acaso, eu estava.

Demorei para reagir, vendo o mar de gente vindo na minha direção, passando por mim depois de me alcançar, e era uma sensação tão estranha ser meio arrastada, meio empurrada por mais gente do que eu conseguia contar. O pior era ter certeza de que, se já não estivesse meio atordoada, aquilo também seria incrível só pela mágica de ser parte de algo tão maior que eu. A mesma sensação de ser levantada por uma onda amigável atrás da arrebentação.

O chão balançou.

Eu precisava fugir e respirar. Tinha que chegar numa das travessas, ou na calçada, ou em qualquer lugar onde pudesse me apoiar, porque agora estava completamente zonza, bem mais do que a fome justificava. Minha pressão estava caindo, o que significava que eu ia cair também.

Tentei andar na diagonal. Um rapaz de vestido vermelho me segurou quando cambaleei, uma moça com uma fantasia bem elaborada de Lebre Maluca Sexy me pegou pelos braços e trocou de lugar comigo, mas nem o esforço coletivo me impediria de virar panqueca se não saísse dali, e a verdade é que não conseguiria de jeito nenhum. Meus joelhos dobraram. Uma mulher alta vestida de Batman tentou me amparar, mas perdeu a chance porque caí nos braços de alguém.

Ergui o rosto, esperando outra aparição.

Rayssa.

Gritando comigo.

Foi a última coisa que vi. Uma espiral arco-íris se fechou diante dos meus olhos, e daí eu apaguei.

***

Acordei deitada em uma coisa macia, olhando um teto branco, com uma sensação gostosa na cabeça.

É isso, pensei. *Morri*.

Estava tentando me acostumar com a ideia, quando ouvi Rayssa esbravejando:

— Está tudo certo, é só que essa cretina não comeu nada e ela é hipoglicêmica! Pode deixar que, se não voltar em um minuto, acordo ela no tapa!

Dei uma tossidinha diplomática.

O lindo rosto de minha amiga entrou em meu campo de visão e entendi melhor a situação. Estava deitada no colo dela, e a sensação na minha cabeça vinha dos dedos que faziam carinho no meu cabelo.

Apesar da braveza na voz, ela se dobrou sobre mim, me abraçando e meio que me obrigando a sentar.

E, por conseguinte, cair contra o corpo dela.

Faço minha defesa pelo que aconteceu a seguir: sete dias sem falar com ela era tempo demais. E eu ainda estava com fome. E com dor de cabeça. E tinha desmaiado. E agora estávamos abraçadas no chão de uma tenda, e ela estava me segurando, o rosto contra o meu.

Comecei a chorar.

Rayssa já estava esperando por isso. Aguardou pacientemente, me deu um lenço de papel quando me recompus, e só então anunciou:

— Vou te matar com minhas próprias mãos. Eu vou te *estrangular*. Vou apertar tanto seu pescoço que ele vai caber num anel.

— Você está bem bonita — respondi, assoando o nariz no lenço.

Estava mesmo. Não era o terno que tinha planejado usar, mas um sobretudo vermelho longo e elegante e um chapéu de aba bem larga. As tranças caíam sobre os ombros, chegando quase até a cintura.

— Você também — resmungou ela —, e não adianta tentar me distrair. Eu te liguei mil vezes, por que não atendeu?

— A tenda comeu o sinal — funguei. — A tia fenomenológica avisou.

Nessa hora, uma policial ruiva veio verificar a situação e eu me sobressaltei ao deparar com aquela figura. Rayssa me segurou com firmeza, dizendo:

— Não dá pra levantar ainda, dona guarda, não está vendo que ela está alucinando?

— Estou ótima — disse, tentando me levantar.

Deu mais ou menos certo. Consegui me ajoelhar no chão, e o resto do caminho elas ajudaram, Rayssa carinhosamente com o braço na minha cintura, e a policial me conduzindo depois para uma cadeira de plástico.

— Só um momento que já venho conversar com vocês — disse ela e se afastou, felizmente antes que a Ray pudesse dizer que não queria conversar com ela. Nenhuma de nós era exatamente fã de policiais.

Só então fui analisar onde estávamos, e fiquei bem surpresa ao ver que era meio que uma delegacia. Mais exatamente, uma das unidades móveis de segurança.

— A gente foi presa?

Rayssa pegou outra cadeira, colocou perto da minha e se acomodou também. A postura dela estava relaxada o bastante para eu saber que nossa situação para ir parar na polícia não era assim tão grave, ou que ao menos não precisava me preocupar de imediato ou pedir para ligar para minha mãe ou um advogado. Provavelmente, Rayssa não tinha escolhido me levar para lá — mas no meio da confusão da Paulista, essa barraca deveria ser o único ponto "seguro" para quem não estivesse se sentindo bem.

— Ainda não, mas estou a isso aqui de cometer um crime. — Ela ergueu a mão, indicando um espaço milimétrico com os dedos. — Tinha lanche natural na geladeira! Por que você não pegou?

— Era pra mim? Achei que você ia comer com o resto do pessoal.

A gente se conhecia tão bem. O suficiente para eu saber que aquela expressão não era de raiva.

Não *só* de raiva. Ela desviou os olhos, arrependida e infeliz. Nenhuma de nós sabia o que dizer, e então nenhuma de nós disse nada. Eu arrastei a cadeira meio centímetro mais perto, deitei a cabeça no ombro dela e ela me segurou com mais força, porque, na verdade, era só disso que precisávamos.

Por mais que o braço da cadeira deixasse nossa posição extremamente desconfortável.

Em seguida, ela enfiou um lanche natural na minha mão, ainda embrulhado em papel alumínio. Desembrulhei, sem muita moral para discutir.

— Você me carregou?

— Não. Digo, sim, mas com ajuda. Uma dominatrix gentil deu uma força.

— Oxe, não era o Batman?

— Milena. Me faz um favor: cala a boca e come.

Obedeci. O lanche fez com que me sentisse melhor. Lambi as pontas dos dedos para pegar o resto de maionese, e disse:

— E cadê o seu pessoal? Estão por aqui?

— Não sei — disse ela, desconfortável de repente —, devem estar.

Ergui os olhos. Rayssa sacudiu os ombros, sem me encarar.

— Agora estão meio bravos comigo porque acelerei todo mundo pra vir te encontrar. E é possível que tenha me perdido deles.

— Se perdido?

— Eu vi você bambeando daquele jeito, sua pateta, o que era pra eu fazer? Larguei todo mundo lá e corri. Mas tenho certeza de que estão bem, em algum lugar do outro lado desse mar de gente.

Eu não ia chorar de novo. Não ia.

A alternativa era ficar sentada ali com um lanche meio comido na mão, olhando para ela com ar patético, mas não ia chorar.

Rayssa puxou ar, prendendo por um momento. Então soltou com força.

— Olha, em minha defesa — disse ela, pulando toda a parte de pedir desculpas —, o que você falou do beijo, eu pensei… É bem óbvio que você não gosta da Letícia.

— Magina.

Rayssa me olhou com tanto ceticismo que fui obrigada a acrescentar:

— Você não estava completamente errada. Estava *bem* errada, mas não sobre tudo. Não sobre o ciúme. Essa parte era verdade.

Ela hesitou. Ajeitou meu cabelo atrás da orelha, e respondeu:

— Até pode ser, mas não foi justo. Eu tenho ciúme também. Só que não aparece muito, porque você me trata melhor do que eu te trato.

Pensando bem, talvez eu começasse a chorar de novo, sim.

— Isso não é verdade, Ray.

— Você sempre prioriza a nossa amizade, e eu…

— Você pulou no mar bravo pra me resgatar. E se jogou na frente de um carro de som. Eu nunca fiz nada disso.

— Ótimo, não faça, eu ia ter que salvar nós duas de novo. O que estou dizendo é que naquela hora eu pensei… Bom, que era por ser... eu e ela. Por ser uma mulher. Que você não queria me ver beijando outra menina. Que o problema era esse.

Fiquei tão horrorizada que derrubei o lanche. No meu colo, mas derrubei. Até me endireitei, arregalando os olhos, e ela começou a falar mais rápido:

— Eu estava com medo, acho que fico sempre esperando o pior de todo mundo, e na hora entrei em pânico, achei que você estava me dizendo que não queria ver o espetáculo, sabe, que tudo bem eu ser lésbica, desde que não esfregasse na cara de ninguém.

— Ray! Meu Raio de Sol. Sua idiota.

— E daí eu disse coisas que nunca devia ter dito, mas juro que não é porque eu não valorizo a nossa amizade. E outra coisa: se você está cozinhando de ciúme faz mais de dois meses, deveria ter pelo menos comentado, em vez de insistir que está acima de emoções intensas. Como é que eu ia adivinhar o que você estava sentindo?

— Mas eu achei que estava acima das emoções intensas! E devia estar! Qual é a vantagem de ser ace se ainda vou chorar no chuveiro por causa de uma garota bonita?

— Você chorou mesmo no chuveiro? — perguntou ela, tão consternada que eu não disse que tinha chorado por ela no chuveiro, e na cama, e na rua, e no metrô, e ali mesmo, vinte segundos atrás. Em vez disso, forcei um sorriso trêmulo.

— Aparentemente, não sou tão evoluída quanto achei que era.

Ela inclinou a cabeça até a testa encostar na minha, e eu fechei os olhos num alívio tão intenso que encheu o peito.

— Ray?

— Sim?

— Eu te amo bastante.

— Eu também. Você é... Mili, você é minha melhor amiga. Mesmo que eu me apaixone mil vezes e case uma centena de outras, nada vai mudar o que eu sinto por você. Entraria até num vulcão pra te resgatar. — Ela fez uma pausa, e acrescentou: — Mas não me obrigue a fazer isso, lava se move mais rápido do que você imagina.

Ela nem sabia com que velocidade eu imaginava que lava se movia, mas tudo bem, eu não iria discutir. Estava aliviada demais, e — por que não dizer? — orgulhosa demais também. Dela, e de mim. Essa pessoa meio despirocada que eu era poderia ser o centro do universo de alguém. Milena, a soma de cada um dos fios do tecido que me compunha. Eu era amada.

E também estava preocupada com os noventa e nove divórcios dela, mas poderíamos falar disso outra hora. Ainda segurando a mão de Rayssa, comi o resto do lanche natural. Então olhei em volta.

— Ray...

— Pois não?

— Aquele é o Nadalin? Espera, ele está com o Yohann?

Ela ergueu a sobrancelha. Eu quase arranquei o braço dela ao sacudir com força demais.

— O menino do vídeo, foi ele que fez o poema que eu bordei! E o outro é o assassino de piratas!

— Hum.

— Gente, o que eles fizeram? Vou ficar tão triste se forem cancelados.

— Deve ser só um mal-entendido.

A voz dela não estava exatamente livre de preocupações, pois nós duas sabíamos como as interações com a polícia poderiam rapidamente se desgastar. Esperava que aquela confusão se resolvesse rápido. Olhei em volta, cada vez mais confusa. Um rapaz estrangeiro bravejava no telefone, a moça dos lambe-lambes argumentava que não era crime colar cartazes, uma cosplay da Lady Gaga estava explicando que não era crime se vestir de carne, e o Nadalin estava tentando convencer alguém de que não era crime cometer crimes. Aparentemente, tinha socado alguém.

Um dos policiais se mexeu, liberando minha vista para uma pessoa com uma algema de frufru rosa em um dos braços presa a... aquela ali era a Genevieve Maya???

— Aquela mina ali — eu disse para Rayssa —, não é a jogadora de futebol? Da seleção feminina? É ela mesmo? Será que ela tiraria uma foto comigo?

— Ninguém pode tirar foto com ninguém — cortou a policial ruiva. Não tinha prestado muita atenção nela, mas agora vi que no uniforme estava escrito seu nome: Sheila.

Justo. Eu não ia querer ser fotografada se estivesse sendo presa.

— Me diz uma coisa, todos os seus ídolos são criminosos? — Rayssa perguntou, virando-se para mim. — Meu Deus, não posso descuidar um minuto!

Olhei para ela.

E comecei a rir.

Minha melhor amiga. A minha pessoa.

— Ué, eu não sabia que ela estaria aqui, acho melhor aproveitar. Vamos encontrar o pessoal — eu disse. — Você beija a Letícia e eu faço amizade com alguém no rolê, estou me entendendo com todo mundo nessa Parada. Tenho jeito pra isso, sabia?

Ela sorriu para mim. Abraçou meus ombros, sublimando o sacode que queria me dar.

— Claro que sabia. Deixa. Falo com elas depois. Tenho que ficar de olho em você.

Isso, pelo menos, era verdade.

E eu sabia que ela iria sempre cuidar de mim.

Me acomodei melhor, relaxando dentro do abraço dela. Nós tecnicamente não tínhamos sido detidas, mas eu também ainda não estava pronta para voltar para o lado de fora. O jeito era esperar minha cabeça parar de rodar.

Talvez a policial mudasse de ideia sobre a foto.

— A propósito, como você me achou? Tem milhões de pessoas aqui, o amor te guiou?

— Sim. O amor e o seu celular, que eu estava rastreando, mas o sinal tinha sumido. A sorte é que sua internet voltou bem na hora certa.

— Ah — eu disse, satisfeita. — Comigo é assim mesmo.

PALAVRAS
NUNCA DITAS

ARIEL F. HITZ

Eu poderia fazer uma lista imensa de coisas que a minha família nunca entendeu sobre mim. O primeiro item, com certeza, seria a minha carreira profissional.

Exatamente ao meio-dia de um domingo nublado, eu me encontrava conversando com um homem de bigode descolorido que segurava uma caixa de papelão cheia de preservativos sabor abacaxi. Falava sem parar havia vários minutos sobre como a Placere investira em novos sabores de camisinhas e lubrificantes com o tema frutas tropicais.

O nome dele era Guilherme — e só descobri isso por causa do crachá pendurado em seu pescoço, não porque ele me disse. Guilherme foi quem me recepcionou quando saí do elevador, mas parecia mais interessado em cuspir o máximo possível de palavras por segundo do que realmente se comunicar comigo.

— O nosso perfil de *investor* é seguir apostando em algo diferenciado para o mercado brasileiro. Algumas pessoas no início deram o *feedback* que era estranho um preservativo de abacaxi ou de guaraná, mas compraram pela curiosidade. Essa linha toda é *limited edition*, mas tenho certeza de que alguns dos sabores vão fazer um *comeback*. As vendas dos preservativos de manga, por exemplo: estão indo muito melhor do que o esperado!

Enquanto falava, Guilherme mexia as mãos e, com elas, a caixa de papelão sacudia e despejava o conteúdo pelas laterais. Eu precisei me abaixar duas vezes para pegar as camisinhas que caíram no chão.

— O de uva também tem sido um *case* de sucesso — continuou. — Ah! O lubrificante de menta é outro produto que está em alta. As pessoas adoram por causa da nossa parceria com a Paula Paloma, que rasgou elogios em um vídeo no início do mês. Já até marcamos um *call* com ela para repetir isso com outros produtos. Se você se interessar, temos algumas amostras gratuitas ali.

Guilherme levantou o queixo de maneira estranha, o que me fez pensar por um instante que ele estava tentando me mostrar seu bigode branco e incrivelmente chamativo. Demorei para perceber que ele tentava apontar para uma mesa atrás de mim onde havia uma caixa de acrílico transparente cheia de pequenos envelopes de cor verde, bem na frente de uma placa onde se lia "Lubrificantes de menta".

— Pode pegar quantos quiser — disse Guilherme—, são para todos os *guests* de hoje.

— Vou pegar, sim — garanti, mesmo que, na verdade, não fosse pegar nenhum. No início do mês, a Placere me enviara uma caixa cheia de produtos desse tipo, e todos continuavam intactos em algum lugar enfiado no meu guarda-roupa. — Obrigado.

Guilherme olhava para mim e balançava a cabeça de maneira esquisita, então me dei conta de que ele estava esperando que eu fosse até a tal caixa de amostras de lubrificantes de menta. Eu me vi obrigado a ir até lá e enfiar duas amostras dentro do bolso do meu jeans.

Para tornar a situação ainda mais humilhante, Guilherme me seguiu, e eu notei o modo como ele apertou os olhos quando comecei a me afastar da mesa, sugerindo que apenas duas amostras não seriam o suficiente para a minha vida sexual agitadíssima. Queria fazer alguma piada sobre a pouquíssima experiência que eu tinha no assunto e como isso poderia estar relacionado ao fato de eu ganhar dinheiro com jogos on-line, mas conhecia Guilherme não tinha mais que poucos minutos e não sabia se ele entenderia a graça daquilo.

Várias pessoas no entorno estavam vestidas exatamente como ele: camiseta vermelha com a logo da Placere estampada e crachá. O lugar era uma das sedes da empresa em São Paulo. Um prédio enorme, com janelas gigantescas de vidro e um ar-condicionado central ligado na menor temperatura possível. Imagino que, em dias normais, aquela sala fosse muito menos colorida e comportasse menos pessoas, mas, tratando-se de um domingo que conciliava o fim de uma campanha publicitária com o dia da Parada do Orgulho LGBTQIAP+, havia decorações por todo canto e um painel enorme com dicas para a prática de sexo seguro entre corpos de diferentes tipos.

Eu conhecia poucas das pessoas presentes ali pessoalmente, mas pelo menos reconhecia a maioria. Havia meia dúzia de subcelebridades que ganharam seguidores com postagens engraçadinhas, outros que criavam conteúdo inteiramente sobre sexualidade e gênero, um grupo de garotas lésbicas que ficou muito famoso no início do ano por formar uma banda indie de pop punk que se posicionava contra lesbofobia e transfobia aos berros, um homem de uns trinta anos que eu seguia nas redes sociais por ser um desses médicos que gravam vídeos sobre saúde sexual e conseguem combinar, de alguma forma, informações úteis com piadas engraçadas, uma travesti formada em matemática que ganhou fama por criar ótimos vídeos com aulas gratuitas. Enfim, todo tipo de gente.

"Prazer e orgulho andam juntos" era o slogan da campanha publicitária, e para onde se olhava a frase estava às vistas, inclusive nos pacotinhos de amostra grátis de lubrificante que agora estavam no meu bolso.

— Menta não faz parte da linha de sabores tropicais, mas nós decidimos abrir uma exceção para a divulgação do produto, porque as pessoas têm se interessado pela sensação de formigamento que ele causa. Segredinho da empresa, mas estamos pensando em investir no sabor menta com chocolate também. Não espalhe, ou os *associates* me matam.

— Que interessante, Gui.

Eu estava tentando achar Heidi no meio de todas aquelas pessoas. Chegamos juntos depois de ela me arrastar para tomar um café na Bella Paulista, padaria que tanto amava, mas minha amiga era inteligente o suficiente para despistar Guilherme e me deixar sozinho ouvindo aqueles discursos intermináveis que pareciam gerados por uma inteligência artificial especializada em lero-lero.

— Mas algumas pessoas do marketing estão apontando que chocolate não é um sabor muito bom para incluir na linha, por conta da cor.

Guilherme gesticulou com as mãos novamente e deixou uma camisinha cair no chão.

— O outro garoto está para chegar — ele me disse, enquanto eu me abaixava para recolher mais um preservativo caído. — Queremos que você grave algo com ele. Será o último trabalho dos dois para a campanha, depois estarão livres para aproveitar a Parada.

— O outro garoto? — perguntei, porque aquilo era novidade para mim. — Gravar comigo? Que outro garoto?

— O Yohann. Não avisaram você?

— Yohann? — Eu só conhecia um influenciador digital chamado Yohann, e, se Deus tivesse piedade de mim, não seria *aquele* Yohann.

— É. Yohann Prudente. Vocês dois devem se conhecer.

— Ah, acho que não conheço — menti.

Meu Deus, como eu adoraria não conhecer Yohann.

— Deve ter acontecido algum erro de comunicação. Sinto muito. Com licença, preciso verificar como estão as coisas na cozinha. Queríamos um *brunch*, sabe, para representar melhor a cara jovem e *trendsetter* da marca, mas optaram pelo almoço, no fim. Teremos bobó de camarão e alguma opção vegetariana… Só não sei qual.

Guilherme se afastou de mim, me deixando sozinho com uma sensação esquisita.

Quando saí do meu apartamento mais cedo, tentei explicar para a minha mãe por que é que eu não poderia ir ao almoço de família naquele dia. Ela vivia questionando como é que era possível ganhar dinheiro na frente de um computador às duas da manhã, assim até achei que ela ficaria feliz em saber que, hoje, eu trabalharia na rua e em horário comercial, apesar de ser fim de semana. Ledo engano: explicar que eu trabalharia em um domingo me obrigou a gastar muita energia. Passei uma hora falando com os meus pais por telefone, explicando o que a Parada do Orgulho significava e o que aquele almoço da Placere representava, além de ouvir pela enésima vez um sermão sobre como eu não precisaria trabalhar aos fins de semana se voltasse para a faculdade ou passasse em algum concurso público. Eu definitivamente não merecia me preocupar em ter que conviver no mesmo ambiente que *aquele cara*.

Yohann Prudente. É claro que eu conhecia Yohann Prudente. Todo mundo conhecia esse babaca. Todo mundo fazia questão de me lembrar da existência dele. Os portais de notícia criavam listas desconstruídas do tipo "5 pessoas trans para você seguir nesse mês de visibilidade", e eu sempre estava lá no meio, junto com Yohann, porque, aparentemente, a internet conhece apenas cinco pessoas trans e prefere usar um copia e cola, em vez de descobrir e enaltecer novos nomes.

Anos atrás, documentei o começo da minha terapia hormonal no YouTube. Depois de seis meses, percebi como gostava de fazer vídeos, e não havia mais nada para falar sobre testosterona. A partir de então, mudei de rumo para focar em *gameplay*. Todo o meu conteúdo é voltado para isso, não conseguia nem me lembrar a última vez que fiz um único post comentando qualquer coisa sobre minha existência como pessoa trans. Só que, como comecei a ganhar seguidores com vídeos desse tipo na plataforma, e como todo mundo acha que a única personalidade de um homem trans é ser um homem trans, eu nunca fui recomendado em listas como "5 *streamers* que você precisa conhecer" ou "5 *gamers* que estão fazendo sucesso na internet".

Claro que eu sempre acabava na mesma lista com Yohann, mesmo que nosso conteúdo fosse completamente diferente, e não tivéssemos nada a ver um com o outro — tanto na aparência quanto na maneira de pensar.

Yohann era loiro com cachinhos, e com certeza ficava uma hora na frente do espelho até cada ondinha ficar perfeita para quando ele fosse recitar alguma poesia estúpida na frente de uma câmera para as pessoas aplaudirem o quanto ele era sensacional.

Tudo nele era irritante, patético e superestimado.

Olhei ao redor da sala. Além de algumas mesinhas com lubrificantes e camisinhas espalhadas, havia uma mesa branca enorme onde o almoço seria servido. No meio de alguns pratos, talheres polidos e vasilhas ainda sem comida, algumas frutas serviam de decoração. Uma pessoa cutucava um dos cachos de uva e olhava para os lados como se estivesse cometendo algum crime. A pessoa era alta, vestia calça social e, por cima de uma camisa rosa-claro de botões com as mangas dobradas, usava *harness* preto sobre o peitoral.

Heidi decidira a roupa que usaria na Parada semanas atrás. Sei disso porque ela me enviou quase cinquenta mensagens comemorando quando encontrou o *harness* perfeito. Eu não tinha entendido a empolgação até ver como o visual ficava ao vivo. Facilmente, era a pessoa mais bonita e bem-arrumada daquela sala, o que não era difícil vindo de Heidi. Ele estava com todo um charme que pessoas altas sempre têm, o cabelo preto comprido e ondulado sem um único fio fora do lugar e olhos escuros muito firmes que sempre te encaram durante uma conversa.

Heidi e eu já tínhamos gravado alguns vídeos e feito algumas transmissões ao vivo juntos. Ela era de um nicho de jogos um pouco diferente do meu, e o seu conteúdo sempre fora criar construções e personagens em 2D enquanto eu dedicava o meu tempo a jogos de tiro em primeira pessoa (FPS).

As pessoas pareciam gostar de nos ver juntos, especialmente aqueles que torciam para que formássemos um casal. Nossa interação on-line sempre rendia mais curtidas que o normal e, não vou mentir, toda vez que meu engajamento caía um pouco, eu considerava perguntar a Heidi se não ele toparia fingir um namoro comigo só por um tempinho para eu me tornar mais relevante.

Eu me aproximei de Heidi e a cutuquei no ombro:

— Você sabia que o Yohann foi convidado também? — Sem querer, minha fala saiu em um tom de acusação, como se eu estivesse bravo com Heidi, e ele automaticamente virou para mim com as sobrancelhas levantadas e uma uva a meio caminho da boca.

— O quê?

Suspirei. Perto dela, eu me sentia levemente malvestido. Só usava um jeans e regata preta com a logo do meu jogo favorito estampada na frente de uma pequena bandeira trans. Além disso, eu cortei o cabelo em mullet havia pouco tempo e ainda me sentia como um senhor de idade tentando parecer *cool* na frente de um monte de jovens. Eu só tinha vinte anos, mas me sentia um vovô. Provavelmente, não foi a melhor decisão capilar da minha vida.

— Yohann Prudente — eu disse, tentando mudar o tom de voz e ignorar a minha queda repentina de autoestima. — Você sabia que ele também vinha?

— Ah, sim, acho que ele está um pouco atrasado. Por que você está com essa cara de azedo, eu perdi alguma coisa?

— Não. Nada — menti. — Não gosto de atrasos.

Era uma desculpa idiota, mas foi a primeira coisa que me veio em mente para justificar aquele azedume repentino.

— Ah, bem, nós estamos em São Paulo. Faz parte da experiência da cidade. Não precisa ficar bravo.

— Não estou bravo.

— Você está com uma cara péssima.

Forcei um sorriso, tentando mostrar todos os meus dentes.

— Não faça isso, por favor. Agora está me dando medo. Eu já tenho medo de você por insistir nesse jogo pavoroso, não ajuda em nada você sorrir igual ao Coringa.

Heidi apontou para a logo de *Alto-mar* que eu usava na roupa.

— Você só não entendeu o jogo ainda.

Heidi revirou os olhos daquela maneira extremamente teatral.

— Claro, o que quer que faça você dormir a noite.

Alto-mar havia sido lançado há pouco tempo e tinha uma mecânica simples: dentro de um navio pirata, uma equipe organiza um motim e outra luta contra esse motim. Ganha quem matar todos os adversários primeiro.

Muitas pessoas não gostavam do jogo porque não havia uma disponibilidade grande de armas ou personagens personalizados como outros jogos on-line. Diferente de quase tudo, *Alto-mar* investia pouquíssimo em uniformes compráveis e colecionáveis. Em vez disso, os desenvolvedores estavam sempre lançando novos mapas, o que fazia com que muitos jogadores se irritassem por precisar aprender a jogar constantemente em novos navios, com cenários bem diferentes. Além disso, as pessoas costumavam dizer que era apenas uma cópia de *Counter Strike*, só que dentro de um navio pirata.

E também havia aquela questão de eu ser embaixador oficial do jogo no Brasil, porque era um dos poucos influenciadores da área que de fato tinha se empolgado com o conceito por trás de *Alto-mar*, então eu nutria um carinho especial por tudo o que envolvia o jogo. Eu sempre fui apaixonado por filmes de pirata, e provavelmente contribuiu para a minha paixão pelo jogo. Se pesquisar em qualquer rede social, vai encontrar dezenas de pessoas dizendo "*Alto-mar* é horrível, mas eu me divirto muito vendo as lives do Nicolas Nadalin, esse cara sabe como pegar lixo e transformar em ouro". Aparentemente, eu sou muito carismático e faço piadas muito pertinentes enquanto jogo, porque sempre sou marcado em posts como: "Eu ri tanto na live do @niconadalin que fiz xixi nas calças".

Heidi estava sempre dizendo que *Alto-mar* se tornara um jogo apenas meu e que os desenvolvedores deveriam mudar o nome para *Baixo-Nicolas* (ela sugerira *Alto-Nicolas* de primeira, mas mudou de ideia quando percebeu que *Baixo-Nicolas* ficaria muito mais engraçado, considerando minha altura de 1,62 metros).

— Eu sei que você não vai muito com a cara dele — comentou Heidi. — Do Yohann, quero dizer. Mas mesmo assim…

— Eu tenho os meus motivos — disse. — E ele está bloqueado em todas as minhas redes, então deve saber que eu não sou o maior fã dele.

— O quê? — Heidi perguntou, levantando as sobrancelhas. — Você bloqueou o Yohann?

— Em todas as redes.

Heidi ficou boquiaberta. Ele sabia que eu não gostava de Yohann, mas não sabia o motivo. Nunca escondi o meu sentimento pelo youtuber. Sempre que alguma publicação envolvendo Yohann aparecia para mim, eu mandava para o nosso grupo de amigos e fazia algum comentário maldoso sobre as roupas que ele estava usando.

"A minha avó tem uma cortina exatamente igual."

"Hoje cedo o meu gato vomitou bem da cor dessa camiseta."

"Nesta foto aqui ele está parecendo um banco de fusca."

— Você bloqueou ele? — Heidi perguntou novamente. — Sério?

No nosso ramo, bloquear alguém é como escrever uma carta pública dizendo "Você representa tudo o que eu mais desprezo no mundo". Normalmente, o código social mais bem aceito é *esconder* o que se sente — e *silenciar* — quando você não gosta de alguém, a menos que queira criar uma grande discussão pública sobre o assunto.

— Como foi que isso aconteceu? Eu tenho certeza de que ficaria sabendo se vocês dois tivessem brigado. Quero dizer, uma briga entre vocês daria um ótimo episódio de um podcast de fofoca.

Precisei de um segundo para respirar fundo. Estava entrando em um assunto que evitava falar sempre que possível.

Uma coisa da qual sempre fugia.

Quer dizer, da qual *tentava* fugir. Raramente conseguia.

— Yohann falou sobre o meu olho.

— Ele falou sobre o seu olho — repetiu Heidi lentamente, a expressão mudando para algo que eu sabia identificar como raiva. Heidi entendia exatamente o que isso significava. — Que sem noção. Meu Deus, Nicolas. Eu não sabia. Que inferno.

Virei a cabeça levemente de lado, tornando-me subitamente consciente da minha aparência.

Nasci com uma deficiência visual chamada ambliopia. O meu olho direito tem um grau de miopia tão mais alto que o esquerdo que o meu cérebro passou a ignorar qualquer mensagem que o olho transmitia.

Por conta disso, a visão nesse olho nunca se formou completamente. Então, basicamente, sempre enxerguei só com o esquerdo.

Não era um problema tão grande quanto parecia. Quer dizer, é uma droga, meu senso de profundidade é bem afetado, mas eu também nunca soube como é enxergar com os dois olhos, e, quando você nunca teve algo, fica difícil sentir falta.

O que mais me incomoda — o que sempre me incomodou de *verdade* e eu nunca aprendi a lidar direito com isso — é que meu olho direito parece estar sempre apontando para outro ponto completamente diferente do que eu estou de fato olhando.

Quando comecei a gravar vídeos para a internet, sempre recebia comentários perguntando o que tinha de errado comigo e pessoas criando memes me comparando a qualquer famoso que tivesse uma condição minimamente parecida comigo. Não me surpreendeu, porque era o tipo de coisa que eu já tinha ouvido na escola, no parquinho perto de casa, na sorveteria, em todo lugar. Não era nenhuma novidade, mas, mesmo assim, tocava na ferida, e eu me incomodava com a percepção que os outros tinham de mim, com a forma como viam a minha imagem apenas como uma piada.

Era o meu tendão de Aquiles.

Dois anos atrás, um vídeo meu jogando *Alto-Mar* viralizou nas redes sociais. Quando meu personagem morreu, ele caiu para fora do navio, uma coisa que não costuma acontecer. Provocou um *bug* no jogo, e minha morte ficou se repetindo eternamente em um looping bizarro. Alguém percebeu que a posição como o personagem estava caindo parecia com um passo de dança de um clipe musical de uma artista pop, então criou uma edição em que a música começava a tocar enquanto eu morria e em seguida dava um zoom enorme em minha expressão completamente confusa ao assistir aquela cena. Meu rosto ficava girando na tela no ritmo da música. Eu virei um meme.

Muita gente comentou sobre esse vídeo, porque é assim que memes funcionam. Inclusive Yohann.

"por que você editou o olho dele desse jeito? kkkk"

Yohann escrevia tudo em letras minúsculas, e desde que eu tinha lido o comentário, era um hábito que me irritava profundamente. O fato de Yohann achar que uma pessoa pudesse ter editado meu olho em um vídeo — e ainda por cima rir disso — me deixava com vontade de me encolher até o tamanho de uma ervilha, ou de sair dando chutes e socos em qualquer coisa que se mexesse.

Minha vida inteira, aprendi a ter vergonha da minha aparência. Com o tempo, a vergonha foi se convertendo em raiva.

— Por que você nunca me contou isso? — Heidi perguntou baixinho. — Eu li o livro dele semana passada. Não teria contribuído para o trabalho do Yohann se eu soubesse que ele falou alguma besteira sobre você.

Apertei a pele no meio da testa, entre os olhos e o início do nariz. Soltei um suspiro cansado. Quando eu usava óculos de lentes grossas, ficava incomodado com a marquinha que a armação deixava no meu rosto, exatamente naquele ponto. Desde que comecei a usar lentes de contato, tinha a esquisita sensação fantasma de ainda sentir o peso dos óculos no rosto.

— Além disso… — Heidi murmurou —, eu teria incentivado você a falar mal das roupas dele. Eu ainda nem sei exatamente o que Yohann disse de você, mas já consigo pensar em, no mínimo, trinta comentários ruins que posso fazer sobre ele.

Dei um pequeno sorriso. Heidi sempre ficava do meu lado, não importava o assunto. Sempre que eu recebia algum *hate* na internet, ela estava lá para me defender.

— Acho que nunca contei isso pra ninguém, na verdade. Parece bobo. Já ouvi muita coisa pior. Eu seguia o Yohann na época, então acho que o que mais me afetou foi ter vindo de alguém que eu gostava.

Eu nunca tinha admitido aquilo, nem para mim mesmo.

— Mas é bobo — eu repeti. — Nem faz sentido ficar repetindo o que ele disse. Eu não deveria me importar com esse tipo de coisa.

— Não é bobo se… *Nicolas.* — Heidi disse meu nome como um ratinho guinchando, a voz mais fina do que nunca. — Não olha para trás de jeito nenhum.

É claro que olhei para trás.

Yohann Prudente caminhava em nossa direção exibindo um sorriso de orelha a orelha.

Pelas fotos da internet, eu sempre achei que o cara se vestia como alguém que entrou no primeiro brechó que encontrou e escolheu meia dúzia de roupas de forma completamente aleatória, mas eu estava errado.

Completamente errado.

Yohann se vestia como alguém que entrou no primeiro brechó que encontrou e foi *ameaçado de morte para que fizesse a pior decisão da história da moda brasileira.*

Camiseta rosa de botões com estampa de morangos, toda desabotoada, deixando o binder azul-escuro aparecer. Bermuda amarela com desenhos de girassóis. Um tênis branco. Para completar aquela atrocidade, estava com meias listradas nas cores da bandeira LGBTQIAP+ que iam até a metade da canela.

Tentei aliviar as coisas para o lado dele — afinal, era o domingo da Parada do Orgulho e quase todo mundo estaria vestido como um arco-íris ambulante quando fôssemos para a rua —, mas nada poderia justificar a decisão que Yohann tinha tomado ao abrir o guarda-roupa naquele dia.

Fiquei imóvel. Eu não me dava bem em interações sociais. Entendia de computadores, de teclados com luzes coloridas piscando, de *skins* de jogos de tiro e de ofender estranhos em jogos on-line quando o meu time está perdendo. *Esse* tipo de coisa.

Eu não sabia como agir na frente das pessoas, especialmente na frente de Yohann Prudente.

Yohann era pretensioso, arrogante e exalava uma coisa que eu odiava: positividade tóxica. E tudo isso foi confirmado pelas palavras que me disse em seguida:

— Prazer em conhecer você pessoalmente, Nicolas.

Yohann era alto — mais alto do que eu, ao menos, o que não é um grande feito —, e eu detestei ter que erguer o rosto para olhar em seus olhos.

No automático, aceitei o aperto de mão. Talvez, só talvez, eu tenha apertado seus dedos mais do que o realmente necessário.

— Yohann — falei, mas minha voz soou estranha aos meus ouvidos, talvez pela estranheza da situação. Me peguei tentando mexer a cabeça de forma que o cabelo caísse na frente do olho direito, mas, com o novo corte, eu sequer tinha cabelo para me esconder. — Que surpresa ver você por aqui.

Atrás de mim, Heidi esticou a mão na direção de Yohann.

— Olá — cumprimentou —, sou Heidi. Acho que você não me conhece.

Yohann apertou a mão de Heidi.

— É claro que eu te conheço — ele disse. A voz era suave, mas firme. Um pouco diferente do tom de voz que eu conhecia por alguns vídeos que vi dele. — Assisti muito você jogando *The Sims*!

— Ah, sério? Nossa, que legal! Eu adoro as suas poesias. Se soubesse que você estaria aqui, tinha trazido o meu exemplar de *Solidão monocromática* pra você autografar.

Olhei de canto para Heidi. Eu me senti traído por ter um amigo que gostava de alguma coisa que Yohann Prudente produzia.

O olhar de julgamento não foi tão discreto quanto planejado. Ela riu nervosa e disse, olhando para Yohann:

— Nicolas é o tipo de pessoa que não lê poesia nenhuma. Acho que ele só precisa de um empurrãozinho para conhecer o que é um bom poema de verdade. Olha só, é uma ótima oportunidade para você vender um livro! Nicolas, você deveria ler o livro do Yohann.

Meu. Deus. Do. Céu.

Abri a boca para falar alguma coisa, qualquer coisa que pudesse me safar do martírio de ler qualquer poesia escrita por Yohann Prudente. Por sorte — nem acredito que estou dizendo essa combinação de palavras —, Guilherme surgiu ao meu lado, desta vez sem a caixa de preservativos nas mãos, e falou diretamente com Yohann:

— Que bom que você chegou, Yohann! Precisamos combinar a sua última postagem para a campanha. Preparei um texto ótimo pra você.

Guilherme tocou no ombro de Yohann e pareceu querer puxá-lo para uma conversa privada entre os dois. Heidi deve ter entendido isso também, porque caminhou para o outro lado da mesa, onde estavam as uvas verdes. Eu o segui e fingi estar tão interessado nas uvas quanto ela.

— Por que você disse aquilo? — perguntei, cochichando de um jeito agressivo. — Agora deu brecha para ele vir falar de poesia comigo. Pior ainda, sobre o *livro* dele.

— Eu fiquei nervoso — Heidi cochichou no mesmo tom, mastigando uma uva. — Parecia que você ia atacar o garoto a qualquer minuto. Falei a primeira coisa que pensei. Você sabe como eu odeio conflito.

— Que mentira. Você vive brigando na internet, Heidi!

— É diferente. Ninguém pode me dar um soco pelo Twitter. E eu acabei de descobrir que o escritor que eu admirava é um babaca, ainda não tive tempo suficiente para digerir essa informação.

— Eu nem sabia que você gostava das porcarias que ele escreve.

— A Placere me marcou junto com ele em uma publicação no início do mês. Entrei no perfil dele por curiosidade e acabei comprando o livro. Ele, hum… Ele escreve muito bem, na verdade, mas eu não sou nenhuma leitora exemplar.

— Sei — Olhei rapidamente para a direção de Yohann. Guilherme ainda estava com a mão em cima do ombro dele fazendo algum discurso metade em inglês como um bom *faria limer*, provavelmente.

— Nunca vou ler nada dele e nunca mais vou vê-lo depois disso aqui. Assim eu espero, pelo menos.

— Não sei, não. Todo mundo que é famoso na internet acaba se encontrando em algum momento, vai ser difícil fugir dele. Você acha que… Eu não sei exatamente o que Yohann disse pra você e não quero te obrigar a me contar, mas você não acha que tem alguma chance de ele se desculpar?

Senti vontade de dar as costas para Heidi e sair daquele prédio. Da mesma forma que ela não gostava de conflitos, eu não gostava de conversar sobre aquilo.

— Não quero minimizar nada — ele se apressou a dizer. — É só que, ao menos pelas poesias, Yohann parece ser tão sensível e bem-intencionado... Sei lá, não achei que ele poderia ser um imbecil.

— Ah, e você acha que conhece Yohann só por ter lido meia dúzia de poesias dele?

— O livro é bem longo, na real.

— Você pode, pelo amor de Deus, parar de falar desse li...

— Yohann! — Heidi praticamente gritou.

Como um fantasma aparecendo para me atormentar, Yohann se materializou do meu lado.

— Oi de novo — disse ele. Depois se virou diretamente para mim e colocou as mãos nos bolsos daquela bermuda amarela ridícula: — Nicolas, precisamos gravar um *story* juntos para o Instagram da Placere.

— Ah — murmurei. — É mesmo, tem isso. Agora?

— Se você puder... Está ocupado?

— Hum, não.

— Guilherme está nos esperando.

Yohann apontou para o outro lado da sala, onde Guilherme segurava um celular gigantesco com uma capinha vermelha e gesticulava para mim. Troquei um olhar significativo com Heidi antes de seguir Yohann para o lugar que Guilherme indicava.

Quando nos posicionamos em frente a um enorme painel colorido com ilustrações da logo da Placere, Guilherme disse, sorrindo:

— Vocês só precisam dizer o slogan da campanha ao mesmo tempo.

Eu poderia comprar essa briga, pensei. *Poderia me recusar a gravar*.

A internet está sempre em guerra com alguma coisa. Todo mundo que trabalha nessa área já está acostumado. A guerra mais recente em que fui envolvido foi quando Heidi falou abertamente sobre ser não-binário e fez isso da maneira mais Heidi possível: um vídeo de meia hora no qual criava um personagem no *The Sims* que representava ele mesmo quando criança, ao mesmo tempo em que relatava toda sua experiência com a própria identidade de gênero. Ao fim do vídeo, disse que gostaria de ser tratado com pronomes tanto "ele" quanto "ela" a partir daquele dia. Uma parte das pessoas que me acompanhavam estava esperando que, de alguma forma, eu fosse contra a existência de Heidi. Passei dias banindo várias pessoas do meu canal. Qualquer comentário negativo que via sobre Heidi era um nome a mais na lista de bloqueados.

Nessa altura, eu já estava exausto de me envolver em brigas. Exausto de ter que provar para as pessoas que eu era mais do que minha deficiência visual e mais do que minha identidade de gênero. Exausto de ser empurrado para coisas que eu preferia fingir que não existiam.

— Prazer e orgulho andam juntos? — Ouvi Yohann perguntar.

— Isso mesmo — Guilherme confirmou, com um sorriso meio exagerado. — Eu vou contar até três e então vocês falam juntos. Vamos testar uma vez.

Yohann se colocou bem ao meu lado. Eu não sabia o que fazer, então coloquei as mãos nos bolsos.

— Um… Dois… Três!

— Prazer e… — Yohann começou a dizer, enquanto eu já falava:

— *Orgulhoandamjuntos.*

Guilherme fez um esforço visível para não contorcer o rosto em uma careta.

— Precisamos trabalhar um pouquinho a sincronia entre vocês. Yohann, está ótimo, apenas fale um pouco mais rápido. Nicolas, um pouco mais devagar e mais alto. E acho que ficaria melhor se tirasse as mãos do bolso.

Obedeci, mas internamente tudo o que eu pensava era: *eu estou mesmo ao lado de Yohann Prudente fazendo propaganda de algo que eu nem ao menos uso?*

— Vamos? Um, dois… Três!

— Prazer e orgulho andam juntos — Yohann e eu dissemos, quase ao mesmo tempo.

Quase.

Infelizmente, Guilherme estava procurando perfeição. Ele segurou o celular com a câmera apontada para mim e Yohann e disse:

— Ótimo. Agora vamos para valer. Um, dois, três.

Yohann e eu repetimos a frase. Tentei soar um pouco mais animado desta vez, mas era difícil.

Eu não estou sentindo nem prazer e nem orgulho, pensei.

— Tudo certo? — perguntei.

— Certíssimo. — Guilherme digitou algo no celular, sem olhar para nós. — Obrigado. Já terminamos com a parte de vocês. O almoço deve ser servido daqui a pouquinho.

Ao mesmo tempo em que eu respirava profundamente, Yohann se virou para mim. A boca dele se abriu, mas, antes que tivesse a chance de dizer alguma coisa, eu me apressei:

— Com licença.

Eu me virei e procurei por Heidi. Coloquei as mãos novamente no bolso, sem saber exatamente o que fazer com elas. Por que eu estava me sentindo tão perdido?

Encontrei meu amigo conversando com alguém que eu não conhecia. Os dois seguravam um copo plástico com um líquido alaranjado, e Heidi parecia rir de algo que a outra pessoa estava dizendo, mas, quando virou o rosto brevemente e me viu ali, disse alguma coisa e veio andando até mim.

— Heidi — suspirei.

— Ei, tudo bem?

— Você precisa fazer mais alguma coisa para a campanha? — perguntei.

— Não, já gravei o meu último vídeo.

— Vamos embora?

— Mas… — Ele balançou no alto o copo que segurava. — Vão servir o almoço daqui a pouco. É meio que o motivo de a gente estar aqui.

— Eu não estou me sentindo muito bem.

Heidi abaixou a mão ao lado do corpo e se aproximou mais um pouco de mim.

— É por causa do Yohann? Ele te disse mais alguma coisa?

Fingi coçar a nuca para olhar discretamente para onde Yohann estava. Felizmente, Guilherme ainda parecia estar importunando-o com os discursos de marketing. Estava novamente com a mão no ombro de Yohann, falando muito próximo do seu ouvido. Quase ri da expressão de Yohann, ele mal conseguia esconder como não queria ficar ouvindo aquela chatice infinita.

Era estranho que Guilherme estivesse tão próximo de Yohann. Dava para imaginar que já se conheciam há anos, pela proximidade. É claro que um homem insuportável seria amigo de outro homem insuportável, eles sempre andam juntos.

— Sim e não — murmurei. — Eu só estou me sentindo um pouco sufocado.

— Tudo bem. Podemos achar algum lugar para almoçar ali na Augusta.

— Obrigado, mesmo.

— Vamos sair de fininho, tá bem? Se perguntarem, diga que estamos indo ao banheiro. É na mesma direção da saída.

Agradeci mentalmente por ter Heidi em minha vida. Ele era o tipo de pessoa que me entendia com meias palavras e, mesmo quando não compreendia, estava ali ao meu lado para me apoiar.

Ninguém nos abordou no meio do caminho, ainda bem. Foi muito mais rápido do que eu achei que seria. Entramos juntos em um elevador e Heidi rapidamente apertou o botão que nos levaria ao térreo do prédio.

Era estranho que, dentro de uma caixa de metal cinza, eu não me sentisse tão sufocado quanto estava me sentindo naquela sala enorme, rodeado por pessoas desconhecidas.

Eu me virei para o espelho do elevador. O corte de cabelo estava realmente ridículo, precisava dizer.

Ao meu lado, Heidi perguntou, meio incerta:

— O que Yohann disse pra você?

— Podemos não falar disso?

Heidi mordeu o copo de plástico que ainda carregava nas mãos.

— Estou orgulhosa de você ter cortado o cabelo.

Aquele foi um comentário inesperado.

Eu me virei para encará-la.

— Sei que você só tinha aquele corte de cabelo com franja porque escondia o seu olho, mas você fica muito melhor assim, sem se esconder. E eu *juro* que não vou mais falar disso porque também sei que você não gosta de tocar nesse assunto, mas fico orgulhosa que você esteja cada dia mais vivendo com liberdade. Hoje foi um dia atípico e toda a coisa com o Yohann abalou você, mas quer saber, Nicolas? Nenhuma evolução é constante. A vida é muito mais um gráfico cheio de descidas e subidas do que uma linha que segue apenas para cima. E eu vou estar aqui por você independentemente de onde estiver a sua linha, assim como sei que você vai estar comigo no que der e vier.

Eu não sabia como responder àquele discurso, quase soltei um suspiro de alívio quando o elevador chegou no térreo e a porta se abriu. Segui Heidi em completo silêncio.

Na calçada em frente ao prédio, já havia mais pessoas que o normal. Muita gente colorida, com maquiagem brilhante, alguns carregando cartazes com frases de impacto. Quase como em um completo oposto, o céu exibia muito mais nuvem e menos sol do que eu esperava ver. Aproveitei um instante para respirar profundamente. Em meio ao barulho da cidade, buzinas e sirenes ao longe, pessoas conversando alto, eu me imaginei no escuro do meu quarto, comandando um boneco de pirata a matar outros piratas. Esse era o tipo de coisa que me deixava muito mais tranquilo.

Quase me senti em paz, mas para acabar com qualquer esperança de que fosse encontrar alguma tranquilidade interior, uma voz gritou:

— Ei, espera!

Heidi e eu giramos em direção à voz. Tive um déjà-vu de horas atrás, quando nós dois estávamos saindo da Bella Paulista depois de tomar um café, e um gringo tentou nos acusar de roubar o celular dele. Infelizmente, desta vez, aconteceu uma coisa muito pior do que ser obrigado a conversar com um gringo sem noção: Yohann Prudente corria em nossa direção. Ele usava uma bolsa lateral marrom entrelaçada no corpo que subia e descia a cada passo que dava.

Senti vontade de gritar, a frustração entalada na garganta. Eu saí do prédio justamente para evitar Yohann.

Quando ele chegou perto o suficiente, parou. Estava ofegante.

— Eu preciso te pedir desculpas — disse, cuspindo as palavras.

Fiquei olhando para Yohann em silêncio, metade em pânico. Eu não queria conversar com ele, mas uma parte de mim estava curiosa.

— Podemos conversar, por favor? — insistiu.

Yohann olhava diretamente para mim. Não para Heidi ou para qualquer outro ponto. Só para mim.

— Só um minutinho, juro — ele disse, persistindo. Os dedos apertavam com força a alça da bolsa. — Eu acho que nós dois precisamos esclarecer algumas coisas. *Eu* preciso esclarecer algumas coisas.

As palavras saíram da minha boca antes que eu pudesse me controlar, assim como aconteceu no incidente com o gringo. Nunca fui muito bom em pensar antes de abrir a boca.

— Por que eu iria querer conversar com você?

— Eu queria explicar o que eu…

— Você não precisa explicar nada. Eu sei muito bem o que você pensa, especialmente sobre mim.

— Nicolas, eu…

— Não diga o meu nome — praticamente rosnei. Meu nome sempre foi algo precioso para mim. Eu o escolhi com muito cuidado. — Nunca. — Agora que não estávamos mais em um ambiente de trabalho, rodeado de pessoas importantes, eu me sentia livre para simplesmente soltar a verdade. — Eu não quero ter nenhum tipo de relacionamento com você, eu não devo nada a você, muito menos uma conversa.

Virei de costas e comecei a andar a passos largos e apressados. Não olhei para trás uma vez sequer. Torci para que Heidi estivesse me seguindo, porque, do contrário, minha saída dramática não teria tanto impacto.

Para o meu alívio, Heidi de fato me seguiu. Ela me segurou pelo cotovelo enquanto tentava me acompanhar.

— Calma, Nicolas. Caramba, ele tá lá parado com a maior cara de idiota. Vai mais devagar, eu sou sedentária, não consigo correr.

— Eu quero distância dele.

— Eu acho que você deveria dar uma chance para Yohann se explicar.

Sem parar de caminhar, olhei para Heidi com a careta mais feia que eu conseguia fazer.

— É só uma sugestão — disse ela, na defensiva.

— Vamos almoçar logo. Depois, Parada. E então, casa.

— Uau. Você conseguiu falar sobre a Parada como se fosse algo *entediante*. Acho que ninguém nunca fez isso antes. Estou impressionado.

Percebi que minha bateria social já estava chegando ao fim. E ainda não era nem uma da tarde. Não consegui verbalizar uma resposta.

Em completo silêncio, Heidi me levou até a uma pastelaria com algum nome pretencioso que eu não prestei muita atenção. As paredes eram decoradas com quadros de fotografias de diferentes séries da cultura pop, especialmente *Friends*. Havia luzes de Natal penduradas no balcão, embora ainda fosse junho. Não compreendi o conceito, mas pedi um pastel de palmito e Heidi um de camarão.

Sentamos à uma das mesinhas de madeira na calçada à espera dos pastéis. Muita gente passava pela rua parecendo extremamente animada. Eu não sabia se queria *ser* um deles ou *fugir* deles.

Seguindo a programação que Heidi e eu planejamos, encontraríamos com um pequeno grupo de amigos mais tarde. Talvez fosse uma boa ideia fingir que eu não estava passando muito bem e precisava voltar para casa.

Cruzei os braços em cima da mesa de madeira enquanto Heidi olhava para os garçons entregando os pedidos de outros clientes. Havia uma cestinha com vários sachês de mostarda e ketchup. Peguei um e comecei a apertar levemente entre os dedos.

— Será que vai demorar? — Heidi perguntou, sem olhar para mim. — Estou com fome.

Larguei o sachê de mostarda em cima da mesa. Peguei o celular dentro do bolso do jeans e entrei na minha conta privada do Instagram, uma conta a qual apenas 43 pessoas tinham acesso. Digitei o nome de Yohann na barra de pesquisas. A última postagem era uma foto dele na frente da bandeira trans com a legenda "existir, transgredir e resistir".

As outras postagens se resumiam a roupas excessivamente coloridas, fotos fofinhas de Yohann abraçando um gato laranja, vídeos que ele gravou de si mesmo lendo poesias e imagens editadas com frases do tipo: "você sabe por que celebramos o mês do orgulho em junho?" ou "conheça um pouco mais sobre João W. Nery".

Eu me afundei na cadeira.

— Esse deveria ser um dia para eu me sentir orgulhoso — falei. — A Parada é sobre isso, não é? Eu não estou sentindo orgulho de nada.

— Tecnicamente… — Heidi começou a dizer, parando de olhar para os garçons e se curvando sobre a mesa para se aproximar mais de mim. — Eu sempre pensei no dia de hoje muito mais como um evento para lembrar de que nós existimos e estamos em busca dos nossos direitos. Mas, sim, seria ótimo se você também aproveitasse para sentir orgulho. O Yohann te afetou a ponto de você não sentir nem uma pontinha de orgulho?

— Não é apenas sobre o Yohann. Eu só, não sei… — Dei um suspiro, interrompendo a frase. Era difícil encontrar palavras para descrever exatamente o que eu queria expressar. — Sinto que todo mundo espera que eu seja "o trans exemplar", que eu nunca cometa erros e que eu seja exatamente como o Yohann.

— Ninguém espera que você seja como o Yohann. De onde você tirou isso, Nicolas?

— O Yohann está sempre fazendo aquelas poesias sobre "existir, transgredir e resistir" — recitei em tom de deboche a legenda que ficara gravada na minha mente. — Ele parece tão orgulhoso de segurar a bandeira trans, e as pessoas sempre o elogiam pelo conteúdo explicando todas as terminologias da comunidade. Ele é tão…

— Fiz um gesto amplo com as mãos. — Ele é o que eu sinto que eu deveria ser. Eu nunca fiz nenhum vídeo explicando o que é ser homem trans. Tudo o que eu fiz foi documentar o que a testosterona modificou no meu corpo. Me sinto um péssimo exemplo para a nossa comunidade, enquanto o Yohann é o exemplo perfeito de trans do bem.

Heidi ficou em silêncio por um instante. Ela endireitou a coluna no apoio da cadeira e me encarou profundamente. Com a roupa que estava, o *harness* em volta da camisa rosa-claro, o cabelo preto liso cascateando ao vento, exalava muita confiança e sabedoria, como se fosse um personagem de um jogo conhecido por ser difícil de derrotar.

— Eu acho que entendo o que você quer dizer — disse ele, por fim, brincando com o sachê de mostarda em cima da mesa, da mesma forma que eu tinha feito há poucos minutos, sem desviar o olhar de mim —, mas temos maneiras diferentes de existir e de sentir orgulho de nós mesmos. Você não precisa andar por aí enrolado em uma bandeira para provar que sente orgulho de quem você é. Eu não tenho a bandeira lésbica ou a bandeira não-binária tatuadas na minha testa, mas eu amo ser quem eu sou.

Heidi empurrou o sachê de mostarda na minha direção.

— E, se você quiser ser um trans do mal, fique sabendo que nós precisamos de representatividade em todas as áreas. Você pode ser uma ótima referência de vilão trans.

Dei uma gargalhada.

Heidi riu também, mas logo forçou a sua cara séria.

— Sério, Nicolas, você não precisa seguir nenhum tipo de cartilha ou tentar ser uma pessoa livre de erros para ser um trans "do bem", o que quer que isso signifique. E o Yohann não é um trans tão do bem assim se ele falou alguma baboseira sobre o seu olho, não é?

— É, mas as pessoas pensam que ele é. Digo, com todo aquele conteúdo informativo que ele faz...

— Desde que eu te conheci, Nicolas, você se preocupa demais com o que as pessoas pensam sobre você. Especialmente na internet.

Hoje mais cedo, você mesmo me disse que não se pode conhecer alguém só por ler meia dúzia de coisas que ele escreveu. O mesmo se aplica à internet.

Eu não consegui responder. Em parte porque não sabia o que falar, em parte porque, finalmente, o garçom apareceu com nosso almoço. Agradeci, não só por estar com fome, mas também pela oportunidade de me distrair. Eu sabia que era difícil evitar ficar entrando no perfil de Yohann e não tinha certeza do tipo de sentimento que aquilo provocava em mim. Precisava ter algo para fazer com as mãos, e o pastel foi muito bem-vindo.

Heidi se dedicou a trocar mensagens com alguém enquanto mastigava seu almoço. Às vezes, gostava de apenas ficar em silêncio com ela, sem sentir a necessidade de preencher o vazio com as vozes. Ficamos assim por um tempo, comendo os pastéis naquela calma.

— Mika me disse que vão estar na Brigadeiro em uns vinte minutos — Heidi me informou, sem levantar o rosto da tela do celular. — Deveríamos ir logo, é o tempo de chegarmos lá.

**

No meio do caminho, esbarrei acidentalmente em várias pessoas. Era gente demais em volta, e eu era tapado o suficiente para ficar nervoso e perder qualquer noção de espaço pessoal. A música alta ao fundo já ocupava a maior parte da minha atenção.

— Ei! — Heidi deu um tapa no meu ombro e apontou alguma coisa. — Tira uma foto minha ali. As pessoas estão comentando muito sobre a minha roupa desde que eu postei mais cedo.

Heidi fez uma pose na frente de um poste com um lambe-lambe escrito "Só ando vestida de amor".

— Eu acho que você está sendo literal demais — falei, enquanto segurava o celular com a câmera apontada para Heidi. — Tenho certeza de que isso não tem nada a ver com roupa.

— Isso aqui é poesia, Nicolas. Pode interpretar como quiser. Você deveria se vestir mais de amor também.

Enquanto Heidi posava para a foto e eu apertava várias vezes a tela do celular, pensei em Yohann.

Por mais que tentasse, não conseguia me esquecer dele. Parecia que tudo naquele dia estava se voltando para ele de alguma forma.

Yohann com certeza era alguém que se vestia de amor, embora eu mesmo não soubesse definir exatamente o que aquilo significava.

— O que quer dizer com isso? — perguntei. — Eu me visto de ódio, por acaso?

Heidi emitiu um som com a garganta que parecia uma risada interrompida no meio.

— Não exatamente ódio, essa é uma palavra forte demais, mas você com certeza está um pouco longe do amor.

Heidi se aproximou de mim. Puxei com a ponta do dedo um pedaço do *harness* que ele usava por cima da camiseta.

— Ah, e isso aqui é que é se vestir de amor, agora?

Ela ergueu uma das sobrancelhas.

— Nunca mais puxe isso. Apenas minha namorada pode fazer esse tipo de coisa.

Eu estava pronto para dar uma resposta engraçadinha, mas uma voz interrompeu meus pensamentos. O gringo que havia acusado Heidi e eu de roubarmos seu celular mais cedo se materializou do nada em nossa frente, acompanhado de um artista conhecido nosso, o Luiz. No fim, o gringo pediu desculpas, algo que fez o meu dia ficar um pouquinho melhor.

Um pouco depois de eles terem se afastado, alguém gritou nossos nomes mas dessa vez era uma voz conhecida.

— Heidi! Nicolas!

Pela primeira vez naquele dia, fiquei feliz em ouvir alguém chamando minha atenção no meio de uma rua.

Lucas, Mikaella e Sol eram, sem dúvida, três das minhas pessoas favoritas do mundo. Como era de se esperar deles — três melhores amigos desde a infância, como gostavam de lembrar sempre que surgia a oportunidade —, estavam todos em uma fantasia grupal e modesta de *As meninas super-poderosas* que consistia basicamente em um cropped e uma saia correspondendo à cor de cada uma das personagens. Se eu não os conhecesse e não tivesse presenciado a discussão que tiveram sobre irem ou não fantasiados para a Parada — "as pessoas vão achar que confundimos o dia com o Carnaval", Sol dissera, enquanto Lucas insistiu que a fantasia era perfeita —, a intenção de se parecerem com Florzinha, Lindinha e Docinho poderia facilmente passar despercebida.

Mikaella, que estava inteiramente de azul e amarrara o cabelo exatamente como Lindinha, foi correndo até Heidi e beijou a namorada.

Lucas e Sol me deram um abraço de urso demorado. Imediatamente, fui invadido por um sentimento de pertencimento e acolhimento que eles sempre provocavam em mim.

Apertando minhas bochechas e grudando em mim um pouco do glitter rosa que tinha em todo o corpo, Lucas disse:

— Eu estava com medo de não encontrar vocês no meio dessa multidão. Parece que todas as pessoas do mundo estão aqui.

— Vamos, vamos! — Sol gritou em meu ouvido. — Essa é a minha música favorita, quero chegar mais perto do trio.

— Adorei a sua camisa, Nicolas! — Mikaella gritou para mim, porque, ironicamente, a namorada de Heidi era uma das únicas pessoas do mundo que também gostava de *Alto-Mar*.

Começamos a caminhar em direção ao trio elétrico, até que alguém tocou em meu ombro.

Eu me virei rapidamente, e o que vi diante de mim me deixou tão surpreso que senti que estava em um filme de terror, naquele momento em que a mocinha finalmente se vê diante do assassino em série.

Em plena Avenida Paulista, justamente no dia da Parada do Orgulho, o lugar e o dia do ano que mais se concentram pessoas por metro quadrado, Yohann Prudente tinha me encontrado.

— Você está me seguindo? — acusei.

— O quê? Não! — ele gritou de volta, erguendo as mãos para o alto como as pessoas fazem nos filmes para mostrar que não estão armadas. Ele ainda estava com aquela roupa ridícula, com a camiseta desabotoada, o binder à mostra e a mochila marrom pendurada no ombro. — Eu estava com a Jordana, e ela me disse que a namorada do Bernardo conhece a Mikaella, e eles estavam procurando vocês, então eu perguntei se poderia vir junto, porque eu quero mesmo conversar com você. Pensando agora, acho que talvez eu esteja insistindo muito no assunto... É, tenho certeza de que estou sendo bem irritante. Mas eu prometo que, se você não quiser mesmo falar comigo, eu vou te deixar em paz depois disso.

Yohann estava muito perto de mim, e era difícil dizer não para alguém que conseguia manter os cachinhos do cabelo tão perfeitos por tanto tempo — ou talvez fosse o clima da Parada, a música alta, o caos alegre à minha volta.

— Sobre o que você quer fa...

— Sei que você me odeia desde que postei aquele comentário — Yohann interrompeu. — Sobre o seu olho naquele vídeo. Mas eu não sabia. De verdade. Mesmo. Eu não deveria ter dito aquilo daquela forma. Eu fui estúpido e insensível.

Eu levei um segundo para absorver as palavras. Fechei os olhos com força e desejei ter o poder de apenas me materializar em outro lugar.

Deixei que Yohann continuasse:

— Quando eu vi que você também fazia parte da campanha publicitária da Placere, a primeira coisa que pensei foi em cancelar o contrato para fugir de você. Depois, vi como seria uma ótima oportunidade de me desculpar, então aqui estou eu.

Ele me encarou intensamente com o olhar. Pela primeira vez desde que o conheci pessoalmente, ele já não parecia mais tão alto. Os cachinhos loiros do cabelo voavam junto com o vento, foi então que eu percebi que o cabelo dele não era tão milimetricamente perfeito quanto eu pensei. A imagem que eu tinha criado de Yohann na minha mente era baseada na perfeição ilusória que o Instagram criava.

Yohann não era um homem perfeito, sem defeitos, assim como eu também não era.

— Tá tudo bem — respondi, tentando reorganizar tudo que eu pensara de Yohann até aquele instante. — Mesmo. Não precisa se preocupar com isso.

— Não, não tá tudo bem. Eu sei que errei.

Me irritei — não sei porque, nem exatamente com o que, mas me irritei. Yohann parecia sincero com suas palavras. Mais sincero do que qualquer outra pessoa provavelmente pareceria no seu lugar. Só que havia muitas pessoas à nossa volta, muita conversa paralela e barulhos ao redor de mim, estava difícil raciocinar direito.

— Eu já entendi que você está se desculpando, Yohann, mas eu não sou obrigado a abraçar você e te tratar como meu melhor amigo de infância só por causa disso.

— Eu sei. Não quis fazer parecer que fosse isso. Tem, hum, tem uma poesia no meu livro que eu escrevi para você.

— O quê? Acho que não escutei direito.

Yohann cruzou os braços na frente do corpo e se aproximou ainda mais de mim.

— Eu fiquei um tempão me remoendo por aquele comentário. Quando assinei o contrato com a editora, fiquei torcendo para que esse poema chegasse até você de alguma forma. Obviamente não chegou. Eu estava sonhando alto demais, não é? Seria surreal demais que você lesse esse livro e entendesse a minha mensagem, mas eu gostava de imaginar como seria se isso acontecesse.

Agora Yohann tinha a minha atenção completa.

— Eu quero ler o poema — falei, uma frase que eu nunca disse em nenhum outro momento da minha vida.

Yohann levantou as sobrancelhas.

— Mesmo?

— Mesmo. Você tem o livro aí?

— Tenho, na verdade. Eu estava planejando distribuir alguns… Eu… É, tudo bem, acho que nada mais justo que você leia agora.

Yohann tirou da bolsa um livro de capa branca com várias borboletas de diferentes tons de verde desenhadas. No meio daquela multidão em que estávamos, alguém esbarrou em meu ombro, mas nem me dei o trabalho de virar para ver quem era. Estava inteiramente focado no livro e no garoto em minha frente.

Solidão monocromática eu li o título mentalmente. "Uma obra sobre a solidão em diferentes tons", dizia mais abaixo.

— Está na página 39 — Yohann falou.

Folheei o livro. Por algum motivo, meus dedos estavam trêmulos.

palavras nunca ditas.

seus olhos são como
as nuvens.
lembram-me da tempestade.
obra de minha ignorância.
como passam os dias em que,
inundado em mim mesmo,
não sei como fugir dos trovões.

Pisquei duas, três vezes. Aquilo era um amontoado de palavras sem sentido. O mais estranho era que, de alguma forma, eu *entendi* o que ele estava dizendo para mim. Não sabia como descrever.

Por mais que eu detestasse admitir, ler aquilo tocou em um ponto muito sensível. A ideia de Yohann ter passado todo esse tempo pensando no que falou sobre mim, enquanto eu achava que aquilo não significou nada para ele, fez o ódio que nutria por ele diminuir um pouquinho. Talvez muito.

Eu me vi ali, parado no meio da calçada, segurando *Solidão monocromática* com força.

Em silêncio, fechei o livro e tentei devolvê-lo para Yohann.

Ele negou com um aceno de cabeça.

— Pode ficar com esse exemplar para você. Se quiser, é claro.

Eu meio que não sabia o que fazer com aquilo, então balancei o livro nas mãos sem conseguir decidir qual seria meu próximo passo.

— Você realmente escreveu o poema para mim? — perguntei.

— Como eu vou saber que não está inventando tudo isso agora? Você poderia muito bem pegar uma poesia aleatória e dizer que era para mim.

O rosto de Yohann ganhou um tom um pouco mais rosado.

— Cada verso começa com uma letra do seu nome.

— O quê?! — eu praticamente gritei.

— Os versos formam o seu nome! — ele gritou mais alto.

Abri o livro novamente, na mesma página, e tentei ler o meu nome com a inicial de cada verso.

— Não formam, não — falei.

Yohann se aproximou de mim e colocou o dedo sobre a página no último verso da poesia, então arrastou o dedo para cima.

— É de ponta-cabeça.

Li a primeira letra de cada verso, começando com o último e indo até o primeiro e, desta vez, consegui formar um nome.

Nicolas.

Ergui o rosto e o encarei.

— Como é que você esperava que eu fosse entender isso aqui? Alguém algum dia já percebeu que isso formava *Nicolas*?

— Hum, não. Não que eu saiba, pelo menos.

O plano dele não parecia ser muito esperto, e eu também não sabia reagir àquela revelação.

— Eu... Eu realmente não sei o que dizer — falei.

— Eu só quero saber se você aceita o meu pedido de desculpas e se entende o quanto estou arrependido. Não precisa dizer nada mais. Só quero que você entenda que eu gostaria de nunca ter dito nada. Eu sei como ler sobre a sua aparência na internet pode ser horrível, passo por isso todos os dias. Não quero ser como uma dessas pessoas que eu desprezo. Queria que você pudesse entender isso.

Nunca fui um santo, isso é óbvio. Quantos comentários sobre outras pessoas eu mesmo havia feito e nunca nem tinha pensado em me desculpar?

— Eu acredito em você — falei, porque era verdade. Era a primeira vez que alguém me pedia desculpas daquela forma. Também era a primeira vez que alguém tinha escrito um poema para mim.

— E te perdoo, Yohann — fiz questão de dizer, porque parecia algo que ele precisava ouvir.

Yohann pareceu respirar de forma mais leve.

Eu me lembrei da frase no lambe-lambe. Eu definitivamente me sentia mais vestido de amor agora.

— Fico verdadeiramente feliz de ouvir isso — Yohann respondeu e, mesmo sem gritar, eu o entendi perfeitamente.

— Obrigado por... — Balancei o livro desajeitadamente — Por isto. E me desculpe por ter gritado com você mais cedo, quando tentou conversar comigo. Eu deveria ter ouvido você desde o começo.

Ele deu um pequeno sorriso, mostrando o espacinho entre os dois dentes da frente.

— Isso é meio que minha culpa, devo ter parecido um esquisito te seguindo daquela forma. Prometo que eu vou te deixar em paz de agora em diante. Não quero atrapalhar mais o seu dia.

— Na verdade — eu disse, olhando para os lados, levemente envergonhado com o que eu estava prestes a dizer —, você poderia ficar um pouco comigo? Eu me perdi de Heidi, eu acho. E do resto do pessoal também. Não quero ficar completamente sozinho no meio dessa multidão.

— É claro — Yohann respondeu rapidamente. — Nós podemos procurar por eles juntos. Mikaella me disse que eles iam para... Ah, droga.

— O que foi?

— Esse cara está mesmo me seguindo. — Yohann chegou bem pertinho de mim e baixou o tom de voz para dizer: — Ele tem agido estranho desde que nos conhecemos pessoalmente.

Demorei um pouco para entender de quem Yohann estava falando. Identificar alguém no meio daquela multidão era especialmente difícil porque todo mundo estava se mexendo o tempo todo. Até que o avistei.

Guilherme, o funcionário da Placere.

Ele nos avistou e veio em nossa direção de forma um pouco assustadora. Havia algo de particularmente esquisito na maneira como olhava para Yohann.

— Yohann! Finalmente te achei, está me evitando?

Percebi que Yohann estava praticamente se escondendo atrás de mim.

— Oi, Gui! — Yohann disse, acenando para ele e forçando um sorriso. — De forma alguma! Como foi que você me encontrou aqui?

— Ouvi seus amigos comentando que você estaria perto da Brigadeiro. Estou te procurando há quase uma hora.

Guilherme já não parecia mais tão simpático quanto na hora em que estava nos recepcionando para o evento da marca. Não parecia mais com um homem que só falava coisas entediantes.

— Desculpa — Yohann disse, apontando para mim. — Mas estou com o meu amigo agora, e nós combinamos de fazer algo juntos, e...

— Você está me trocando por ele? Por esse...

Guilherme fez gestos extremamente confusos com a mão.

Eu me lembrei de mais cedo, da forma como Guilherme agia perto de Yohann, colocando a mão no ombro dele e parecendo muito mais à vontade com Yohann do que Yohann com ele.

— Cara — falei, já sacando o que estava acontecendo. — Yohann não está interessado em você, então esquece isso, tá? Nós vamos sair agora e você não vai mais procurar por ele, pode ser?

Guilherme pareceu me ouvir, mas não olhou na minha direção. Ouvi Yohann respirar fundo atrás de mim.

— Mas... Yohann, você respondeu a todos os meus e-mails.

— E-mails de trabalho! — gritou Yohann. — Você é maluco?

— E do jeito que você apareceu hoje no evento, se mostrando todo para mim. — Guilherme fez um gesto com a mão indicando os botões abertos da camiseta de Yohann. — Vamos combinar: você está pedindo muito, né? E nem adianta tentar me culpar por algo que você está fazendo.

Yohann pareceu ficar menor do que eu, se encolhendo ainda mais atrás de mim.

— Só vai embora, cara! — aumentei o tom de voz para um grito. — E esquece isso. Yohann já deixou claro que não quer nada com você.

Guilherme olhou para mim de verdade pela primeira vez. Ele deu alguns passos em minha direção e, muito rápido, a mão se fechou em volta do meu pulso e ele tentou me puxar para longe de Yohann.

— O que é que você está fazendo? — Minha voz mal saiu da minha garganta, desta vez. — Me solta, seu esquisito.

Usei toda a minha força para me desvencilhar daquele homem. Em um segundo, ele já não estava mais me segurando, mas também não se afastou. Quase no mesmo instante, as duas mãos dele agarram o colarinho da minha camisa em um gesto agressivo, como se fosse começar uma briga.

Eu já tinha experimentado diversas situações do tipo antes. Sempre acham que me assusto fácil, e a melhor forma de acabar com esse tipo de coisa é deixando bem claro que não vou recuar.

A mão na camiseta foi a gota d'água, então fiz o que eu faço de melhor.

Deixei os pensamentos intrusivos vencerem. Juntei toda a raiva que sempre carrego comigo, fechei a mão em punho e mirei o melhor possível no nariz de Guilherme. Imediatamente, a mão dele soltou minha camisa, e ele cambaleou para trás.

Tenho um histórico de brigas físicas mais longo do que eu gostaria de admitir. Sou muito melhor resolvendo as coisas com as mãos do que com palavras. Infelizmente, algumas das brigas em que me meti tiveram motivos muito menos nobres do que essa.

De qualquer forma, dar um soco em Guilherme me trouxe mais alívio do que o esperado. Foi uma descarga de energia e uma satisfação pessoal de justiça.

A surpresa dele foi palpável. É claro que não esperava que um baixinho magrelo como eu fosse ter coragem o suficiente para fazer isso. Ver aquele babaca tão surpreso assim me deixou ainda mais realizado.

Já estava preparado para dar um segundo golpe, ou me proteger do rebote, mas fui impedido pela aparente falta de conhecimento em brigas que Guilherme possuía. Tudo o que fez foi potencializar aquela cara de idiota que tinha e olhar em choque para o sangue que escorria do nariz e manchava a camisa dele. Eu não era covarde a ponto de golpear Guilherme mais uma vez quando ele não parecia saber se defender.

— Seu imbecil! — gritou ele. — Vocês dois são completos malucos.

Um círculo foi se formando ao redor de mim, algumas pessoas se afastando e outras se colocando entre mim e Guilherme para impedir a briga de evoluir para algo mais sério. Senti uma mão me segurando pelo cotovelo, me puxando para longe do meu novo inimigo. Mesmo sem olhar, sabia que era Yohann, e deixei que me levasse para longe.

— Polícia! — alguém gritou.

É claro que, para meu azar, havia policiais ali perto. Eles nunca estão presentes quando precisamos deles, mas estavam ali para proteger um predador como Guilherme. Não muito longe, avistei uma unidade móvel da polícia e uma mulher fardada, só consegui ver que era ruiva e magra, tentando passar por entre a multidão para chegar até mim.

— Eu não acredito que você fez isso — disse Yohann, me encarando de olhos arregalados e sem soltar meu cotovelo. — Você está bem?

— Estou ótimo. Guilherme mereceu.

Por um breve instante, tudo o que Yohann fez foi me encarar com aquele olhar intenso, como se tentasse procurar por algo que não estava ali. Ele finalmente soltou o meu cotovelo, mas não se afastou.

— Obrigado — disse ele baixinho. — Mesmo. Acho que ninguém nunca me defendeu assim antes. Desculpa por te meter em tanta confusão.

— Você não precisa pedir desculpas por nada — garanti. — Não fez nada de errado. Não desta vez, pelo menos.

— Eu passei o dia todo fazendo isso, né? Pedindo desculpas para você.

— Acho que eu provavelmente vou ser preso agora — falei, contendo o desespero para fazer uma piada. A policial estava quase em minha frente. — Você vai escrever um poema sobre isso também? Espero que seja tão bonito quanto o outro.

Yohann soltou uma risada nervosa.

— Com certeza — disse ele. — Tudo em você é poesia, Nicolas.

Desta vez, Yohann não se escondeu atrás de mim. Muito pelo contrário. Fez questão de ficar ao meu lado, um lugar onde ele ficaria por muito, muito mais tempo.

Eu só não sabia disso ainda.

A ODISSEIA GREGA DE ÍRIS E GENEVIEVE

ARQUELANA

PARTE UM
Se Taylor Swift fosse brasileira, ela cantaria minha história de amor tragicômica

— Minah, acabei de ser presa!

As palavras saíram de minha boca em um atropelamento. Ao meu lado, uma jogadora de futebol estava com os olhos arregalados e a boca escancarada, olhando para nossas mãos atadas por uma algema cheia de frufrus, como se estivéssemos em um sonho cor-de-rosa.

Estávamos em uma unidade móvel da polícia, para ser mais precisa, que não tinha nada de rosa, a não ser a algema ridícula pendendo ao lado do meu corpo.

— Como assim *presa*, garota? — A voz de minha chefe ecoou em um misto de surpresa e histeria.

Ah, eu estava tão ferrada.

Minha Perséfone, eu era nova demais para ser presa.

— Presa. Na unidade móvel.

Uma pausa do outro lado da linha. Era um milagre eu ter conseguido falar com ela, considerando o caos do dia.

— Não sai daí — disse minha chefe. — Estou indo.

Aquilo poderia ser tanto um resgate quanto uma ameaça.

Desliguei a chamada e olhei ao redor da unidade, observando a barraca cheia. Um garoto em especial chamava atenção, com uma óbvia cara de artista gringo — talvez fosse modelo, ou só um metido a curioso que decidiu aproveitar a Parada do Orgulho mais caótica do mundo.

Respirei fundo, me preparando mentalmente para recomeçar a enviar currículos porque com certeza seria demitida, e então senti um repuxar na algema que me lembrava exatamente o motivo para eu estar ali.

Um motivo muito bonito e, ainda assim, detestável, naquele momento.

— Por que você precisava fazer um escândalo? — vociferei me virando para ela.

Minah, minha chefe e atração principal do maior evento LGBTQIAP+ do Brasil, estava vindo me buscar como uma mãe que precisa salvar a filha de uma burrada totalmente evitável.

Que droga, ser salva pela chefe que está prestes a viver o momento mais importante da vida dela não estava nos planos daquele dia.

Mas como eu bem aprendi enquanto me tornava adulta, nada *nunca* seguia o plano. Não adiantava tentar ser mirabolante, criar versões e versões para possíveis situações: a vida era muito boa em mostrar que não estamos no controle de nada.

— Eu não fiz um escândalo — Genevieve se defendeu, focando os olhos cerrados em minha direção. Tinha o cabelo curto e loiro, a boca grande o suficiente para falar as maiores asneiras do mundo, e ainda assim tomar tempo na minha mente para imaginar como seria beijá-la. — Você começou a levantar a voz, agindo que nem uma controladora, e não me deixou falar!

Droga, eu queria muito, mas muito mesmo, beijá-la.

— Controladora? — balbuciei, puxando a mão e por consequência trazendo-a para mais perto por causa das algemas. — Você me abordou no meio do trabalho, puxou meu pulso, me algemou e achou mesmo que eu não levaria um susto? E tem mais, você não deveria estar treinando? A Copa do Mundo é daqui a alguns dias, não deveria estar levantando peso ou, sei lá, uma dessas coisas que atletas fazem?

Genevieve bufou e virou o rosto, desviando o olhar para a policial que nos fitava com muita curiosidade. Assim que saísse dessas algemas de frufru, provavelmente seria presa de verdade.

Com algemas nada cor-de-rosa.

— Senhora policial... — comecei, puxando a mão presa a Genevieve. — Estou aqui a trabalho, entende? Sou uma assessora. — Apontei para minha parafernália, o fone de ouvido preso ao pescoço, o uniforme sem graça para não chamar a atenção e a pulseira com as credenciais. — Essa aqui ao meu lado é a Genevieve Maya, ela é a nossa atacante na seleção feminina brasileira de futebol. Eu também já trabalhei com ela. Com certeza você conhece esse rosto. Ela já até foi no *Fantástico* e...

— Podemos sair daqui? — Genevieve me interrompeu, a voz muito mais melodiosa do que alguns segundos atrás. A policial se empertigou na cadeira, os olhos atentos ao rosto bem delineado da minha ex-chefe. — Tenho um compromisso daqui a pouco e odiaria perder porque estou presa.

Revirei os olhos descaradamente, recebendo um cutucão de Genevieve, que não teve problema *nenhum* em bater os longos cílios na direção da oficial de justiça.

Ela deveria estar ali para nos proteger, e não ficar toda derretida por uma jogadora de futebol.

Uma muito bonita. Bem articulada. Com braços torneados e olhos gentis.

Mas, oras, desde quando mulheres bonitas eram maiores do que a justiça brasileira?

— Precisamos manter vocês aqui só até conferirmos se essa mocinha — disse ela, virando a cabeça em minha direção — é realmente quem diz ser. Que coincidência estar sem o documento, não é?

Genevieve me encarou de esguelha, o sorriso tremulando por um segundo antes de voltar a encarar a mulher ruiva de olhos azuis que nos prendera em meio a uma confusão na Avenida Paulista.

Antes de Genevieve segurar minha mão, eu estava fazendo meu trabalho, procurando pessoas para subirem com Minah Mora no trio elétrico. Mal acreditei quando vi minha ex-chefe parada ali.

A reação dela foi ainda pior que a minha, considerando que foi ela que nos algemou logo em seguida.

Tudo aconteceu rápido demais.

— Mas que diabos você está fazendo aqui?! — exclamei quando a vi, sentindo pela primeira vez desde nossa última conversa que eu podia me permitir parecer um pouco maluca. — Quem você acha que é pra me agarrar desse jeito? Perdeu a droga do seu juízo?!

Com a boca aberta em choque, só fiquei encarando enquanto Genevieve sacava uma algema de pluma rosa e prendia nossos pulsos.

— Agora você vai ter que me escutar — declarou ela, com a testa suada e os olhos arregalados.

— Você simplesmente anda por aí com algemas cor-de-rosa no bolso?!

Simultaneamente, uma garota no meio da multidão soltou um grito e jogou spray de pimenta nos olhos de um garoto. Com Genevieve algemada a mim, tentamos segurar o garoto antes que ele fugisse.

— Ele tentou passar a mão em mim! — a menina havia gritado.

A polícia chegou praticamente no mesmo instante. O garoto tentou passar por baixo do nosso aperto, porém, com os braços conectados pelas algemas, não conseguiu. Arquejei de dor com a força dele para se soltar, só que Genevieve estava tão empenhada quanto eu a não deixá-lo passar. A policial foi clara em pedir nosso testemunho e anotar nosso nome.

Genevieve havia chegado até ali falando que se não fosse pelo meu escândalo desmedido brigando com ela desde lá até chegarmos à unidade móvel, aquilo não teria acontecido.

Bem, que se dane, eu me dei ao luxo de brigar com minha ex-chefe.

— Esqueci meu documento porque vim procurar pessoas para a apresentação surpresa da Minah Mora! — exclamei pela nonagésima vez, sem saber se a policial estava apenas se aproveitando do tempo com Genevieve ali para dar em cima dela. Decidi mudar de tática. Se falar a verdade não estava funcionando, talvez uma carteirada básica resolveria o problema. — Sabe a *Minah Mora*? — Enfatizei o nome da drag queen. — Uma das principais atrações da Parada hoje? Eu trabalho com ela. Juro.

— Aham, e eu sou a assistente da Madonna.

A policial voltou a mexer no computador.

Genevieve soltou um suspiro pesado e me puxou com força pelo braço, sentando-se na cadeira de plástico que reservaram para os pobres coitados presos em plena Parada do Orgulho.

À nossa frente, corpos de diversas idades dançavam, pulando entre presilhas de cabelo, glitter e roupas espalhafatosas, sem contar aqueles que não usavam roupa alguma. Se não estivesse tão preocupada com o meu emprego, talvez achasse alguma poesia em meio àquele caos.

Era tanta cor misturada a ponto de se tornar uma só. Um símbolo único. Uma identidade tão intrínseca que transformava o arco-íris caleidoscópico em uma única cor.

E sentada comigo, o braço resvalando no meu, estava a mulher com quem um dia eu sonhara em dividir aquele momento — não a trabalho, mas para comemorar. Tentei puxar minha mão suada, mas isso só fez com que o pulso de Genevieve se aproximasse mais do meu.

A dor quieta ainda estava ali, mesmo após meses longe dela. Aquele tipo de cansaço que só existe quando amamos alguém que não nos ama de volta. Passei por um tempo de luto depois de ser demitida como assistente de Genevieve, e não era justo que precisasse sentir algo por ela agora, depois ter me reerguido para ficar bem.

Porque eu *estava* bem.

— Por que está tentando se livrar dessa encrenca sozinha? — perguntei depois de alguns instantes silenciosos acobertados pela gritaria na rua. — Não tem uma assistente nova para quem ligar?

Olhos estreitos e azuis me encararam de volta, mas Genevieve parecia sem graça, cansada e ainda assim muito bonita. Não usava maquiagem, mas havia vários pontos brilhantes de glitter espalhados em todo o rosto, provavelmente fruto da maquiagem de outras pessoas que grudou nela.

— Não, não contratei ninguém depois de você — murmurou baixinho, desviando o olhar. Assenti lentamente, me recostando à cadeira.

Ao sentir que ela voltava a me encarar, eu me virei para retribuir o olhar, um questionamento irritado na testa.

— Que foi? — resmunguei.

— Você está usando o colar que eu te dei — disse, displicente. Desci o olhar para o pingente com um elmo grego no peito e usei a mão livre para enfiá-lo dentro da camisa mais uma vez.

Então, voltei a ignorar Genevieve.

Não esperava passar a minha tarde daquela maneira. Alguns meses atrás, eu fantasiava com Genevieve me ligando no meio da noite para se declarar, dizendo que percebeu que me amava e que queria marcar um gol para mim em algum jogo.

O básico de devaneios amorosos não correspondidos antes de dormir.

Lembro-me de que somente aceitei o emprego porque imaginei que fosse conhecer a Marta em algum momento. Pelo menos isso aconteceu. E ela era uma querida.

Só que mesmo antes de começar a trabalhar com Genevieve, quando recebi a ligação com a oferta da vaga, a antiga assistente de Genevieve foi categórica.

— Ela tem gostos... estranhos — dissera a mulher no telefone. Eu estava num café, tentando equilibrar um salgado muito quente na mão e um suco de laranja na outra.

— Estranhos como?

— Só... estranhos — finalizou com um riso sem graça que ecoou do outro lado da linha.

Então, no meu primeiro dia, fui preparada para encontrar um *dark room*, talvez um tigre dormindo no meio da sala (gente rica é meio exótica) ou até mesmo uma imagem em tamanho real da Dua Lipa que a acompanhava em todos os cômodos.

O que encontrei foi uma mulher de riso fácil, com uma rotina caótica e os hábitos alimentares de um urso. Genevieve Maya era filha de mãe sul-africana e pai brasileiro, nasceu em terra canarinha e escolheu a bandeira brasileira para jogar pelo campeonato mundial.

E, sim, ela tinha gostos estranhos. Levantava sempre com o pé esquerdo para sair da cama ("Eu sou canhota, levantar com o pé esquerdo é minha obrigação"), não comia carne de porco ("Odeio bacon, acho que qualquer pessoa que frita um porco não merece meu amor") e *odiava* sair do Brasil ("Aqui é minha casa, morar em outros países é solitário demais").

Ao longo das primeiras semanas, enquanto ainda me habituava ao clima da rotina de Genevieve e permanecia alerta aos gostos estranhos dos quais a antiga assistente me alertara, fui me deixando relaxar. Ela não me ligava à noite pedindo favores absurdos e respeitava meu horário de trabalho, sempre comprava comida a mais para mim e uma vez elogiou meu tênis.

Sabe, o básico.

— Qual é a programação de hoje nessa sua agenda surrada, querida Íris? — perguntou ela um dia, ao que parecia ser uma era atrás, quando cheguei à sua casa cedinho para conversarmos.

Encarei a agenda que carregava em mãos, passando os olhos pela página rabiscada. Precisava me organizar melhor.

— Entrevista com a BCN Brasil agora de manhã, podemos almoçar depois e à tarde tem uma reunião com seu advogado. É para discutir os termos da renovação do contrato com o Corinthians — disse, distraída, pensando nos próximos dias. Hum, talvez tivesse que remarcar minha depilação, Genevieve precisava ir gravar um comercial na quinta-feira, e eu sempre a acompanhava.

— Íris?

Ergui o olhar da agenda. Minha chefe sorria e balançava a cabeça em negativa, apontando um pedaço de abacaxi espetado em minha direção.

— Te chamei três vezes. Você está ainda mais distraída do que já é. Tá tudo bem?

— Ah, sim, claro — murmurei, fechando a agenda velha e enfiando-a na bolsa. Atravessei a cozinha para pegar uma água. Senti o olhar de Genevieve nas minhas costas, mas não dei bola.

Minha chefe não precisava saber que eu tive um sonho meio estranho com ela na noite passada. Tentei justificar para mim mesma que era a ação normal do período fértil, que era só meu inconsciente alertando que estava na hora de ter um encontro decente.

— Só dormi mal — disse, me virando para encará-la.

Genevieve tinha se aproximado, pegando um copo também, e me deu um chega pra lá para encher no filtro.

— Tem algo que eu possa fazer pra ajudar?

Você pode me beijar bem devagar, passar a mão pelo meu pescoço e depois sussurrar no meu ouvido que me acha gostosa?

— Não, não precisa. — Pigarreei e me afastei com um sorriso. — Você ainda não está pronta para a entrevista, não é? Vamos nos atrasar... — Encarei a tela do celular com expectativa, querendo sair dali o mais rápido possível, antes que mais imagens de Genevieve me beijando surgissem na cabeça. — Avisei você com bastante antecedência.

Por um tempo, cogitei que aquele fosse o pior hábito estranho de Genevieve. Aquele que perturbava a antiga assistente. Ela era atrasada. Muito. Do tipo que deixa qualquer assistente maluca.

— Se estiver sobrecarregada com o trabalho, é só me avisar — ela disse, aproximando-se de mim ao tomar o caminho para as escadas, em direção ao seu quarto. — Não quero que perca o sono por minha causa. — Abri a boca para responder, mas me calei ao ver aquele sorriso deslumbrante. — A menos que seja por um bom motivo.

E então, ela virou e subiu as escadas, o quadril estreito marcado no short de pijama foi objeto do meu olhar até que Genevieve sumisse da minha vista e se impregnasse na minha mente.

PARTE DOIS
Regra número um da mulher bissexual: não se apaixonar por uma mulher hétero, especialmente se ela for sua chefe. *E hétero.*

— Até que horas vamos ficar aqui? — Uma pessoa resmungou. Estava fantasiada como a Lady Gaga com o vestido de carne e tinha o rosto contorcido em uma careta, deixando os cabelos da peruca caindo no rosto. — Não fizemos nada de errado!

Virei a cabeça de lado, com curiosidade. Duvidava muito daquilo. Olhei em volta, em um dos cantos da tenda o gringo que tinha notado antes estava falando nervoso ao telefone, acompanhado por um garoto lindo e estiloso, com vibe de artista. Mais para o lado, uma dupla de meninos, um vestido de forma mais discreta, cabelo cortado em mullet que combinava com ele, e uma sacola cheia de gelo em uma das mãos. O outro vestia um look inusitado, para dizer o mínimo… um mix irracional de cores e estampas que de alguma forma funcionavam nele. Por fim, duas meninas estavam sentadas em cadeiras não muito longe de nós. Uma delas vestia roupas vermelhas e um chapéu inexplicavelmente lindo, a outra usava as cores da bandeira assexual — encontrar aquele cachecol preto, cinza, branco e roxo, não deve ter sido fácil.

Era um grupo peculiar.

— Ok, *alguns de nós* não fizeram nada de errado — a Lady Gaga da 25 de março se corrigiu.

— Aquela mina ali não é a jogadora de futebol? Da seleção feminina? É ela mesmo? Será que ela tiraria uma foto comigo? — ouvi a menina do cachecol cochichar para a outra, sem muito sucesso. Qualquer um conseguia ouvi-las conversando.

— Ninguém pode tirar foto com ninguém — decretou a policial de plantão, encarando o relógio de pulso. Depois, anunciou para todos na tenda: — Estamos aguardando a liberação do sistema, que não está funcionando direito.

— Ah, que grande surpresa — reclamei no mesmo instante em que o cosplay de Lady Gaga jogou os braços para o ar quando Pabllo Vittar começou a tocar na avenida.

O som estava abafado ali na barraca de polícia, mas era alto o suficiente para todo mundo desejar estar do lado de fora da unidade móvel.

— Ué, eu não sabia que ela estaria na Parada — disse a menina do cachecol, foi a vez dela de inclinar a cabeça em curiosidade. Admirei sua roupa, as cores da bandeira assexual combinavam com seu tom de pele. Em outras situações, eu pararia para elogiar seu estilo, mas naquele momento, estava observando Genevieve com atenção, aguardando seus próximos movimentos. As meninas começaram a se levantar para ir embora.

Sim, menina, quis retrucar, *eu também não sabia que ela estaria aqui.* Aprumei-me na cadeira, desconfortável e curiosa. A contragosto, tirei o pingente do elmo de dentro da camisa e comecei a girá-lo na corrente, exatamente como fazia havia meses, desde que o ganhara de presente. Eu não diria à minha ex-chefe, mas eu só o tirava para dormir e tomar banho. Brincar com o colar ajudava a controlar minha ansiedade.

Genevieve, é claro, notou o movimento.

— É sempre bom ter aliados por aqui — provoquei Genevieve, encarando-a finalmente. Mas ela não desviou, como imaginei que fosse fazer. A curva dos lábios estava baixa, e eu poderia ter me comovido com aquela expressão em algum momento no passado, mas não ali.

— Você fica me atacando e não me dá a chance de responder, qual foi? — disse ela com um pouco mais de impaciência, os olhos brilhando com pura decepção.

Senti um aperto no peito, havia um amargo na boca de quem já levou porrada demais na vida e era calejado a ponto de saber que baixar a guarda era sinal de enrascada. Já fizera aquilo uma vez com Genevieve e não arriscaria de novo.

Senti o celular vibrar e respirei aliviada ao ver o nome de Minah na tela.

Minah: Garota, me diz que eu não vou precisar atravessar essa multidão inteira pra te salvar...

Íris: sinto muito, gatinha. em minha defesa, a culpa não é minha

Minah: Como você deixou isso acontecer?

Íris: briguei com uma mulher

Minah: E a culpa não é sua porque...?

Íris: porque é a Genevieve, aquela Genevieve

Minah: Eeeeeeita. Ok, justificável. Espero que tenha dado uma boa surra nela.

Íris: pensei que você fosse contra a violência, Minah kkkkk

Minah: Sim, mas só quando não fazem mal à minha assistente. Ninguém toca em você, Íris. Estou indo.

— Agora você acredita? — exclamei para a policial ao virar meu braço livre na direção dela, mostrando o chat com Minah. Estava pronta para ser liberada, voltar para o meu trabalho e corrigir todas as burradas daquele dia.

No entanto, a policial apenas sorriu e balançou a cabeça.

— Dá para ver que você não deu uma surra em ninguém. Essa daí — disse, apontando para Genevieve — te daria uma canseira fácil.

— Contou pra alguém que me deu uma surra?! — exclamou minha ex-chefe, puxando a algema. Soltei um muxoxo e puxei o braço de volta, fazendo com que ela se inclinasse mais em minha direção.

— Por favor, cuida da sua vida.

— Você está mentindo por aí e vai falar que a culpa disso tudo é minha? — Havia um toque de histeria em sua voz. Ela estava perdendo a paciência. — Quer saber? Eu vim aqui pra me resolver com você, pra entender como eu podia consertar as coisas, mas é óbvio que você ia fugir de mim, igual foge de tudo!

A risada incrédula que preencheu a unidade móvel foi o único indício de que eu não estava maluca.

— Ah, você quer falar sobre fugir? — levantei a voz, sentindo as bochechas arderem. — Por que não falamos de quando *você* me beijou na noite de Ano Novo e depois fingiu que nada aconteceu?

Assim que as palavras saíram de minha boca, lembrei de que ainda estávamos em público. Estava tão irritada com aquela insinuação dela que me esqueci de todo o resto. Acontecia com frequência quando se tratava dela. Genevieve me fazia esquecer do mundo, para melhor ou pior.

Só que estávamos ali rodeadas de estranhos, desconhecidos que não deviam qualquer lealdade ou sigilo à Genevieve. Droga. Engoli em seco, passando os olhos constrangidos pelas pessoas.

— Talvez vocês possam ir ali no canto conversar — sugeriu a policial, totalmente sem graça.

Estava pronta para dizer que não tínhamos o que conversar, mas Genevieve se levantou rápido, puxando meu braço com força. Evitei encarar como os braços flexionados denunciavam músculos de quem passava horas puxando peso, e, em vez disso, preferi focar na nuca dela. Um colar de prata reluzia na luz do sol e, quando ela se virou para me encarar, observei o pingente.

Um ano atrás, enquanto viajávamos de um lado para o outro durante as classificatórias para a Copa do Mundo Feminina de Futebol, Genevieve e eu aproveitamos para passear por Buenos Aires durante uma das folgas.

Ok, folga talvez fosse demais, era uma escapada. Uma que eu não deveria ter incentivado.

Só que eu queria muito conhecer os bairros históricos, talvez aproveitar um guia de cerveja e comprar lembrancinhas para a minha irmã mais nova. Ao meu lado, usando um boné e óculos de aro redondo, Genevieve cantarolava ao som de um artista de rua argentino.

Fitei as vitrines de comida, sentindo a boca encher de água com a variedade de bolos. Genevieve apenas sorria e cantava, no estado pleno de alguém que acabara de se classificar para a Copa.

— Caramba, olha! — gritei, segurando o braço dela com força e a puxando para o outro lado da rua. Uma garota fazia embaixadinhas e dançava com a bola no pé sem qualquer distração, plenamente tranquila com sua habilidade. Genevieve sorriu para a menina e colocou algumas notas dentro da caixinha de dinheiro.

— *Gracias* — cantarolou a artista de rua, e então ergueu o olhar para minha chefe. O rosto ficou lívido, mas ainda assim continuou com show. Ao nosso redor, as pessoas contavam quantas embaixadinhas ela conseguia fazer sem derrubar a bola. — *Ah, dios.*

— Topa nos atrasarmos um segundo pra pegar seu bolo? — sussurrou Genevieve ao meu lado, a boca tão próxima da minha orelha que poderia facilmente confundir com o vento gostoso de primavera. Virei meu rosto, encarando-a de perto.

— Claro, vai lá.

— Obrigada. — Ela sorriu, e em seguida me deu um beijo na bochecha. — Te devo uma.

É normal chefes fazerem esse tipo de coisa na frente de outras pessoas? Na verdade, é normal chefes fazerem isso, no geral? Quer dizer, eu já trabalhei em uma emissora de TV, o máximo que recebi de um dos apresentadores foi um tapinha nas costas um pouco forte demais por ter derrubado café no meu tênis novo sem querer. O mesmo tênis que Genevieve elogiou quando me conheceu.

Acompanhei com um sorriso rasgando o rosto enquanto minha chefe e a menina brincavam com a bola, em movimentos orquestrados e ainda assim tão naturais. Parecia característico ver uma brasileira com a bola no pé se divertindo. A música que ouvíamos até o momento mudou para uma mais animada, o som de vozes aumentou, meu coração se derretia em melodia ao ver a pele dela queimada de sol, marcada pelas tatuagens.

E, como em uma orquestra, o clímax anunciou o fim. A bola caiu no chão. As vozes se misturaram umas às outras, e Genevieve correu em minha direção, um sorriso imenso só para mim.

— Gostou do show?

Desviei o olhar para uma catedral atrás dela, tentando disfarçar a vergonha.

— Muito, você sabe o que faz com os pés.

Ela deu de ombros e me puxou. Fomos caminhando por entre as vitrines das lojas.

— Não sei se já te contei — começou ela, encarando um vestido farfalhante no manequim —, mas você foi uma das melhores coisas do meu ano.

Pisquei, atordoada, sem saber o motivo por trás daquela declaração repentina.

Acabamos nos tornando mais amigas nos últimos meses. Já fazia um ano e meio que trabalhava para Genevieve, era natural que ficássemos próximas. Especialmente quando nossa convivência era tranquila.

Ela adorava fazer piadas sem graça, gostava de Gilsons e Jorge Ben Jor, me provocava a todo instante do dia e insistia em me levar a todos os eventos possíveis, mesmo quando minha presença não era necessária.

Eu gostava de O Grilo e Cássia Eller, era extremamente distraída e gostava de soltar fatos curiosos sobre o universo em conversas aleatórias com Genevieve para diverti-la.

Só divergíamos em um único ponto.

— Obrigada, você também foi importante pra mim este ano, mas não foi *tanto* assim. Não quero que ache que gosto demais de você, pelo bem do seu ego.

Genevieve gargalhou e voltamos a caminhar juntas, passando para a próxima loja.

— E como foi aquele encontro da semana passada? Gostou da garota?

Abri a sacola de roupa que tinha em mãos, conferindo desnecessariamente o conteúdo. Não é como se o vestido vermelho de bolinhas tivesse subitamente ficado azul desde que saí da loja.

— Não muito, ela mastigava alto demais.

Segui em frente, sem me interessar pela loja de lápis de cor.

— Mastigar alto demais? Que tipo de motivo é esse para não gostar de alguém? — Genevieve me deu um leve empurrão com o ombro, pedindo que olhasse para ela.

— Você já terminou com um cara porque ele roncava.

— Eu sou uma atleta — disse ela com uma risada —, preciso dormir. A vida da mulher hétero não é fácil, sabia?

Arqueei as sobrancelhas, querendo fugir daquele assunto o mais rápido possível.

Ali estava o ponto de divergência.

Genevieve gostava de homens. Homens musculosos, devo dizer. E só isso. Quer dizer, ela nunca disse que gostava de músculos, mas era o que eu imaginava.

E nunca houve qualquer menção a nada além, apesar de alguns rumores que surgiam de vez em quando. Só que eu não acreditava em rumores, ainda mais os que envolviam a orientação sexual de mulheres atletas.

Eu sabia o quanto Genevieve sofria com os ataques homofóbicos mesmo sendo hétero, porque aparentemente a orientação sexual estava diretamente ligada ao esporte que praticava.

Uma vez, enquanto assistia a um jogo da seleção feminina quando era criança, meu avô questionou por que toda jogadora era lésbica. Na época, sem ter noção alguma sobre quem eu era ou a relação entre seres humanos e liberdade, fiquei em silêncio. Não entendia o que era ser lésbica, em primeiro lugar, e só sabia o que me disseram: que era algo ruim. Muito ruim. Do tipo que fazia meus avós discutirem ao ouvir o nome da minha tia.

Enquanto crescia, fui percebendo que eu não gostava apenas de homens e entendi um pouco melhor aquelas mulheres. Talvez o motivo para tantas mulheres LGBTQIAP+ existirem no futebol era porque era onde se sentiam livres. Porque o esporte era onde se encontravam. E só isso.

Foi por esse motivo que escolhi focar em jornalismo esportivo, para devorar todos os esportes possíveis na televisão, focando principalmente as categorias femininas. E ali, anos depois, estava trabalhando diretamente com uma atleta de alto nível, que sorria para mim e me chamava de amiga.

E era hétero.

Droga, que maldito clichê para cair aos vinte e poucos anos.

— Eu acho que só estou buscando um motivo para não gostar da garota — admiti, a contragosto, quando finalmente adentramos um pequeno café. — A gente busca desculpas pra justificar nossas escolhas amorosas. Ela só não me agradou. Não rolou aquela sensação de "quero ser amiga dela antes de qualquer outra coisa". Quero viver um amor, só não com ela.

Genevieve assentiu, pensativa. Então enfiou a mão em uma das sacolas de compras e girou um pacote nas mãos, fitando-o com muita atenção.

— Comprou isso pro carinha com quem está saindo? — perguntei, distraída com o cardápio exposto nas paredes. Bolo. Eu precisava de bolo.

— É pra você — disse ela, a voz um pouco mais baixa.

Virei-me para encará-la, subitamente curiosa diante daquela postura tímida.

— Ah, sério?! — Sorri, pegando o pacote. Ao abrir a tampa, encontrei um colar com um pingente de elmo grego.

— Você é uma das pessoas mais fortes que eu conheço — falou ela, sem graça. — Eu... já pensei sobre como seria a minha vida sem ter te conhecido, e não faz mais sentido. Acho que mudei muito porque você me ensinou a ver as coisas de uma maneira diferente. Vi esse colar e pensei em você.

A prata queimava em minhas mãos, meu corpo era labareda pura, tamanho desespero que crepitava na pele. Abri a boca e fechei algumas vezes, sentindo as pernas se tornarem geleia.

— E grego porque, sabe, Pátroclo e Aquiles.

— Você comprou um colar pra mim porque eu sou bissexual? — disparei a pergunta, o que arrancou uma gargalhada intensa de minha chefe. Precisava que ela risse para que eu conseguisse esquecer aquele pequeno discurso.

— Foi pensando mais que você é fã de Percy Jackson, mas pode ser pelo seu motivo também.

O colar pesava quilos na minha mão. Eu não queria colocá-lo. Tudo o que eu queria, na verdade, era voltar ao hotel, deitar na cama, olhar para o teto e torcer para que aquele sentimento solitário fosse embora.

Odiava gostar de alguém. Odiava a vulnerabilidade que isso trazia. Sentia pavor à mera possibilidade de me declarar, especialmente porque, nesse caso, a rejeição já era esperada. Não porque eu não fosse bonita ou legal, mas porque eu nunca fui o *suficiente* para que alguém ficasse.

Apertei os lábios em uma linha fina e abri o fecho do pingente, colocando o colar no pescoço. Genevieve sorriu, parte da mão cobrindo a boca.

— Você está linda.

— Obrigada. Vou pedir lá no balcão, já volto. — Levantei em um pulo, sentindo as paredes se fecharem ao meu redor. Caminhei apressada até os diversos bolos expostos e respirei fundo, passando a mão pelo rosto cansado.

Por que eu não me permitia ser feliz por um segundo sequer? Qual era aquela necessidade absurda de me maltratar? E daí que eu gostava de uma mulher hétero, eu não podia ficar orgulhosa pelos meus sentimentos? Por estar viva? Por *amar*? Por que era tão difícil simplesmente *sentir*, sem buscar defeitos em mim ou em outra pessoa para justificar essa existência?

Bufei, cansada de mim mesma naquele momento.

Sabia que minha primeira reação seria fingir que não sentia nada por Genevieve, já passara daquele estágio. Agora, encontrava-me no clássico: posso lidar com tudo isso sozinha, sem impor limite algum, porque é minha *responsabilidade* superar. Minha chefe não tinha culpa por eu ter misturado as coisas e me apaixonado.

Droga, mas por que eu precisava ser tão maldosa comigo mesma?

— Ei, tudo bem?

Levantei a cabeça ao sentir a mão de Genevieve nas minhas costas, fazendo círculos com o polegar. Assenti e pigarreei, apontando para o cardápio na parede.

— Ah, recebi uma mensagem. Preciso voltar para o hotel, mas fica aqui, pede alguma coisa e curte o resto do passeio. Só lembra de trazer um pedaço de bolo pra mim, pode ser?

— Óbvio, claro.

— Você vai ficar bem sozinha?

Genevieve arqueou a sobrancelha loira e sorriu, o piercing no lábio inferior chamando minha atenção quase que imediatamente.

— Eu fico bem sozinha, só vou sentir sua falta — falei sem pensar.

Ah, pelo amor de Zeus.

Saí do café com o coração batendo forte no peito, o elmo grego pesando no pescoço. Uma lembrança de que eu estava sozinha, que aquele sentimento era só meu, unicamente meu, e que Genevieve jamais saberia dele, porque eu preferia viver e superar um amor por conta própria do que assumir para alguém além de mim que era estúpida o suficiente para me apaixonar pela minha chefe.

PARTE TRÊS
Eu vi no seu olhar um universo de coisas que desconheço

São Paulo não costuma gostar de dias felizes.

Como era possível que em um dos eventos mais animados do ano, quando o sol deveria estar brilhando em seu ápice, estava tão... cinza?

As nuvens espessas bloqueavam a luz amarela que poderia me salvar daquele tormento cinzento e cheio de ressentimento. Talvez, naquele lugar, tantas histórias nubladas estavam se desenrolando que só fazia sentido uma grande nuvem coletiva acima de nossas cabeças, nos acompanhando como um lembrete de que tínhamos assuntos inacabados a serem resolvidos.

E por acaso existia um lugar melhor para refletir sobre a própria vida do que parada ao lado de uma unidade móvel de polícia, observando uma garota vestida de Madonna beijando um cosplay de Naruto?

— Nossa, que beijo bonito — declarou Genevieve encantada, as sobrancelhas bem-feitas refletindo a curiosidade, inclinando a cabeça de lado para seguir o movimento dos dois.

Não respondi, sentindo a garganta arder com as palavras não ditas. Voltei a encarar a rua, tentando me impedir de olhar demais, por que agora o Naruto tinha empurrado Madonna contra uma parede. Parecia íntimo demais para ficar assistindo.

— Vamos conversar ou ficar em silêncio pra sempre, Íris?

Fitei o asfalto (também cinza), buscando nele alguma resposta que auxiliaria na minha fuga. Odiava conflitos. Odiava mais ainda saber que Genevieve não fugia deles. Era algo que eu gostava nela, talvez não tanto naquele momento.

— Sobre o que quer conversar? — falei, ainda sem encará-la. — Não estou muito confortável.

Observei a sombra se aproximar da minha, as mãos conectadas pela algema pendendo ao lado de nossos corpos.

— Eu acho que a gente ficou confortável demais em não falar nada — retrucou ela, a voz próxima de um sussurro. — Por isso precisamos conversar. Deixar tudo às claras.

Dei uma risada anasalada, achando graça daquilo tudo. Era fácil para ela, aparentemente.

— Não tem o que deixar mais claro, meu amor — bufei. — Depois da noite do Ano Novo, você me demitiu.

Genevieve piscou forte, passando a mão livre pelo rosto.

— Eu já tinha arranjado um emprego novo pra você assim que anunciei sua demissão.

— Ah, como você é *bondosa*! — Minha voz, pelo menos duas oitavas mais alta, denunciava a mais pura indignação. — Porque isso torna a situação toda muito melhor, não é? Você descobriu que eu gostava de você, me demitiu sem mais nem menos e logo em seguida, do nada, apareceu com um trabalho novo pra mim, sem mais nenhuma explicação. Como eu não poderia aceitar essa oportunidade incrível?

— Não era pra ter sido daquele jeito, eu tinha um plano!

Genevieve era cheia dos planos. Maquinava cenários e mais cenários prováveis na cabeça, torcia para que as pessoas a seu redor seguissem o roteiro imaginado em sua mente.

Eu sabia disso tudo porque quando ela chorou após levar um fora de um gostosão *bodybuilder*, precisei ouvir que ele não era o que ela "esperava".

Não, ele não era o que ela *queria* que ele fosse. Não era a réplica perfeita da persona que ela *criou na própria cabeça*.

Quase disse isso na lata, mas não foi preciso.

— Quer saber? — ela dissera no dia seguinte, após chorar a noite toda. — Eu sou uma mulher foda, atleta, divertida, inteligente e muito capaz. Por que estou triste pela imagem que eu fiz de um homem que não tinha nada a ver com o que eu estava imaginando?

Lembro-me de ter sorrido e estendido uma xícara de café na direção dela.

— A nossa mente é nossa maior inimiga — murmurei ao tomar um gole de café da minha própria xícara. — Às vezes, a gente só precisa ver a vida como ela é. Não é algo completamente ruim.

Genevieve assentiu, batucando as unhas curtas sobre a mesa.

— Como você é tão contida? — perguntou, inclinando a cabeça de lado. Fitei a porta da geladeira cheia de ímãs dos lugares do mundo pelos quais Genevieve já tinha viajado, sentindo o café queimar minhas mãos. — Parece ter tudo sob controle, mesmo quando fica toda distraída e desengonçada.

— Não sei se isso foi um elogio ou uma crítica.

Genevieve revirou os olhos azuis e passou a ponta da língua no piercing do lábio, algo que fazia sempre que estava concentrada. Aquilo significava que ela não deixaria o assunto de lado.

— Eu não tenho nada sob controle — confessei. — Só aceito que não tenho controle de nada e isso tira um peso imenso das costas. Se não posso controlar o tempo amanhã, por que vou me estressar com isso? Às vezes é frustrante, mas, de novo, acontece.

Minha chefe meneou a cabeça, o café abandonado na ilha da cozinha.

— Gosto de ouvir você falar.

Ali estava, uma das pequenas frases jogadas ao vento que faziam meu estômago revirar tanto que fazia nós. Pigarreei e fui em direção à pia, jogando o resto do meu café pelo ralo.

— Quais são os planos pro Ano Novo? — desviei o assunto, já sentindo a nuca queimar. Segurava o pingente que Genevieve me deu na Argentina entre os dedos, brincando com ele. Ela acompanhou o movimento, os olhos cravados entre meus dedos. — É daqui uma semana e não tem nada na sua agenda.

— Sobre isso… — Ela caminhou ao redor da ilha da cozinha, parando ao meu lado. — Quer passar comigo? Eu não tenho nenhum plano, e não sei se quero virar o ano com a minha família.

Arqueei a sobrancelha, confusa. Genevieve era muito próxima dos parentes, a típica atleta brasileira que postava fotos com a mãe dizendo "a mulher da minha vida", ou que sempre juntava a família em um domingo para um churrasco ali mesmo, naquela casa.

— Está tudo bem?

Ela assentiu, mas não parecia totalmente honesta em sua resposta. Eu não precisava pressionar. Genevieve, assim como eu, precisava do próprio tempo para falar. Ela respeitava o meu, eu respeitaria o dela.

Além do mais, não faria bem para o meu pobre coração romântico me aproximar ainda mais dela. Talvez aquele fosse um dos limites: nada de conversas próximas demais, íntimas demais, que dariam margem para sentimentos criarem raízes profundas.

Só que minha coragem foi para o ralo junto com o café ao vê-la encarar o tampo da ilha com os olhos cheios de lágrimas. Apertei a boca em uma linha fina e tomei coragem para fazer um carinho em seu cotovelo.

— Ei, podemos conversar, se você quiser — sussurrei, como se houvesse mais alguém naquela casa além de nós duas. — Não tem nada que você não possa resolver com eles. Seus pais te amam.

Lágrimas sorrateiras molharam as bochechas de Genevieve, que não fez questão de limpá-las. Ela só continuou me encarando, a boca vermelha tremendo pelo choro contido.

— Acho que nesse caso, tem.

Sem pensar demais, puxei-a pelo braço, afundando a boca em seu ombro, afagando as costas de minha chefe com uma calma que não seguia o descompasso do meu coração. Genevieve me abraçou de volta, chorando mais, apertando os dedos contra minha pele.

— Obrigada por ser uma amiga tão boa — ela murmurou entre fungadas.

Pisquei para longe o coração dolorido em saber que sim, eu era uma amiga muito boa. E só isso. Nada mais.

Por causa disso, era assustador vê-la por perto e ainda sentir aquele aperto no peito de quem queria estar com alguém, mas não pode. Porque a vida não é um conto de fadas, não é um livro bonitinho da lista dos mais vendidos.

Naquele dia, em uma tarde nublada de São Paulo, no meio da Avenida Paulista, percebi o quanto as fantasias de Genevieve poderiam ser úteis diante de um coração partido como o meu.

— Qual era o seu plano, Genevieve? Já que quer conversar, então vamos conversar.

Antes que pudéssemos continuar, senti o celular vibrar. Tremi ao ver o rosto de Minah na tela.

— Eu estou chegando! — berrou ela, um mar de outras vozes ao fundo. — Não se mova, não responda perguntas indelicadas e, qualquer coisa, diga que é amiga do presidente.

Soltei uma risada esganiçada, virando o pescoço para a unidade móvel atrás de nós. Apesar de termos relativa privacidade agora, a policial ainda estava ali, mas não parecia se importar.

— Estou bem e não tem interrogatório algum, Minah, prometo. E eu não sou amiga do presidente…

— Eles não sabem disso! Já falei, não se mova e dê um soco na traqueia dessa vadia que você chamava de chefe.

— Minah… — A voz saiu em um alerta esganiçado, observando o rosto de Genevieve se contorcer em uma careta. — Bom, é verdade, não vou discutir isso com você. Estou esperando. Obrigada por me salvar.

Desliguei a chamada, e o silêncio voltou.

Genevieve parecia ainda mais desconfortável.

Ótimo.

— Eu tinha feito planos para aquele Ano Novo — disse ela, retomando o diálogo. — Acho que eu só queria um pouco de chá de hortelã, ficar deitada olhando pro céu, acordar no dia seguinte e tomar café da manhã com você.

Engoli em seco, impedindo minha mente de fantasiar o que poderia acontecer em um cenário daqueles, dentro de todas aquelas possibilidades. Genevieve podia fazer aquilo, eu não. Sonhar não levava a nada.

— Eu já devia ter aprendido que com você nada acontece do jeito que eu espero, igual a uma tragédia grega — brincou ela, os olhos fitavam a calçada à nossa frente. — E isso é bom. Diferente. Bom de verdade.

— Não vou voltar a trabalhar com você — interrompi, tentando me ajeitar no desconforto de estar apoiada contra a parede de um prédio com uma das mãos presa, ainda a outra pessoa. — Gosto muito da Minah e do meu emprego. Ela me dá chocolate todo dia, não liga se eu uso o meu perfume favorito porque dá *alergia*.

— Eu não odiava seu perfume, Íris. E não quero que volte a trabalhar comigo.

— O que é então? — disparei, sem paciência.

Não tinha intenção de estar ali para ouvir Genevieve dizer que só estava tentando ficar de consciência limpa.

— Quero que você entenda o que aconteceu de verdade desde o nosso beijo no Ano Novo, só isso. Quero que saiba da verdade.

PARTE QUATRO
Ano Novo, antigos amores

— Bate a bunda no chão! — gritei com uma risada bêbada quando Genevieve começou a dançar ao som do funk carioca estalando as caixas de som.

Ao nosso redor, alguns amigos que fiz ao longo do tempo trabalhando com a jogadora de futebol estavam amontoados, dançando com os copos erguidos no alto e sorrisos imensos no rosto. Ali, faltando trinta minutos para meia-noite, eu me sentia livre e leve. Sem pensar em trabalho, em contas, em planos para o ano seguinte... Eu só estava *vivendo*.

E como eu sentia falta de simplesmente gostar de viver, de fazer algo por mim mesma, e não porque eu *precisava* fazer alguma coisa.

Estava ali, cercada de pessoas que eu arriscava dizer amar, e estava feliz. Aquela era a melhor maneira de começar o ano. A única coisa que sabia era que eu tinha orgulho de mim mesma, de quem eu era, de quem eu estava me tornando, de quem queria ser.

Meus sentimentos eram meus, e eles não me tornavam mais fraca. Às vezes, doía que o amor que sentia por Genevieve não era recíproco, mas eu sabia que me permitir amar já era um grande passo para quem achava que gostar de garotas era errado quando criança.

Tinha me privado por tempo demais, então não sentiria qualquer vergonha por gostar de Genevieve, que andava em minha direção com um sorriso imenso no rosto. Ela parou ao meu lado, berrando uma música da Taylor Swift a plenos pulmões.

A piscina à nossa frente estava decorada com boias coloridas, as pessoas orbitavam ao redor do churrasco e das caixas de som, que embalavam a noite extremamente quente. Dava para ver algumas estrelas no céu, uma raridade em São Paulo, então levei aquilo como um bom presságio. Ao ar livre, sentia-me ainda mais pronta para a virada do ano.

Não acreditava que algo mudaria ao soar da meia-noite, como um efeito fada madrinha da Cinderela, mas era gostoso pensar que podia deixar para trás algumas bagagens que não me pertenciam mais.

Eu só tinha um único pedido para a minha fada da meia-noite: superar a paixão pela minha chefe e conseguir seguir minha vida tranquilamente, porque amá-la era bom, mas solitário. E eu queria amar alguém que me amasse de volta. Como todo mundo, eu tinha esse direito.

— Você tá linda — minha chefe comentou em meu ouvido. — Toda sorridente e feliz. É isso que eu gosto de ver.

Dei um sorriso grande e tomei mais um gole de cerveja, abraçando-a pela cintura.

— Obrigada por me convidar.

— Não tem o que agradecer, eu quase poderia dizer que isso tudo é por sua causa.

Arqueei a sobrancelha, mas não consegui continuar a conversa antes que ela fosse puxada por um dos membros da academia que frequentava. Era óbvio que o cara estava a fim dela. Cristo, gostar de uma mulher hétero já era difícil, mas uma que chamava a atenção de homens héteros era demais.

Virei de costas, conversando com uma das colegas de time dela e me deixando distrair mais uma vez. Perdi Genevieve de vista. Depois de um tempo, berraram que faltavam dez minutos para a meia-noite.

Dez minutos.

Pedi licença e corri para dentro da casa. Precisava usar o banheiro antes da virada, porque estava apertada, mas também para poder fazer as piadas tipo "usei o banheiro só ano passado". Eram as minhas favoritas.

Ao subir o primeiro lance de escadas, ouvi a voz chorosa de Genevieve.

— Eu também queria estar aí, mas como o meu pai reagiu...

Atravessei o corredor apressada. Não queria ouvir a conversa dela com a mãe, não era certo. Apesar disso, me preocupava que Genevieve estivesse brigada com o pai. Aquilo nunca acontecia.

Eu me tranquei no banheiro, contendo o ímpeto de mandar uma mensagem para perguntar como ela estava, não era meu lugar. Eu precisava colocar aquele limite para mim mesma.

Duas batidas na porta me fizeram dar um pulo, e em vez de só dizer que estava ocupado, abri a porta. Genevieve me encarava com os olhos e a boca inchados.

— O que aconteceu, linda? — perguntei baixinho.

— Eu vi você subindo a escada e...

— Ah. — Balancei a cabeça com rapidez, parecendo um daqueles bonecos sem pescoço. — Prometo que não ouvi nada da conversa, só estava querendo usar o banheiro.

Ela assentiu, dando um suspiro pesado. Nós duas permanecemos quietas por alguns instantes infinitos. Meus pés formigavam com a ansiedade, mas eu não conseguia falar. Havia uma energia estática ao nosso redor, e quem se mexesse primeiro provavelmente quebraria aquilo, o que quer que fosse.

— Cinco minutos pra meia-noite — anunciou Genevieve, a voz rouca e um pouco fanha pelo choro. — Já fez suas resoluções?

— Não, eu não tenho nenhum pedido pro ano que vem.

Nenhum que quisesse dizer a ela, pelo menos.

Tentei não tensionar os ombros ao vê-la passar os olhos pelo meu pescoço, fitando o elmo grego que me dera de presente, e então meu rosto, parando no meu queixo. Porque aquilo não podia ser Genevieve Maya olhando para a minha boca. Não. Não mesmo.

— E você? — pigarreei, querendo fugir dali o mais rápido possível. Não queria passar a virada do ano em um banheiro com Genevieve, pelo menos não daquela maneira. — Quais são as suas resoluções?

Ela me encarou com um universo cheio de coisas que desconhecia em seus olhos, os lábios vermelhos e a pele branca salpicada das sardinhas que eu tanto amava. O piercing na boca era apenas um detalhe naquele emaranhado de minúcias que me enchiam do amor mais dourado que pudesse encontrar.

— Dois minutos! Cadê a Genevieve? — Uma voz berrou lá de baixo, mas eu não estava disposta a me mexer, e muito menos a loira na minha frente, que apenas piscou com força e deixou a respiração instável atingir meu rosto.

— Vamos conversar aqui dentro — disse, e entrou no banheiro. Dei um passo para trás, mas não me afastei do calor dela. Tinha espaço de sobra até chegar ao box. Estávamos ainda mais próximas do que antes, quando a porta estava aberta. — A minha única resolução é ter orgulho de mim mesma — declarou ela. — Tomar decisões porque eu quero, não para cumprir algum senso de dever. Assim como você.

Engoli em seco, balançando a cabeça.

— Eu não faço tudo o que eu quero, às vezes só…

— Você pode aceitar que é uma pessoa digna de elogios, por favor? — brincou ela, mas não pude deixar de sentir um puxar no peito com aquela declaração.

Genevieve encarou o teto e então baixou o olhar para mim.

— Ok, aceito seu elogio — falei, ou pelo menos acho que foi isso, as palavras saindo atrapalhadas.

Naquela altura, já estava perdida naqueles olhos azuis, na mão que segurou meu pulso e me puxou para perto e, mais ainda, na boca que tocou a minha com tanta leveza que não parecia ser real.

Gritos inundaram o ar abafado do banheiro com a virada do ano, ou era apenas minha mente viva, desesperada por um pouco de lógica naquele beijo.

Segurei a nuca de Genevieve, sentindo meu corpo inteiro vibrar com o gosto de sua boca, os suspiros deliciosos que seguiam um beijo tão desconexo e ainda assim tão bom. Tão, tão, tão bom.

E tão confuso.

Porém, por um segundo, me deixei viver. Coloquei meu joelho entre as pernas dela ao apoiá-la contra a porta, sua mão calejada segurando meu cabelo com força, os murmúrios de aprovação seguindo meus beijos em seu pescoço. Me agarrei na cintura dela quando ela rebolou contra meu joelho, apoiando a cabeça no meu ombro.

O ar estava denso ao nosso redor, os sons se mesclavam aos gritos de comemoração e risos de felicidade que talvez fossem meus ou das pessoas lá fora.

E, tão rápido quanto os risos surgiram, desapareceram.

— Isso… Ah, meu Deus — murmurei me afastando de Genevieve, sentindo o corpo inteiro amortecido pelo beijo, ainda se restabelecendo. — Genevieve, me desculpa, eu não deveria ter te beijado e, ah!

Minha chefe arregalou os olhos, abrindo e fechando a boca diversas vezes.

— Fui eu que te beijei — exclamou ela, e se inclinou para segurar meu braço, mas me afastei em um pulo. — Eu… me desculpa. Acho que eu estava triste e, não sei, eu…

— Tudo bem — garanti, passando a mão pelo rosto. — Eu só… esse tipo de coisa acontece, não é? Quebramos tantas leis trabalhistas, que eu…

Parei com a mão sobre a boca, procurando uma prova de que tinha sido real. Genevieve parecia tão afobada quanto eu. Quer dizer, um beijo era só um beijo. Mas aquela era minha chefe, e, acima de tudo, ela ainda dizia que era hétero.

E eu não estava disposta a entrar naquilo. Não. Eu entendia que a sexualidade era formada por diferentes camadas e espectros, mas eu não era mais uma adolescente. Não me deixaria ficar confusa por alguém que se dizia hétero, mas aparentemente beijava funcionárias no banheiro durante o Ano Novo.

A antiga assistente comentou sobre hábitos estranhos, será que...
Não, aquilo não era da minha conta.

Na vida, às vezes é preciso cometer algumas bobagens para entender por que não deveríamos cometê-las em primeiro lugar.

Aquela era uma delas.

— Vou voltar pra festa — anunciei, endireitando as costas e focando meu olhar em qualquer lugar que não na loira com os lábios agora inchados por outro motivo que não era choro.

Genevieve não tentou se defender, apenas me deixou passar. Balancei a cabeça negativamente enquanto ia embora da festa, sem me despedir de ninguém, querendo apenas voltar alguns instantes para quando minha chefe não sabia que eu queria beijá-la, para quando eu não desconfiava que Genevieve vivesse sua própria sexualidade escondida, porque aquela era uma questão profunda demais, complicada demais, e eu não sabia se estava pronta para nada daquilo.

Meu coração, então, muito menos.

PARTE CINCO
Como diria Harry Styles:
You're so golden.

Duas semanas depois, quando meu recesso acabou, Genevieve me chamou para conversar. Eu sabia sobre o que se tratava, e não poderia ser diferente. Quando ela disse que precisava me demitir, fiz questão de engolir o choro e seguir em frente.

Ela tentou prolongar a conversa, mas pedi que falasse comigo por e-mail, já que aquela não era uma demissão completamente justa.

Parte da culpa até poderia ser minha, já que ela tentou falar sobre o beijo, só que eu estava tão envergonhada com a demissão que ouvi-la perguntar "Você sente algo por mim?" só fez com que eu quisesse sair de lá correndo. Foi praticamente o que fiz depois de dar um chute no pneu do carro dela, estacionado do lado de fora da casa, e quase quebrar o pé no processo.

Foi o fim da nossa história. Fui trabalhar com Minah depois disso, e evitei ler qualquer coisa relacionada a ela. Ficou no passado. Mesmo assim, ainda havia um ressentimento no meu peito.

E, ao olhar para ela ali algemada comigo, eu sabia que, mesmo que quisesse deixar tudo no passado, uma parte de mim ainda estava presa a ela. Literal e figurativamente.

— Você sempre me interrompe porque acha que tem todas as respostas. — Genevieve me trouxe de volta à realidade quando o silêncio entre nós duas se tornou pesado demais. — Na festa, não me deixou explicar. No dia da demissão, não me deixou explicar *por que* estava te demitindo. Apenas se fechou e saiu correndo.

— O que você queria que eu fizesse? — Bati com os braços do lado do corpo, as mãos espalmadas. — Que eu ficasse ali ouvindo você falar que na verdade é uma mulher hétero, que aquilo tinha sido um erro, que eu estava confundindo as coisas? Qual é, Genevieve, a vida não é um livro. A gente se beijou e você me demitiu. O que eu deveria achar?

— Eu não queria que você achasse nada! — retrucou ela, com o rosto vermelho de raiva. — Você só precisava ter escutado. Eu tinha um plano!

— À merda com o plano, Genevieve! — finalmente exclamei alto o suficiente para que a policial na unidade móvel nos encarasse com o cenho franzido. — Deu certo, não foi? Então por que você não fala de uma vez que plano mirabolante era esse?

Nós duas, presas por uma algema rosa felpuda, estávamos de frente uma para a outra. Da mesma maneira que no Ano Novo, ainda assim tudo ali era diferente. Tudo, menos a tensão palpável entre nós duas.

— Eu nunca disse que odiava o perfume que você usava, eu dizia que me distraía. E você entendeu que era algo negativo. Você tem o meu cheiro favorito, e isso me deixou confusa por um tempão. E eu elogiei o seu tênis assim que te conheci porque não consegui dizer outra coisa, você me roubou o ar. Fiquei tão sem jeito com seu sorriso meio malandro que pensei: "ok, preciso que ela entenda que eu achei ela estilosa".

— Genevieve...

— Deixa eu terminar, ok? Por favor. Uma vez, uns anos atrás, eu me apaixonei por uma menina. Sandra, o nome dela. Mas eu sempre achei que fosse algo meio passageiro, porque foi a primeira e única vez que senti aquilo. E não foi recíproco. A gente se beijou e ela disse que era hétero. Na minha cabeça, eu obviamente era hétero também, já que a Sandra também era...

Engoli em seco, sentindo o peito arder com uma parte tão desconhecida da mulher que conviveu comigo quase todos os dias durante dois anos.

— E eu nunca mais me permiti pensar nisso, porque tinha certeza de que era hétero. Mesmo com algumas colegas de time sendo LGBT, tinha certeza da minha sexualidade. Isso até aquela tarde na Argentina. Eu... eu comprei aquele colar pensando em você e senti aquele frio gostoso na barriga de quando a gente tá apaixonada, e comecei a contar quantas vezes eu me pegava pensando em você daquela forma. Achava que era só admiração, algo platônico. — Ela remexeu as mãos com ansiedade, fazendo com que meu pulso se mexesse junto. — E aquilo foi meio assustador, porque você era minha funcionária e porque eu estava envolvida com um cara. Mas aí é que tá. A partir daquele momento, quando eu realmente pensei: "E se eu gostar da Íris?", tudo ficou um pouco mais claro. Às vezes eu queria te tocar mais do que outras pessoas, e às vezes eu cancelava compromissos só pra ter uma desculpa pra ficar mais tempo com você... E... olha só, você não me interrompeu nenhuma vez.

Pisquei, atordoada.

— Eu não sei o que dizer.

— Bom, pra tudo se tem uma primeira vez na vida — ela riu nervosamente, encarou o céu cinzento e suspirou antes de continuar. — Eu não passei o Ano Novo com meus pais porque me assumi pra eles alguns dias antes. Minha mãe reagiu bem, mas meu pai disse que era por isso que ele não queria que eu fosse atleta. Sabia que eu seria "convertida" à homossexualidade. — A voz embargada fez com que eu desviasse o olhar para o chão, sentindo a garganta apertar. — E sobre o Ano Novo... Eu falei sério quando disse que minha única meta era ter orgulho de mim mesma. Do que eu sentia por você. De tudo isso. Mas eu não queria tentar algo com você sem entender quem eu era, e foi por isso que levei tanto tempo. Porque eu precisava estar bem comigo mesma, sabe?

Assenti lentamente, acompanhando os lábios de Genevieve, todo aquele nervosismo escapando.

— Quando você me beijou, pensei que a gente podia tentar algo. Mas ali já era óbvio que você não podia mais trabalhar pra mim. Não seria justo. Fiquei com medo até de ser ilegal. Sabe, aquela questão de relação de poder e tal.

— Pode pular essa parte — comentei com uma risada nervosa.

— Se quiser, óbvio.

— Você é tão mandona — suspirou ela com uma raiva fingida.

— Foi por isso que te demiti, eu ia te chamar pra sair oficialmente e não queria fazer isso ainda sendo sua chefe. Eu já tinha arranjado um emprego pra você com uma das minhas colegas do time que já estava procurando uma assistente há um tempão. A Minah apareceu no meio, antes de eu sequer conseguir te apresentar a ela, antes de você aceitar falar comigo e... Eu entendo perfeitamente que foi uma decisão horrível, que eu deveria ter falado com você antes sobre o beijo, que te demitir daquele jeito não foi nem de perto a decisão mais sábia. Eu me deixei levar por esse cenário ridículo na minha cabeça e achei que daria certo.

— Realmente, você não é uma boa roteirista — alfinetei, mas já sem conseguir esconder um riso que me pegou desprevenida.

— E eu levei um tempo até entender tudo isso, deixei algum tempo passar, especialmente com toda a preparação maluca pra Copa e meus últimos jogos no Corinthians.

— E como sabia que eu estaria aqui? — perguntei desconfiada, sentindo minha pele se arrepiar. — Porque você me achou no meio de uma multidão imensa, disse que precisávamos conversar e eu comecei a gritar com você. Duvido muito que tenha planejado essa parte.

Genevieve deu uma gargalhada e negou com a cabeça, mas agora nossos olhares não se desviavam. Permaneci ali, plantada, sem qualquer vontade de me mexer. Depois de meses, era um alívio ter uma resposta. E não qualquer resposta.

— Eu te vi na TV com a Minah Mora — admitiu ela, sem jeito — e saí correndo de casa. Não sei se você percebeu, mas eu estou de pijama.

Encarei a roupa dela com mais atenção, pela primeira vez percebendo que ela usava uma calça de moletom e uma camisa de manga comprida e gola alta preta.

— O que veio fazer aqui de verdade, Genevieve? — perguntei, mais incisiva. Precisava saber em qual terreno estava pisando. — Veio só esclarecer tudo?

Um suspiro acompanhou sua voz mais baixa:

— Eu acho que vim dizer como me sinto, te dar uma chance de saber o que sinto por você e deixar você decidir o que fazer com isso. Foi a segunda parte da minha resolução de Ano Novo. Sentir orgulho de quem eu sou e do que eu sinto por você também, mesmo que sua resposta seja não. Valeu a pena.

— Valeu a pena? — repeti, balançando a cabeça e evitando que lágrimas teimosas subissem para os meus olhos. — Deus, que patético, eu estou chorando porque alguém disse que eu valho a pena.

Genevieve se jogou sobre mim, abraçando meu corpo contra o seu. Nossas mãos presas pela algema se encontraram em uma posição esquisita, mas eu ainda assim deixei que meu choro fosse ouvido, que Genevieve sentisse em meu aperto desesperado o quanto eu não queria soltá-la.

E permaneci daquele jeito, em um abraço doído e cheio de amor mesclado em lágrimas cansadas.

Quando me afastei, fungando, Genevieve estava com os olhos vermelhos e a boca inchada de novo.

— Quero pedir desculpas, acima de tudo — disse ela, entrelaçando nossos dedos nas mãos presas pelas algemas. — Por te fazer duvidar por um segundo sequer dos seus sentimentos, por te deixar confusa, por ter tomado uma decisão por nós duas. Vacilei feio.

— É, mas eu podia ter pelo menos ouvido o que você tinha a dizer — falei fungando. — Acho que também preciso pedir desculpas.

Permanecemos ali por alguns instantes, em silêncio, ouvindo os gritos e a música berrando no trio elétrico.

— Podemos começar isso do zero — sugeri, erguendo o olhar para encará-la. — A gente começou a se gostar quando éramos amigas, talvez a gente possa partir daí. Voltar a se conhecer, atualizar o tempo perdido. Se beijar...

Genevieve gargalhou, fazendo carinho com o polegar na palma da minha mão.

— Gosto de te beijar.

Sorri, sem conseguir controlar o retumbar em meu peito me dizendo que eu poderia me deixar viver um pouco. Que estava segura enquanto eu quisesse estar ali. Que eu e Genevieve vivemos alguns desencontros e confusões, mas que nada daquilo era motivo para desistir. E era um alívio poder sentir meu coração em paz, como se todos aqueles meses sem ela não existissem e o sentimento estivesse sempre ali, tão poderoso quanto antes, apenas esperando para voltar.

Ali, em uma unidade móvel da polícia, percebi o quanto queria aquilo. O quanto aquelas pessoas, reunidas por acaso entre algemas cor-de-rosa e maquiagem brilhante, tinham apenas a própria história para contar. Assim como eu, assim como Genevieve.

E que valia a pena insistir na nossa história.

— Você não tem problema com isso? Aparecermos juntas em público? — perguntei a Genevieve quando nos aproximamos de novo da barraca. Sheila, a policial, continuava olhando, parecendo mais confusa do que antes. — Não precisamos assumir nada até você se sentir confortável. Até porque tem um pessoal que acha que você é hétero e...

— Querida — Sheila interrompeu, dando uma risadinha pelo nariz e chamando nossa atenção. — Essa mulher olha pra você como se fosse o sol. Não tem chance nenhuma de alguém aqui achar que ela é hétero, garanto.

— É, foi mal, mas é verdade — concordou a menina do cachecol, levando uma cotovelada leve da garota ao lado. Dei uma risada fraca ao perceber que, em vez de ter saído da tenda, aparentemente tinha decidido ficar ali pela fofoca.

Bom, eu também teria ficado.

— Você se sente confortável? Vai ser sua primeira aparição como pessoa LGBTQIAP+ — comentei, baixando a voz para um sussurro.

Havia gente fofoqueira demais ao nosso redor, mas não podia culpá-las. Se não estivesse tão envolvida no meu próprio drama, provavelmente estaria fazendo o mesmo enquanto esperava o tédio passar naquela barraca.

— Isso aqui não é uma tragédia grega, apesar de nossos desencontros parecerem uma odisseia — brincou Genevieve. — Não vai ser o fim do mundo me assumir. No fim do dia, eu já me aceitei, e é isso que importa.

— Isso significa que está tudo bem? — insisti, sentindo as pernas formigarem em antecipação.

— Está. — Ela sorriu, me dando mais um beijo. — E quero fazer isso com você. Sempre com você.

— Sinto muito orgulho de você, Genevieve. — Encostei minha testa contra a dela, sorrindo. — Acho que quando sairmos daqui, vamos deixar alguns portais de fofoca chocados.

Ela riu, então segurou meu pingente de elmo grego entre os dedos, sorrindo para o pingente como se fosse testemunha de todos os seus sentimentos.

— Juntas? — perguntou ela, me dando um beijo na ponta do nariz.

Lutaria guerras e batalhas contra troianos e romanos por ela, enquanto ela sorria e oferecia um futuro ao seu lado. Sem pensar duas vezes, piscando de felicidade, assenti.

— Juntas.

AMO MULHERES DESDE QUE PERCEBI O AMOR

RYANE LEÃO

1
seguir o caminho
que aponta o coração

não posso dizer que estou triste, mas também não consigo considerar uma felicidade plena agora. estou no meio. estou no meio e estou bem. estou dentro daquilo tudo que ainda não tem nome, habitando um lugar que a maior parte das pessoas prefere esquecer ou evitar. perdi o medo de me encarar, tenho até achado interessante montar um novo vocabulário para meu corpo e minhas sensações. reconstruir-se é mesmo uma bagunça, mas é minha oportunidade de manter alguns pedaços acesos e deixar outros para trás.

estou escrevendo a minha história
entendi que é no vazio
que faço a magia de preencher

no caminho do amor-próprio
há sempre risco de tropeçar

é preciso assumir a queda, sentir o corpo caindo, perceber a vulnerabilidade arrepiando os poros e abraçar a própria existência. abismos são inteiramente contornáveis. me leio imperfeita e sigo em paz com essas linhas. vi um livro de Maya Angelou que dizia:

a vida não me assusta

e meu objetivo é que esse sentimento se derrame em mim em algum momento.

essa mudança para São Paulo foi mais difícil do que eu esperava. escolhi vir para recomeçar e vasculhar as estradas profissionais, só não sabia que seria tão impactante. minha primeira impressão foi a de que São Paulo é um lugar de olhos cansados que ainda assim correm ininterruptamente.

um ano depois, minhas olheiras ficaram evidentes, e comecei a apressar relógios. entreguei alguns muitos currículos enquanto segui escrevendo em meus cadernos. eu tinha um livro pronto e me arriscava, ora ou outra, a enviar o manuscrito para editoras, sem muita empolgação.

primeiro achei a cidade fria demais, estava acostumada com o calor intenso e, de repente, me vi comprando cachecóis e meias de lã (coisa que eu nunca tinha feito antes). tragicômico. guardei meu chinelinho de guerra no guarda-roupa e conheci os sete graus. a frieza também vinha das pessoas, e eu refletia:

aonde devo ir
para encontrar
o sol de dentro?

depois, achei a cidade grande demais, vivia descendo na estação ou no ponto errado. calculava as rotas muitas horas antes ou não chegava aos lugares. um trânsito caótico, todos os espaços cheios, concreto por todos os lados, luzes bonitas, prédios eternos, algumas flores teimando em nascer no cimento, pouco vento, céu cinza e uma chuva que custava a passar. ninguém dorme porque a madrugada convida, fala alto nos ouvidos, quase convence de que a insônia faz sentido. quatro da manhã e eu ficava acordada escrevendo, escrevendo, escrevendo. o mar fazia falta, e a água salgada de meu corpo vinha me alertar disso com frequência.

aqui é labirinto
e cada um seguindo
seu próprio mapa

ouvia as músicas de Itamar Assumpção, Tom Zé, Criolo e Belchior, eu visitava as ruas dessas letras e tentava sentir a eletricidade correndo nos poros. dava certo, de vez em quando. morava (e ainda moro) numa quitinete no centro da cidade, parece até cenário de filme, mas no cinema é mais elaborado.

sair de Cachoeira, na Bahia, não foi simples, porém necessário. ir embora de nossa cidade materna é como remexer em fotografias: você sabe que o tempo está passando, mas de alguma forma compreende que é assim que tem que ser. me preparei para essa vinda por meses, mas parecia nunca encontrar a hora certa. talvez as mudanças esperem que a gente só aja e não exista um momento perfeito.

a cidade que a gente cresce
também cresce dentro da gente

a saudade do Recôncavo Baiano me visita constantemente e deixo que vire oceano em mim; tenho para onde voltar, tenho uma casa que me ampara e me vê, e tenho uma mãe que nutre um amor profundo por tudo que sou. tenho vóinha, tenho minha família de santo, minhas amigas de infância... tenho universos inteiros.

lembro da última conversa com minha mãe, pouco antes de ir para a rodoviária:

— Odara, tem certeza de que quer ir?
— Oxum disse que é essa minha estrada, mãe, que era só eu esperar completar meus dezoito anos.
— jamais duvidaria de Oxum, é que vou sentir saudade, e não confio em São Paulo.

— eu também vou sentir saudade; e sobre São Paulo ainda não sei dizer, mas sei que vou conseguir lançar meu livro. a senhora vai ver, logo chega um convite pro lançamento aqui em sua casa.

— te amo, filha, siga na coragem de ser e estar.

— te amo, mãe. eu vou percorrer muitos estados com a palavra, mas vou voltar pra cá, meu canto é aqui.

— não vá esquecer seu nome, hein?

minha mãe escolheu meu nome como quem compõe bons presságios: me chamo Odara Ifé. Odara é paz e tranquilidade, Ifé é amor na língua yorubá. sempre que vou desabafar com ela ou que estamos em um momento importante, ela diz:

nunca abandone seu próprio nome
faça oferendas para ele
você é o amor que tranquiliza
equilíbrio que se faz possível

o afeto sabe quem você é

cheguei sem conhecer ninguém, me joguei mesmo. me sentia muito sozinha na selva de pedra, então caminhava pela cidade com um caderninho anotando todas as frases que lia pelos muros. faço isso até hoje, é um combustível que me relembra de que a poesia está em tudo.

algumas frases anotadas nesses 380 dias:

1. dias melhores virão
2. "tudo posso entre aspas"
3. você vê os territórios de dentro?
4. sou coração em excesso
5. foda-me com amor
6. eu me vejo em você

7. a vida é um instante: viva
8. eu digo a palavra coragem todos os dias
9. sua retina se derrama na minha
10. se encontra quem se perde

tatuei algumas dessas frases para firmar inícios na pele e comecei a querer fazer parte dos muros também. estava sem grana, trabalhando como recepcionista em um hostel, então precisava pensar em alguma coisa que não gerasse muitos custos. meu salário só cobria o aluguel e olhe lá. enquanto eu ia refletindo, eu ia vivendo.

no meio das andanças
dos brindes e dos poemas
conheci os saraus
e declamei em voz alta
pela primeira vez
com o coração tremendo
e as mãos cheias de sonho

acho que foi o primeiro passo para a depressão começar a se despedir de mim. minha terapeuta disse que é assim mesmo, um dia de cada vez, embora ela saiba que a espera é inquietante e repete isso para acalentar meu coração afobado. finalmente conheci mulheres que se pareciam comigo, que contavam narrativas que passeavam em mim e que espalhavam suas vozes com a potência que eu gostaria que me habitasse. conheci outras mulheres negras que amavam mulheres, que escreviam sobre amar mulheres, e chorei porque identificação emociona e movimenta. outra coisa que notei em São Paulo: muitas mulheres andam de mãos dadas. encantador, corajoso e motivador. me parecia um lugar com mais espaço para o amor, meus olhos brilhavam e passeavam entre as possibilidades de existir.

num desses eventos
alguém me soprou

a palavra *solitude*
e escolhi morar nela
por tempo indeterminado
substituí a palavra *solidão*
e aprendi o mantra:
bem me quero

a depressão faz o chão
rasgar sob nossos pés
no entanto há uma saída
escrita por mim mesma

escrevo desde os sete anos, mas demorei para ter referências de pessoas como eu. minha biblioteca mudou todinha. os zines e livros de mulheres negras e indígenas tomaram conta das prateleiras e foi aí que a ideia tomou forma: decidi colar lambes com minhas poesias pela cidade. estava transbordando poemas, precisava me dividir, me espalhar, me derramar nas ruas e avenidas e travessas. estava lotada, multidões de palavras me dizendo:

faça sol
nas cinzas esquinas

pensei e repensei um nome para esse projeto e escolhi um que também havia lido em um muro, uma frase de Lande Onawale:

beije sua preta em praça pública

eu, mulher negra e lésbica, iria manifestar em todos os lugares a minha vivência ensolarada. não ficaria escondida, engavetada, abafada. inspirada por Audre Lorde e outras tantas que se pareciam comigo, sabia que ainda havia uma nuvem enorme pairando na minha porta, mas estava disposta a deixar chover. às vezes, as águas precisam correr para transformar.

2

quando a tristeza se instalou

meu pai mora em São Paulo desde os meus três anos. nunca soube direito o que aconteceu, esse era um assunto proibido lá em casa. quando ousava citar o nome dele, o silêncio se instaurava como o peso de um saco de areia. me incomodo com essa situação e já tentei revertê-la sem sucesso. sei que minha mãe raramente fala com ele, e os dois dialogam apenas sobre a pensão. engraçado... cada família elenca o que pode ser dito e até onde ir e isso foge ao nosso controle. obviamente, percebi que o nome de meu pai machuca minha mãe, então também fiz a escolha de preservar quem conheço mais e quem me reconhece mais. no entanto, tenho questionamentos. vontade de saber mais sobre seus pais (meus avós), seus gostos, seus gestos, suas peculiaridades, sua vivência e até seus erros. todo lugar que ia em Cachoeira, escutava:

— você é a cara de seu pai!

se somos tão parecidos por fora
o coração também equivale?

como boa virginiana, encontrei o endereço dele em algumas correspondências de pagamento um tempo atrás e enviei cartas para lá por muitos anos. nunca recebi uma resposta.

os postais foram abertos,
esquecidos, ignorados
ou ele mudou de casa?

assim que pisei por aqui, quis procurá-lo. tinha muita curiosidade sobre minhas raízes e guardo comigo uma pergunta que quero fazer pessoalmente. queria saber principalmente por que ele partiu e também porque nunca me procurou. fiquei me questionando se não era meio tarde para esse diálogo, só tinha uma foto 3x4 do rosto dele e pouquíssimas memórias de infância.

no quinto mês de São Paulo, resolvi ir até o endereço dele (aquele antigo que eu tinha anotado). a cidade tinha me engolido e estava me atravessando de tantas formas, a solidão havia feito casa em mim, e achei que seria uma boa ideia estar por perto de alguém da família, visto que também estava sem grana para visitar minha mãe. foi em uma terça-feira de Ogum que tomei coragem para ir até lá.

***

era uma casa amarela com portão branco nos arredores da estação Penha. minhas mãos estavam tremendo e suavam frio. fiz uma reza antes de apertar a campainha e pensei em sair correndo. sou filha do vento, então não consigo parar quieta. sentia mariposas no estômago, porque as borboletas provavelmente estavam de férias.

desencontros
podem se tornar
convergências?

na minha cabeça
uma porção de expectativas
em que cabem somente
a realidade que inventei

por um instante
lembro da gargalhada de meu pai
imagino ele abrindo a porta
tão feliz em me ver
que as lágrimas se derramam
honestas

a gente se abraça apertado
conversa uma tarde toda
promete presença
e reconstrução

esquecemos o passado
em segundos
é possível?
ou ainda
é o que queremos?

quem atendeu a porta foi uma mulher estranha que me olhou fundo, pareceu me reconhecer. eu, sem dúvida, nunca a encontrara antes. ela rispidamente me perguntou:

— o que você veio fazer aqui?

fiquei um pouco sem graça, mas respondi:

— eu queria saber se o Thiago mora aqui. sou filha dele.

ela seguiu me encarando profundamente como se conhecesse todos os meus segredos:

— eu sei quem você é. ele deve estar chegando daqui a pouco, pode esperar aí.

ela retornou para dentro de casa e me deixou na rua. possivelmente, era a atual esposa de meu pai, mas, naquele momento, preferi não tirar conclusões — o que não me impediu de revirar os olhos para cima diante daquela falta de educação.

fiquei quarenta minutos sentada no meio fio, sem bateria no celular, sem dignidade e remoendo aquela grosseria terrível. até que vi ele chegando de longe. estava de jeans e camiseta bege, sapatos fechados e uma maleta marrom. se parecia com a foto que ainda carrego comigo, com a diferença de uns fios brancos no cabelo e algumas rugas na testa. fiquei tentando adivinhar sua profissão para demonstrar cada vez menos que estava engolindo a vida a seco e me perguntando como fui parar ali. sou muito expressiva, então imaginei que minha cara já estivesse entregando o nervosismo. ele vinha andando distraído e só percebeu que eu estava ali quando chegou bem perto. assim que me viu, deu um passo para trás no susto e, gaguejando, disse:

— O-o-o-Odara?
— oi, pai...
— como você veio parar aqui?
— eu tô morando aqui faz uns meses e eu tinha o endereço das correspondências que você mandava pra mamãe com os extratos. te enviei vários postais, mas não sei dizer se chegaram.
— olha, eu realmente não estava esperando e...
— tudo bem, eu posso voltar outro dia.
— não, pode entrar, podemos tomar um café. pelo menos você não perde a viagem.

apesar da tentativa em ser amigável, ele trazia no tom alguma coisa muito sutil que eu não conseguia desvendar. a mulher estranha abriu o portão, deu um selinho nele, e fui caminhando acompanhada até a sala. sentei numa mesa de quatro lugares e segui em silêncio. meu pai passou um café enquanto sua mulher me encarava no canto da porta. vi alguns rostos nos porta-retratos e concluí que eles tinham dois filhos.

— então… você está morando aqui? — meu pai quebrou o climão instaurado e tentou começar uma conversa.

— sim, vim pra cá tentar minha carreira de escritora.

— escritora?

— é, eu sou poeta.

— hum… interessante. e isso dá dinheiro?

— espero que depois de tantos perrengues, sim. preciso acreditar que sim — respondi, odiando a pergunta e a conversa.

comecei a entender
que é bem difícil
preencher tantos anos
num único dia

— você está precisando de alguma coisa? foi por isso que veio aqui? — a esposa de meu pai interrompeu e me deixou ainda mais desconfortável.

— eu vim aqui ver meu pai, só isso.

— nós sabemos que você é lésbica, e aqui nessa casa não aceitamos esse tipo de comportamento — ela disse bem rápido, como quem anunciava o que estava engasgado.

fiquei surpresa e trêmula
olhei nos olhos de meu pai
e ele ficou paralisado
sem palavras
sem reação
sem me ver

eu mesma
terei que me salvar

desse naufrágio
premeditado

— sua mãe contou pro Thiago e repudiamos completamente. é nojento e contra a família — ela continuou. eu nem sequer sabia que minha mãe e ele conversavam sobre mim.

— Rosana, acredito que não seja o melhor momento para... — meu pai tentou atravessar o sinal vermelho, mas sequer concluiu. coloquei as mãos no rosto e comecei a chorar silenciosamente.

ela passou a discutir com ele e, aos gritos, foi proclamando absurdos aos quatro cantos daquela sala, que foi se apequenando. meu pai não disse nada e cedeu a todo argumento que ela trouxe. concordava para fugir. acho.

eu me perguntei
quem cala consente?
quem prefere não se posicionar
nos fere da mesma maneira?

sim

covardia
ou só o mesmo lado do opressor
em jogos diferentes?

você e eu sabemos
a resposta

eu invisível
num mundo
que já me invisibiliza
todos os dias

quero sumir
virar água
virar correnteza
e seguir pra bem longe
daqui

— estou indo embora. — engoli o choro, respirei fundo e me
levantei.

os dois me observaram, e meu pai me disse:

— pode ficar um pouco mais, é apenas um desentendimento.
vamos resolver.
— por que eu ficaria num lugar que quer apagar minha existência?
— respondi com a voz bagunçada.
— você não precisa ser assim, pode se converter, mudar de vida
— Rosana insistiu em me tirar do eixo.
— Odara, nisso tenho que concordar com a Rosana. você ainda
vai encontrar um bom marido, nós sabemos. — meu pai complementou como quem achava que estava melhorando alguma coisa.

olhei para os dois, peguei minha mochila, levantei e bati a porta
atrás de mim com força.

caminhando para o ponto de ônibus
meu primeiro pensamento foi
"não deveria ter ido"
logo em seguida, complementei
"eu deveria ter ido, sim"
porque há espaços que não são seguros
e eu decoro onde não devo
mais voltar

a depressão que já tinha feito visita

se alongou por mais uns meses

uma junção de sensações
cravando as unhas no meu peito:
um pai que tem um rosto que lembra
o meu rosto
mas um coração
que não enxerga nada

— poderíamos ter sido felizes
nesse reencontro —

uma projeção fantasiosa
e preconceituosa caindo em cima de mim

— a família tradicional é uma bomba-relógio
explodindo pedaços de vidro em si mesma e em nós —

a mudança para uma cidade solitária
a frustração da falta de resposta
das editoras
a escolha de uma
profissão diferente
o destino quebrado
se esparramando no chão
o fôlego abafado
pelo choro

— apesar disso
sei que sou boa em retornar
e qualquer hora eu recomeço
sem dúvidas
qualquer hora
recomeço —

naquela mesma noite
após chorar por horas
escrevi em meu caderno:

já tenho uma família
que me ama e me acolhe
incluo amigos nessa lista

&

definição de livramento:

graças às deusas
eu nunca terei um bom marido.

3
ter orgulho de quem se é

estou me arrumando para o trabalho e revisito um bilhete que deixei em frente ao espelho havia um mês:

seja a sua casa mais bonita, deixe a janela aberta pra brisa fresca entrar

gosto de deixar lembranças pela casa
poemas que me lembram
de que estou no processo de cura
e que é falho, lento e grandioso

tomei um banho de folhas porque hoje é dia de levar os hóspedes para um evento e gosto de ir preparada para o hostel. hoje é o dia da Parada LGBTQIA+ e todos estão ansiosos para ir, inclusive eu. só acompanhei a Parada pela TV e pelos portais de notícias da internet e agora estarei lá, vou fazer parte desse florescer.

obviamente, o céu está nublado, então pego também uma capa de chuva. São Paulo são todas as estações num dia só, talvez até abra um sol, mas duvido. não temos mais nenhuma vaga disponível para os próximos dias. trabalho no hostel Aconchego, a menos de duzentos metros da Avenida Paulista, ou seja, movimento frenético vinte e quatro horas por dia. o hostel é uma casa verde-oliva com muitos pufes, um sofá enorme, algumas redes, quinze quartos, um videogame para os momentos de tédio, uma cozinha coletiva e um barzinho no andar de baixo. minha mesa fica logo na entrada. o mais bonito nesse trabalho é conhecer as pessoas, trocar, viajar universos quando reunimos todos no sofá da recepção. conheço pessoas do mundo todo, pratico meu inglês fluente que aprendi sozinha e aproveito bem porque sei que é temporário. em breve, precisarei amplificar minhas estradas. de vez em quando, meu coração também balança entre esses encontros e desencontros diários.

uma vez
me apaixonei
ela me deu um beijo
ali na Consolação
depois me enviou um postal
lá da França
hoje fica só a saudade
da mulher que anoiteceu comigo

minha chefe se chama Karla, é uma mulher negra, alta, cabelo black power grisalho, bissexual e incrivelmente poderosa. o outro recepcionista é o Pedro, homem negro, cabelos trançados e coloridos, gay e musicista.

nos dias em que o hostel está mais vazio
nós três ficamos cantando Tulipa Ruiz e Gilberto Gil
até a madrugada nos celebrar

é um trabalho que já dura meses, e uma de minhas funções é levar as pessoas para conhecer grandes eventos, espaços, praças e parques, festas e baladas. hoje Karla e Pedro vão comigo, chegaram todos ornamentados e cheios de purpurina e plumas. sorriso escancarado no rosto. sou mais basiquinha, então vim de turbante roxo, amarrei os dreads em um rabo de cavalo, short, camiseta do meu projeto e tênis. também estou sorrindo.

me adiantei e trouxe uns cem lambes comigo. escolhi trabalhar com lambe-lambe porque o custo é baixo, e o efeito é grande. compro o maço de papel jornal, levo em uma gráfica pequenininha ali no Baixo Augusta, faço a cola com farinha de trigo e percorro algumas estações de metrô e trem, colando nos arredores. pesquisei bem onde posso colar, para não me meter em enrascadas. é a primeira vez que vou à Parada, seguirei minha intuição de que esse dia guarda algumas surpresas boas entre as horas. já não tenho me sentido tão só e penso que poderia fazer algumas amizades por lá.

eu sou tão orgulhosa de mim
que gostaria de olhar nos olhos
de outras pessoas também orgulhosas
de si mesmas

4
olhar no espelho sem desvios

chegamos rápido porque o hostel é no mesmo lugar da Parada. estamos eu, Karla, Pedro e quarenta hóspedes. a Avenida Paulista está cheia, bonita, colorida, caótica, e a música reverbera pelos quatro cantos. há alguns discursos entre os shows e há muito amor ventando. converso com os hóspedes e peço que fiquem atentos e que não bebam demais, mesmo sabendo que são dicas que muitos não vão seguir. vejo passar uma família muito parecida com a minha: uma mãe e duas filhas com riso largo, cantando alto as letras dos artistas. e me lembro de toda a trajetória de me descobrir um corpo lésbico.

amo mulheres
desde que percebi
o amor

nunca me interessei por meninos. beijei alguns poucos porque a heterossexualidade compulsória está aí para acabar com a nossa cabeça. eles não me pareciam interessantes, no geral, eu os achava bem bobos. um segredo: ainda acho. minha primeira crush foi aos dezesseis anos. conheci ela pelas redes sociais e conversávamos por chamada de vídeo praticamente todos os dias. ela se chamava Amara e era de

Salvador, a duas horas de Cachoeira. Amara era a menina mais linda que eu já tinha visto. Tinha o cabelo black raspado dos lados, olhos castanhos, pele retinta e um gosto literário impecável. estávamos perto, mas eu era uma adolescente e minha mãe não ia me deixar viajar sozinha para ver alguém que conheci pela internet. além disso, eu achava que éramos melhores amigas, não conseguia nomear de outra forma. até que ela me mandou uma mensagem dizendo:

gosto da sua voz rouca
lendo seus poemas pra mim

estou apaixonada por você

pa-ra-li-sei. eu também estava apaixonada por ela, e agora? me perguntava: "o que devo fazer?" "o que isso delimita pra mim?" "quem sou eu?" "será que sou bi?" "será que sou lésbica?" "será que me encaixo?" AHHHHHHHHHH!

uma certeza:
nunca mais fui a mesma

sou escritora desde que me lembro, elaboro várias teorias e minhas ideias estão sempre a mil. lembro que só consegui respondê-la sete dias depois. escrevi e reescrevi a mensagem milhares de vezes.

Odara: desculpe a demora, eu não sabia muito bem o que fazer. também estou apaixonada por você.

Amara: eu que peço desculpas por ter sido tão direta, viu? é que eu quis arriscar, você é muito maravilhosa.

Odara: eu estou desesperada, dá pra perceber? hahaha

Amara: hahaha sim, e podemos dialogar sobre isso.

Amara tinha a mesma idade que eu, mas era muito mais bem-re-solvida. filha de duas mães incríveis que conversavam sobre liberdade e afetividades desde cedo. minha mãe tinha a cabeça bem aberta, mas era eu que chegava com os assuntos até ela.

— mãe, podemos conversar? — eu estava em prantos.

— claro, Odara, o que foi?

— olha, vou ao assunto rapidamente porque estou perdida. acho que estou apaixonada por uma menina.

— acha ou realmente está? — nenhum tom de susto, apenas uma pergunta sem vestígios de outra coisa.

— ai, mãe, facilita pra mim. — fui secando as lágrimas e perdendo as palavras.

— filha, você já me contou sobre a Amara. e só pelo jeito que você fala dela, eu sabia que estava apaixonada. — ela deu um sorri-sinho no final dessa resposta.

— por que você não disse nada?

— achei que seria mais fácil pra você descobrir sozinha, deixar fluir. peço perdão se não foi a melhor maneira, mas quis te deixar aberta pra ser quem você é. — ela me abraçou bem apertado e se-guiu: — aqui em casa somos livres, eu quero você feliz, é lá fora que me apavora. tenho medo de que te façam mal.

— mãe, não sei o que dizer agora, mas estou tão aliviada. é como se a bússola do meu coração apontasse pra mim.

minha mãe deu um beijo em minha testa
e disse que o amor reinava em nosso lar

morávamos eu, minha vó, minha mãe e minha irmã. alguns dias depois da conversa com minha mãe, num almoço em família, revelei meu "segredo" para todas. minha vó e minha irmã disse-ram que também já sabiam e fiquei confusa, pensando que estava atrasada em ser sapatão. preferia que tivessem me contado, teria evitado alguns beijos desnecessários. de qualquer forma, tenho a sorte de ter uma família que me ama e me apoia, e sabemos o quanto isso é raro.

Amara e eu nos encontramos quando fizemos dezessete anos e namoramos por quase um ano. preferimos terminar quando decidi mudar para o sudeste, porque a distância seria um atravessamento muito grande. 1.978 quilômetros não eram duas horas, afinal. foi um término cheio de saudade de um namoro bonito e com muitas descobertas.

não vou entrar em detalhes
porque essa narrativa é sobre mim
e sobre voltar a olhar no espelho sem desvios
mas Amara segue aqui
como uma brisa fresca
em meu peito

engraçado como a memória pega a gente de surpresa. Karla me chama e retorno à avenida.

— tá pensando em quê? até sorriu!
— pensei em trajetória, fui longe aqui.

aviso aos hóspedes que ficarão com Pedro e Karla, porque vou colar os lambes. Pedro e Karla dão uma piscadinha para mim como sinal de que já posso ir, e me desloco do grupo para colar no primeiro poste que vejo. já tinha começado o trajeto no dia anterior, espalhando o afeto nos lambes mais cedo para que os primeiros que chegassem ali não se sentissem sozinhos.

seleção de frases poéticas que escrevi para a Parada LGBTQIAP+:

1. vá embora com seu ódio, carrego em mim a urgência do afeto
2. só ando vestida de amor

3. vamos dançar a revolução juntes?
4. mulheres que amam mulheres potencializam o poder do amor
5. vexame é não amar
6. padrões só existem pra gente quebrar
7. vamos entrelaçar nossas almas e cantar a liberdade de existir?
8. seu beijo tem gosto de futuro bonito

fazia tempo que eu não ia a lugares cheios, porque a depressão tinha me puxado bastante para dentro de casa. tudo nesse dia era um desafio:

colar os lambes com tanta gente olhando
passear na multidão
acolher minhas iguais
ser eu sem me desculpar

5
imprevistos

estava colando o vigésimo lambe-lambe quando sinto uma mão em meu ombro. estremeço. quando me viro, vejo um policial dizendo que é proibido fazer isso e que eu devo acompanhá-lo até a unidade móvel mais próxima. ele aponta para uma tenda na próxima esquina e eu me surpreendo e arregalo os olhos. o policial também diz que terei que dar um jeito de arrancar todos os "pôsteres" já colados e informa que isso é vandalismo. eu sei os lugares onde posso ou não posso colar os lambes, mas também sei que sou uma mulher negra e que isso limita meu corpo-território de transitar por onde bem quer. opto por não discutir, apenas faço o que foi indicado e o sigo. quando chegar lá, verei qual será meu plano. ser presa ou detida definitivamente não estava nos meus planos para o dia, então certamente eu precisava mirabolar minha fuga. lembrando que os hóspedes ainda aguardavam minha volta, mesmo que agora bêbados.

chego no posto de cara fechada e vejo uma sala cheia de pessoas que provavelmente também não deveriam estar ali. duas mulheres presas a uma algema de frufrus cor-de-rosa; dois garotos com expressões cansadas, um deles com gelo em uma das mãos; duas amigas sentadas lado a lado, uma delas segurando um sanduíche meio comido, observando com atenção tudo o que acontecia ao nosso redor; e uma pessoa fantasiada de Lady Gaga em uma de suas roupas mais contraditórias, o vestido de carne.

penso que queria ser amiga dessas pessoas
faríamos ali mesmo a revolução
negaríamos os depoimentos
e sairíamos dali juntas e abraçadas
brindando alguns copos
e outros cenários possíveis

será que as novas amizades que planejei estão nesta unidade móvel da polícia? o destino é mesmo imprevisível.

fico nervosa, mas ao mesmo tempo sei que não estou agindo "contra a lei". ideias mirabolantes passam pela minha cabeça, mas opto pelo modo calada vence, ainda mais aqui, em um lugar desconfortável e incerto como este. só vou responder o que me perguntarem.

o policial confisca meus papéis e minhas ferramentas (rolinho, pote de cola, mochila) e pede que eu aguarde, apontando as cadeiras do lado esquerdo da sala. vejo uma outra policial o chamando de canto e dizendo:

— e o que foi dessa vez?
— a vândala estava grudando esses *troços* pela Paulista.
— tem tanta coisa acontecendo e você traz essa moça aqui só por causa de uns pôsteres?
— olha [...]

os dois discutem por uns quarenta minutos, também sobre os outros casos ali presentes, e eu sigo esperando. ao finalizarem, a policial se dirige até mim e diz:

— qual é o seu nome?

— Odara.

— você está liberada, Odara. pode pegar suas coisas ali na mesa.

parte de mim queria levantar e sair correndo. outra parte não sabia se podia mesmo ir embora dali. então fiquei com essa sensação de espera e estranhamento.

6

com que frequência você
se chama pra dançar?

parada na saída do posto policial, penso que nem posso dizer que essas coisas só acontecem comigo, pois muita gente me cerca.

sei que no final vou rir de tudo isso, então tento amenizar meu peito para seguir me enchendo de vida nesse dia tão importante. noto que a Avenida Paulista está ainda mais cheia, a música mais alta, e percebo que vai ser bem difícil encontrar o pessoal do hostel.

observo os arredores
vejo muita gente como eu
abraço o pertencimento
nesses minutos bonitos

muita gente vestindo
a própria pele com amor
muitos sorrisos escancarados
a rua colorida faz festa
pros nossos corpos

o concreto convida:
venha ser você
sem medo
venha sentir
a liberdade
pulsando

os confetes são nossos corações
que voam alto
os beijos ventam
por essas ruas que hoje brindam
o que somos e o que podemos ser
o agora e o futuro parecem mais fáceis
nesses instantes celebrativos

fico reflexiva e com o riso frouxo. me encorajo. reparo no ponto
exato onde estava minutos atrás e vejo os lambes colados por ali.

as pessoas que caminham em volta são desconhecidas
mas ainda assim não quero me perder

subversão
é uma palavra
que se vive

fico emocionada ao notar tantas pessoas fotografando os
lambes, parando para ler, sorrindo para o muro ou para o poste.
todo mundo abrindo a porta do coração e deixando o feitiço da
palavra entrar.

ter minhas palavras
reconhecidas na identificação
é um presente

sonho grande
desde pequena
escrevo histórias
que são indeléveis

narrativas sobre mulheres
que escolhem a si mesmas
quando os dias terminam
e os espelhos chamam

poesias que elevam
o verbo ancestral
e carregam os mistérios
daquelas que vieram antes

sou escritora
um dia serei
uma grande escritora
e essa grandeza
é sobre curar

me acolho
para acolher

meus pensamentos são interrompidos pelo celular tocando, mas não consigo atender por conta do barulho. me viro de volta para a tenda para ver o celular, pois talvez o pessoal do trabalho esteja me procurando. abro a mensagem:

Olá, Odara, tudo bem?

Sou da Editora Maré Cheia, localizada em São Paulo. Desculpe estar mandando mensagem em pleno domingo, mas nos interessamos bastante pelo seu manuscrito e não queremos perder essa chance. Vamos marcar um papo sobre essa publicação?

Um abraço,
Bruna

não sei se choro, se dou uma gargalhada estridente, se faço ligações para as pessoas que amo, se conto para aqueles que estão aqui ao meu redor, se respondo a mensagem de imediato, se me transporto para uma cachoeira para agradecer às águas doces de Oxum, se rezo, se fico grata, se grito, se mergulho em memórias de como é incrível seguir confiando em si mesma apesar do mundo, se, se, se, se...

apesar da efemeridade
das sensações
eu garanto
que estou feliz

eu estou amando
insistir em botar fé
naquilo que acredito

me arrepio
e saio dançando
no meio da multidão

nunca fui disso
de me perder confortavelmente
no meio de milhões de pessoas

eu & eu
nessa trajetória louca e linda
que é estar viva

O RETORNO TRIUNFANTE DE MINAH MORA

PEDRO RHUAS

Oito horas para o retorno triunfante de Minah Mora

A maquiagem nos olhos era um show de horrores que nem meu pior pesadelo conseguiria criar.

Estranha e amorfa, um sapo selvagem do deserto me observando no reflexo com pavor. Não podia sair de casa assim. A tentativa de arquear o delineador saiu pela culatra, com o plano de linhas retas fracassando como um motorista bêbado tentando acertar uma baliza. O tremor nas mãos, que piorou nos últimos meses, não deu sossego.

Parecia até ser a primeira vez que me maquiava; uma novata ansiosa colocando salto e peruca sintética, sem medo de passar vergonha na boate. Meu tempo de anonimato, porém, acabou no instante em que "Me namorar" se tornou um hit nacional e me transformou em uma das drag queens mais seguidas do Instagram e TikTok. Se chegasse à Parada do Orgulho de São Paulo com essa cara de zumbi, viraria chacota. O único meme que eu poderia tolerar era um erro de figurino — não uma maquiagem horrenda.

Com os holofotes à espreita e tudo que estava em jogo, imperfeição era um luxo que eu não podia me dar. Afinal, aquele dia era um daqueles cujas consequências me assombrariam para sempre e definiriam tudo, reverberando com o mesmo potencial de fracasso e sucesso, traçando um antes e depois na minha carreira. Se me saísse bem, ótimo. Do contrário...

Bom, era melhor não pensar na pior das hipóteses.

O fato de que *eu* me coloquei nessa posição embrulhava meu estômago. Não poderia acusar ninguém de me levar ao precipício; caminhei até lá sozinho, obrigado, vítima da minha própria grandeza.

Por que dispensei minha equipe mesmo? Teria sido mais fácil se minha maquiadora estivesse aqui. Só que esse era um momento sensível, e era importante para mim vivê-lo sozinho.

Respirei fundo. Não é todo dia que: a) você está prestes a se apresentar na frente de três milhões de pessoas; b) é seu *comeback* após seis meses sem saber se teria um futuro para chamar de seu; e c) é a primeira vez que cantará a música que escreveu quando estava no hospital — além do super-hit que te levou ao topo das paradas do Brasil — em um trio elétrico, como atração principal ao lado de Pabllo Vittar e Ludmilla.

Ser exagerado é pré-requisito número um para se tornar drag queen, claro, mas hoje me sentia no direito de arrancar fios de cabelo da cabeça.

(Humanos, claro. Os da peruca não contam.)

Escapei da área de alcance da *ring light* e trouxe o espelho para perto do rosto. Tinha raspado a barba e metade das sobrancelhas. Os pelos tinham crescido nos meses depois do fim do tratamento com a mesma rapidez que uma floresta se regenera sem presença humana, e eu estaria mentindo se dissesse que não me custou abandoná-los. Depois de dois anos me montando sem trégua — às vezes quatro, cinco noitadas por semana —, não me recordava de outra ocasião em que parecera mais Romário, o garoto comum do interior do Rio Grande do Norte que se misturava fácil na multidão, e não Minah Mora, a drag que o Brasil aprendera a amar. Minah, impossível de ser ignorada. Minah, o avatar perfeito, a combinação de todos meus sonhos e fantasias mais insanos.

Não era por Romário que eu era lembrado. Era por *Minah*.

Então, como explicaria ao mundo que agora me sentia tudo, menos Minah?

Achei que empunhar meus pincéis, preparar o figurino e modelar a peruca me reaproximaria dela, mas nem esse ritual me permitiu encontrá-la. Se ainda existia, deveria estar espumando de raiva, mordendo os lábios em desdém e brincando com as unhas postiças.

O medo de que Minah pudesse estar morta — que tivesse desaparecido, cumprindo a promessa que fiz no instante mais desesperado da minha vida — me encontrou no espelho, onde jurei ter visto um fragmento embaçado e ameaçador dela. Com um sobressalto, bati a perna na mesa e derrubei a maleta com os acessórios de maquiagem. O impacto, seguido do gritinho agudo que arranhou minha garganta, foi o bastante para alertar Lulu.

— Minah?! — ela gritou da cozinha do apartamento que dividíamos. — Tá tudo bem aí?

— Não! — eu berrei de volta com o choro embargado, cansado de fingir.

Quem é que eu estava querendo enganar? A única coisa me separando de um colapso nervoso era saber que meus *fãs* contavam os segundos para o show na Paulista. Muitos viajaram de diversas partes do Brasil apenas para assistir a essa apresentação. Não podia deixá-los na mão depois de todo o amor e as milhares de hashtags de apoio que subiram quando eu estava na pior.

Além disso, *precisava* garantir que arrasaria mais tarde caso meu sumido namorado passasse pela TV no instante em que a transmissão ao vivo me mostrasse no trio elétrico. Fora que a multa de não comparecimento no contrato que assinei não era nada modesta.

Quando Lulu chegou à sala para me ver, eu estava escondendo o rosto com as mãos. Ela era minha confidente e melhor amiga, a irmã que jamais esperei encontrar ao me mudar para São Paulo anos atrás, mas a vergonha me impedia de deixar Lulu me ver naquele estado.

Sabia que era bobagem, contudo. Alta, com seios siliconados, bunda de parar o quarteirão e um abraço incrível, Lulu estivera comigo nos piores momentos da quimio. Não seria uma maquiagenzinha fuleira que a assustaria.

— Deixa eu ver isso — eela sussurrou com doçura. Poucas pessoas eram tão bondosas quanto Lulu. Às vezes, eu brincava que o silicone era o airbag que protegia seu coração de ouro.

Chacoalhei a cabeça infantilmente.

— Não.

— Pode parar, Minah. Você tá sem tempo. — A voz dela era aguda e a pele branca, bronzeada após as merecidas férias em Canoa Quebrada. Quando neguei sua ajuda, Lulu perdeu a paciência habitual.

— Quer que eu ligue pra Íris e conte que você não tá nem perto de terminar de se maquiar?

— Pode ligar. Não me importo.

— Ah, é? — ela riu com deboche. — E se eu chamar o Johny então, Minah? Tem certeza de que não vai fazer diferença?

Jogo baixo!

Johny era meu empresário, o bambambã da indústria musical que confiou no meu potencial e me deu uma chance quando todos diziam que não havia mais espaço para drag queens no mainstream depois de Pabllo Vittar e Gloria Groove (porque, claro, o mercado só pode aceitar *duas* pessoas queers tendo sucesso por vez a cada década e meia).

— Até parece que você faria isso, Lulu.

— Bem, vou ser obrigada a fazer se não largar de ser besta e tirar a droga da mão do rosto.

Vaca. Lulu me conhecia bem o bastante para reconhecer meu calcanhar de Aquiles, então cedi. Respirando fundo, abaixei os braços e a encarei. Ainda tive tempo de ver a expressão mudar de impaciência para empatia.

Era isso. Avisei que a make estava horrorosa, não avisei?

— Minah… — Ela soltou o ar por entre os dentes e se ajoelhou diante de mim. — Por que não me chamou antes? Eu disse que podia te maquiar.

— Eu sei. Pensei que daria conta sozinha, mas agora... — Esfreguei a mão no rosto. *Patética, patética, patética.* — Não sei se consigo.

— Claro que consegue! Por que está tão nervosa? Você é *a* Minah Mora, porra. A lenda, o ícone, a RAINHA!

— Eu *sei*!

— Fora que você já fez isso antes milhares de vezes.

— Não desde que... — Engoli em seco. — Sabe...

— Ai, meu Deus, Minah. Você teve um câncer, se curou e está *viva*. Supera, bicha!

— E se isso for um erro, Lulu? — Ergui o queixo e fitei minha amiga ajoelhada na minha frente. Era o fim da manhã, e Lulu seguia com o roupão rosa de seda, com bobs espalhados pela franja e ao longo do cabelo preto liso. Ela também era nordestina e uma *influencer* conhecida. Seu forte era política, sobretudo direitos das populações LGBTQIAP+ e PCD. Lulu jurava que, um dia, se tornaria a primeira deputada federal travesti do Rio Grande do Norte. Nunca duvidei dela.

— E se, tipo, o Universo estiver me mandando um sinal de que não deveria ir hoje? De que deveria desistir?

Lulu balançou a cabeça em uma negativa enfática, pressionando minhas pernas com as mãos e me forçando a encará-la. Quando voltou a falar, estava séria.

— Escuta aqui. Se existe um "teste" do Universo, é para descobrir se você vai desmoronar diante dos seus medos ou se vai superá-los. — Os olhos castanhos de Lulu me enviavam o amor incondicional que minha família de sangue relutava em me dar. — Qual das opções vai escolher?

— Eu fiz uma promessa...

Ela me interrompeu.

— Isso é sobre a promessa, então? Uma promessa para "Deus" depois do seu pai dizer que o motivo pelo qual você teve câncer foi por fazer drag? Porque você é *gay*? — Embora a voz estivesse carregada de urgência, os dedos de Lulu repousaram gentilmente na minha bochecha. — Você estava acamado, mal, sem saber se haveria um futuro pra ti… Deus nunca iria querer que você abandonasse o dom que *Ele* te deu por conta de uma promessa feita no seu momento de maior vulnerabilidade. Nunca iria querer que abandonasse seu propósito de alma.

— Você acha mesmo?

Ela sorriu. Os dentes brancos reluziam depois da última sessão de clareamento.

— Baby, você não está vivo porque prometeu que ia parar de fazer drag, se é isso que está pensando. Você está vivo porque espalhar amor, felicidade e orgulho é a sua missão. — Lulu tocou a parte arruinada da maquiagem em meus olhos. — E Deus jamais permitiria que você partisse antes que pudesse cumpri-la, tá ouvindo?

Não contei conversa antes de me lançar nos braços de Lulu. Chorei como fiz nos dias em que a quimio me deixou mais fraco, sentindo que a menor rajada de vento me levaria embora, e Lulu e Thiago — o enfermeiro que trabalhava na ala de oncologia do hospital e por quem me apaixonei — foram as únicas pessoas que realmente não saíram do meu lado. Chorei como nos dias depois que recebi o diagnóstico do linfoma, quando a expectativa de um amanhã eclipsou no horizonte e precisei cancelar todos os compromissos de trabalho.

Eu desabei, e por dois minutos Lulu fez cafuné no meu cabelo, massageou meus ombros e repetiu que estava tudo bem. Quando tive força para interromper o choro, limpei o nariz melecado no roupão de seda. Lulu me deu um tapinha na mão e revirou os olhos.

— Já tá melhor, né, rapariga? Que ódio.

Ri um pouco e assenti.

— Obrigada por tudo. Você é… — Estendi a mão para Lulu. — Incrível. Te amo, sabia?

— Eu sei. Por isso, confie nas palavras dessa travesti que te adora: você vai arrasar, Romário. Foi feito pra isso. Você é maravilhoso montado ou não, e merece o sucesso que está vivendo e que ainda vai viver. O que você passou não foi fácil, mas quando é que a vida foi fácil para qualquer um de nós? — Lulu me encarou de frente. —

E agora você vai se recompor e cantar para milhões de pessoas que torcem e te apoiam de peito aberto. Então, por favor, pare de ser uma diva birrenta e *brilhe*.

Lulu enxugou o restante das minhas lágrimas, desta vez com um lenço e não com seu precioso robe, juntou os acessórios caídos pelo chão e pegou um lencinho umedecido removedor de maquiagem. Ela o passou delicadamente ao redor dos meus olhos e, sorrindo, com a emoção transparecendo no rosto, disse:

— Posso ser a fada madrinha da Minah Mora hoje, Romário?

Ela conhecia melhor do que ninguém a hora certa de falar com Romário, e não Minah. Eu era grato por isso.

Levantei do chão e voltei a me sentar na cadeira.

— Será uma honra.

A revirada de olhos blasé de aqueceu meu coração.

— E novamente o dia foi salvo graças a Lulu toda poderosa — narrou ela.

— A maior que nós temos.

— O que posso fazer? — Ela beijou minha testa antes de pegar o frasquinho de base para recomeçar a preparar minha pele. — Agora me conta o que diabos tá rolando entre você e o Thi. E sem choro pra não estragar meu trabalho!

Seis horas e meia para o retorno triunfante de Minah Mora

— Eu tenho uma notícia boa e uma ruim, Minah. — Essa foi a primeira frase que uma apressada Íris Silveira, minha assistente, disse quando atendi o celular. Pela quantidade de barulho vazando da chamada, ela já deveria estar no caos da Parada organizando os últimos detalhes antes do show. Era bom mesmo que estivesse. O sucesso do meu *comeback* dependia bastante dessa garota. — Por onde começo?

Íris escolheu justo o momento em que Lulu terminava a maquiagem para dar sinal de fumaça. Lulu passava o batom na minha boca, de modo que eu não podia falar. Ela me impedira de me olhar no espelho, alegando que estragaria a surpresa. A última coisa que eu queria hoje era ser surpreendido, mas aceitei. Confiava na minha fada madrinha.

Incapaz de responder Íris, fiz sinal com os olhos para Lulu, que me mandou ficar quieta e não me mexer.

— Oi, Íris — Lulu respondeu por mim. — Minah não pode falar agora. Você está no viva-voz.

— Tá tudo bem aí, Lulu?

Fuzilei minha amiga com o olhar. Se ela abrisse o bico sobre o lance da maquiagem…

— Tivemos um pequeno contratempo — disse ela, beliscando meu braço de leve. — Mas já contornamos. Tá tudo sob controle.

— Ótimo, porque a equipe da *Vogue* vai chegar aí daqui a pouco.

— *Vogue?!* — gritei, por pouco não borrando o batom. Lulu balançou a cabeça com impaciência e cruzou os braços na altura dos seios, me julgando de modo fatal. Durante a última hora e meia, ela tentara me acalmar conforme fazia do meu rosto a tela para sua obra-prima, mas meu nervosismo estava maior do que quando cantei no Faustão, e olha que foi bem estressante.

— Ai, merda — Íris xingou. — Desculpa, Minah. Essa era uma das boas notícias. A gente queria fazer surpresa...

— Íris! A *Vogue* tá vindo na minha casa e você só me diz agora? Isso aqui tá uma zona!

Olhei ao redor, exasperada. Lulu colocara um pano na frente do espelho, então consegui escapar do reflexo. Tudo era desordem. Peças de roupa espalhadas. Um manequim com meu figurino ocupando o espaço livre na frente do rack onde a televisão ficava apoiada. Mil e uma perucas dispostas pela mesa de jantar. Tamancos e acessórios revirados em cima do sofá. Até os restos do delivery do dia anterior esperando para serem jogados fora ali no canto da mesa... E a droga da *Vogue* — a *Vogue*, a revista que li minha vida inteirinha fantasiando com o dia em que pudesse estampar uma de suas capas icônicas — estava a caminho desse chiqueiro?

— Era pra ser uma surpresa. Foi a equipe deles que...

— Você trabalha pra *mim*, garota! — Meu Deus, ainda bem que a equipe deles ainda não tinha chegado. Provavelmente, seria retratada como uma megera nível Miranda Priestly se presenciassem essa cena. — Vou estar na capa?

Íris pigarreou do outro lado.

— Não sabemos. Querem fazer um perfil seu, acompanhando os bastidores. Estão indo com um fotógrafo também, um dos melhores, isso eles me garantiram. E consegui a limusine colorida que você tanto pediu! — Íris falou animada demais, como se tentasse me comprar com a informação. Claro que eu amava o fato de que chegaria na Paulista de limusine, mas...

— *Senta* — disse Lulu com os lábios cerrados, e me empurrou de volta à cadeira.

— Quais são as outras notícias boas? — a terrorista da minha fada madrinha perguntou por mim. — Minah vai ficar caladinha agora.

Jurei ter ouvido Íris suspirar de alívio.

— Certo. Então, hum… Você está nos *trending topics* do Twitter! E a galera do *Encontro* também dedicou um bloco do programa a um panorama sobre a sua carreira!

Íris terminava todas as frases com um ponto de exclamação, talvez em uma tentativa de esconder o próprio nervosismo.

— Eles não mostraram aquelas imagens minhas no hospital, mostraram?

— Jesus amado, Minah, sossega e fecha a matraca, bicha! — explodiu Lulu, e eu recuei na hora. Pedi desculpas de fininho e fechei os olhos. Se tinha uma coisa que me impressionava, era Lulu estressada.

Consigo fazer isso, repeti para mim mesma. *Posso ficar quieta e relaxar. Tenho tudo sob controle.*

— Não, não mostraram. Falaram sobre como você foi forte e aquele lero-lero de sempre. É a primeira vez que a Globo vai passar a Parada ao vivo, então, sabe, eles estão investindo bastante! Querem você no programa depois.

Íris continuou me atualizando sobre as coisas que perdi enquanto estava off-line. Vários famosos enviaram mensagens de apoio, e eu praticamente caí da cadeira quando ela comentou que o presidente me citou em um tuíte.

A Parada do Orgulho de 2023 em São Paulo era muito aguardada, a primeira depois de mais de meia década vivendo em um governo fascista. Os organizadores queriam enviar uma mensagem ao Brasil — e ao mundo — de que a perseguição institucional à comunidade queer não seria mais tolerada. Havia ainda muita luta pela frente, era certo, mas a mudança no ar era perceptível. O cheiro da primavera invadia o horizonte do país com a perspectiva de um futuro esperançoso.

Olhei para Lulu.

— Minah quer saber as notícias ruins — ela disse, e completou: —, mas vê se não mata ninguém do coração.

Íris ficou em silêncio por uns trinta segundos. O suspense era exagerado. A essa altura, se eu estivesse no BBB, o apresentador já teria feito alguma piadinha com meus batimentos cardíacos.

— Minah... — murmurou ela. — A gente fez de tudo, mas sua família não vai vir.

Deveria doer ouvir isso, mas não doeu. Era tão óbvio. Nem sei por que falei para Íris convencê-los. Ainda compramos as passagens, reservamos hotel... Queria que vissem meu retorno, que me vissem *brilhar*.

Só que isso era esperar demais deles. Se dependesse de mainha, talvez tivessem embarcado para São Paulo. Painho era o problema; sempre foi. Seu Antônio jamais me aceitou. Eu pensava que, se um dia me tornasse bem-sucedido, isso o faria me ver de outra forma. "Filho meu tem que botar dinheiro na mesa", dizia nos jantares taciturno, enquanto a novela passava na TV da sala e a fumaça do cigarro que estava sempre nos dedos impregnava o ambiente. "Não pode ser vagabundo."

Para ele, era isso que eu era: um vagabundo. Vagabundo que dá o cu, ainda por cima. O pior da espécie.

Ele odiava que eu fosse gay. Odiava que me exibisse orgulhosamente para o Brasil inteiro ver em horário nobre. Só não odiava o PIX que eu mandava todo fim de mês para ajudar com as despesas em casa.

Papai tinha um bar no centro da cidade. Certa vez, meu irmão confessou que, sempre que passava algo sobre mim na televisão, ele mudava de canal. Morria de vergonha que os velhinhos que frequentavam o bar vissem o filho bicha dele. O medo de virar chacota era maior que o amor por mim — se é que sentia algum.

Bem, painho que fosse para o quinto dos infernos. Eu não precisava daquele merda homofóbico para nada.

— E o Thiago? — perguntei a Íris, a voz mais contida. Lulu não se importou, provavelmente por pena depois de escutar essa última notícia. — Conseguiu falar com ele?

— Sinto muito, Minah. Nada do Thiago, também. Mas sabemos que ele não foi sequestrado! — Íris acrescentou.

De certo modo, era ainda pior. Se algo sério tivesse acontecido, o desaparecimento não significaria o que eu achava que significava: um término (mentira, preferia o Thiago vivo e bem, mesmo distante de mim).

— Liguei pro hospital e falaram que ele tirou essa semana de licença para resolver um assunto pessoal. Pode ser que tenha alguma explicação melhor e...

Ela nem terminou a frase, como se pudesse ver meu rosto naquele instante. A raiva que sentia dentro de mim fervia tão grande que eu poderia quebrar o apartamento inteiro se não me controlasse.

O *ghosting* do Thiago não fazia o menor sentido. Não era típico dele. Fora que licença para resolver um "assunto pessoal"? Que merda de *assunto pessoal*? Uma segunda família? Thiago odiava faltar ao trabalho até quando adoecia.

Nos seis meses em que estivemos juntos, ele provou ser, na verdade, o cara mais decente com quem já estive. Era atencioso, sempre dava um jeito de arrancar uma risada minha até mesmo nos dias mais sombrios. Acima de tudo, *conversava* comigo. Meu Deus, não conheci ninguém que gostasse mais de diálogo do que Thiago. Eu amava que ele não dissimulava, que não era de fazer joguinhos.

Contive a vontade de olhar nossas mensagens, sobretudo porque eu deveria parecer horrível, xingando o menino depois de quase uma semana de vácuo. Detestava soar desesperado, mas detestava ainda mais que Thiago não estivesse aqui. Porque ele *deveria estar*. Porque no dia mais importante da minha carreira o homem que eu amava deveria estar ao meu lado.

— Tenho certeza de que há uma explicação — balbuciou Íris quando eu não falei nada. Soltei um grunhido. Suponho que minha assistente tenha ficado com medo de que eu tivesse mais um ataque de pelanca, já que aproveitou a oportunidade para fazer uma saída estratégica. Bom para ela. — Te vejo já, já, Minah! Arrasa com a *Vogue*, grava *stories* e, por favor, vê se não se atrasa! Beijinhos!

O bipe de fim de chamada ecoou por alguns segundos antes de Lulu encerrar a ligação.

— Uma figura essa menina que você arranjou, hein? — disse ela com uma risada. — Você tem um bom time contigo.

Assenti, mas, depois das últimas bombas deixadas por Íris, fiquei em silêncio. Minha cabeça dava voltas. Thiago, minha família... Por que, uma hora ou outra, as pessoas que eu amava davam um jeito de fazer com que eu me sentisse um lixo? Era demais esperar que, pelo menos uma vez, estivessem de fato comigo?

Era esse o motivo pelo qual eu valorizava Lulu. Minha amiga era a família escolhida, forjada em sonhos compartilhados e na vontade irrefreável de conquistar um mundo dito impossível. Como eu, Lulu foi rejeitada e deu a volta por cima. Os excluídos da ordem cis-heteronormativa precisavam se acolher caso quisessem subverter a solidão.

Só que era cansativo viver nadando contra a correnteza.

Às vezes, queria que tudo fosse mais fácil.

Que cada passo não significasse despender tanta energia.

— Já posso ver?

— Quase lá.

Lulu deu batidinhas com a ponta do indicador em meus lábios, provavelmente finalizando com um pouco de glitter. Ainda passou uma última camada de pó e um iluminador acima das maçãs do rosto, na parte embaixo das sobrancelhas, entre a boca e o nariz e no queixo. Os movimentos eram rápidos e precisos. Minha fada madrinha conhecia meu rosto melhor do que eu mesma, tantas foram as vezes em que se divertiu em pintá-lo.

À medida que chegávamos ao fim daquela preparação, mesmo sem me ver no espelho, algo diferente abrolhava, pequenas pulsações oscilando sob a superfície da água.

Era Minah, me dei conta.

Minah piruetava em meu peito. Uma bailarina saindo das coxias para finalmente brilhar no palco, sob os holofotes para os quais foi treinada.

A sensação era... *familiar*.

Nostálgica.

E, precisava admitir, reconfortante.

Era como voltar para casa.

Lulu enfiou uma touca bege extra por cima da preta que já estava cobrindo meu cabelo e pincelou uma camada de pó na tela para suavizar a diferença de cor com a pele. Passou cola e gel na região da testa, e, ao secar, encaixou a *lace* de cabelo humano preto na qual gastei uma fortuna. Dedicou um tempinho penteando a peruca até suspirar com satisfação.

— Você tá linda. *Linda*. — Lulu tocou gentilmente meu braço. — Pode abrir os olhos.

Uma atmosfera de tensão suspendia no ar. Uma nota faltava em um acorde maior. Inspirei fundo e, como pediu Lulu, levantei as pálpebras pesadas com os cílios postiços. Primeiro vi Lulu, a expressão orgulhosa, os bobs engraçados no cabelo... Depois, eu a acompanhei tirar o tecido de cima do espelho, e, sem mais delongas, me esperando ansiosamente, eu a encontrei.

Caí na risada.

Estava perfeita, maravilhosa.

Talvez fosse a melhor make da minha vida; nada remotamente parecido ao desastre de mais cedo. O contorno afilado do nariz, o arqueado matador das sobrancelhas, a sombra laranja preenchida com pequenos cristais, a boca em formato de coração com glitter dourado tremeluzindo... Era uma obra de arte. A *Vogue* amaria. Os *nahmoraders* amariam. O Brasil amaria.

Mas, acima de tudo, *eu* amava.

— Bem-vinda de volta — sussurrou Lulu, encaixando a cabeça no meu ombro e abrindo um sorriso para mim.

Ali estava Minah Mora, ainda sem seu vestido e acessórios, mas linda, inegavelmente viva e radiante, me fitando como se dissesse:

— *Achava que eu não ia rebolar minha bunda hoje?*

Quatro horas e meia para o retorno triunfante de Minah Mora

— Então, Minah. Nós já conversamos sobre o seu período no hospital, seus medos e dúvidas com o retorno aos palcos e à arte drag, a dicotomia entre Minah e Romário, as dificuldades com sua família e de conseguir espaço no pop brasileiro... Mas tem uma coisa que eu gostaria muito de saber.

A jornalista Sarah Gurgel, que a *Vogue* escalara para a matéria, cruzou as pernas e me olhou como se já aguardasse por uma resposta antes mesmo de terminar a pergunta.

A limusine arco-íris em que a produção da *Vogue* me colocara sacolejava pelas ruas movimentadas de São Paulo, ainda que agora estivesse parada em um sinal vermelho. Éramos uma explosão de cores e o interior do veículo iluminado com luz neon — uma festa ambulante que atraía a atenção das pessoas na rua. Uma criança no carro ao lado, agarrando um ursinho de pelúcia cor-de-rosa, nos encarava com curiosidade; só não acenava por conta do vidro fumê.

Retribuí o olhar insinuante de Sarah. Ela estava sentada à minha frente com um gravador portátil que eu só lembrava de ter visto em filmes. Na casa dos quarenta anos, tinha a pele preta retinta e cabelo escuro com fios grisalhos presos em um coque, usando salto *stiletto*, terninho laranja com decote modesto e botões brancos. Ela tinha fama de durona, de cavar fundo seus entrevistados. A voz era suave, ainda que os olhos, firmes e observadores, traíssem sua sagacidade.

A equipe da *Vogue* chegou pouco depois que minha fada madrinha concluiu sua magia em meu rosto. Ainda estava de robe branco, mas já me sentia confortável na pele de Minah. O senso de separação entre a gente, o abismo subjetivo, o medo de ser castigada por alguma força divina por conta da promessa que deliberadamente descumpria desapareceram. Entrei na personagem logo ao abrir a porta do apartamento, profissional e carismática.

Flutuei pela casa enquanto arrumava um pouco da bagunça, cantei um trecho da música nova e posei para fotos de bastidores. Ria, fazia comentários patetas e inteligentes e, em poucos minutos, tinha a atenção de todos na palma da minha mão.

Meu Deus, era *tão* fácil. Por que pensei que perdera o jeito para isso? Minah não era uma estranha. Minah era, e sempre seria, um *alter ego*, uma versão minha equipada com os itens necessários para arrasar em batalha — ambiciosa o suficiente para explorar minhas inseguranças sem remorso. E era uma relação simbiótica. Minah nunca seria Minah se Romário não existisse.

Sarah me observava com atenção. Estávamos a sós agora, o último álbum da Liniker tocando baixinho no *repeat*. O fotógrafo ia no banco da frente ao lado do motorista ("Para nos dar espaço", revelou Sarah), e Lulu prometeu que me encontraria no trio elétrico. O clima em São Paulo era de inverno, com um céu acinzentado e promessa de pancadas de chuva, embora as bandeiras representando todo o espectro LGBTQIAP+ espalhadas em marquises de prédios e na frente de estabelecimentos comerciais ajudassem a preencher as lacunas coloridas que o lugar tanto precisava.

Ergui a taça de champanhe para a jornalista, indicando que prosseguisse.

O carro avançou no sinal, deixando a criança e seu ursinho para trás.

Sarah seguiu meu olhar para a janela antes de voltar a fazer contato visual.

— Eu vi suas entrevistas anteriores. Ainda não sabemos muito sobre sua infância. Claro, sabemos que cresceu em uma cidade pequena, que seu pai é homofóbico e que você morou brevemente em um centro de acolhimento LGBT em Natal, mas só isso. Estou curiosa — ela se inclinou para mim, sorrindo agora —, há alguma história interessante do Romário criança?

Fiz esforço para não morder os lábios.

— Eu não tô aqui pra fazer terapia. — respondi, e Sarah arqueou a sobrancelha em silêncio. — Estou prestes a lançar meu novo single e fazer o maior show da minha vida — reforcei. — Quero falar da minha carreira, não da minha infância.

— Por que não?

— Bem… Pra ser sincera, não penso muito nisso. — O olhar intenso da jornalista me obrigou a aprofundar a resposta. Passei os dedos da mão livre por uma mecha da peruca. Era uma mania: até desmontado alisava o cabelo. — Precisei crescer rápido. Meu pai esperava que eu o ajudasse nas despesas de casa, e aos dez anos eu já trabalhava na oficina mecânica do meu tio. Painho dizia que isso me ajudaria a virar homem.

— Virar homem?

— Porque eu sempre fui assim. Criança viada, sabe? E… — Soltei um riso frouxo. Uma memória brilhou em minha mente, e eu me lancei em sua direção.

— Por que está sorrindo?

— Me lembrei de uma coisa. A razão pela qual meu pai decidiu que eu tinha que trabalhar com meu tio.

Tomei um gole de champanhe antes de seguir com a história. Sarah estava gostando, percebi, orgulhosa por extrair de mim exatamente o que queria. E, desta vez, eu não estava desencorajado a ceder, apesar de no passado ser hesitante para compartilhar minha infância. Aquele dia marcava meu retorno. Marcava minha história.

— Foi em um evento na escola, uma feira cultural, acho. Painho nunca participava da minha vida estudantil. Era minha mãe quem ia, geralmente na primeira fila, me encorajando. Naquele dia, tinha um bingo que daria uma boa grana pra quem ganhasse. Dinheiro, cigarro e jogos eram os vícios do meu pai, então lógico que ele foi.

Recordava nitidamente da escola. Devia ter sido construída nos anos 1940: tinha aquela arquitetura bonitinha de cidade do interior, ainda flertando com o colonial, o tipo de construção substituída hoje por prédios quadrados e sem nenhuma sensibilidade.

As paredes eram de um amarelo estragado, e o pátio tinha uma mangueira enorme que projetava sombra. No dia da feira cultural, a diretoria espalhara cadeiras pelo pátio, e os pais dos alunos se espremiam para assistir aos espetáculos amadores.

— Sou cara de pau desde criança — continuei a narrativa. — Tinha muita dificuldade em ler nas entrelinhas, então fazia o que me dava na telha sem me importar com as consequências. Nesse dia, escolhi uma música da Xuxa para apresentar. Tudo bem que "Lua de Cristal" era um hit e tocava em todos os lugares, mas, olhando pra trás, dá pra entender o surto de painho quando apareci pendurada em um dos galhos da mangueira vestindo uma capa rosa e cantando à capela o primeiro verso da música. Nem reparei nele, pra ser sincera. Só me dei conta de que alguma coisa estava errada quando fiz meu *reveal* e o instrumental começou a me acompanhar. Lá estava eu, um menino raquítico e afeminado, usando um macacão colorido como se fosse uma fada ambulante, com uma lua prateada no peito, varinha de condão, cantando e dançando a música. Matei o velho de susto.

— O que seu pai fez? — perguntou Sarah, interessada.

Tamborilei as unhas postiças no vidro da janela. Era engraçado e, ao mesmo tempo, não era.

— Ele tirou o cinto da calça e interrompeu a apresentação. Me puxou pela orelha e agarrou meu braço dizendo que nenhum filho dele se prestaria àquele papel de mulherzinha. Só não me bateu na frente de todo mundo porque tirei um frasquinho de purpurina rosa que nem lembrava de que estava no bolso e joguei na cara dele para me defender. Meu pai ficou ainda mais furioso, mas a professora se colocou na minha frente. Não foi nem minha mãe, coitada, porque também tinha medo dele — contei, soltando uma risada mesmo com o drama. A imagem do meu pai desnorteado com o rosto brilhando com glitter ainda me trazia um riso leve. — Dormi na casa da minha avó a semana inteira. Quando voltei, painho me esperava com o cinto. Disse que, a partir daquele dia, eu viraria homem, quisesse ou não.

Eu não pensava naquilo havia anos.

De repente, percebi como esse evento esquecido da minha infância me impactara. Será que sou quem sou hoje por conta daquele único dia? Ou estava destinada a ser o rebelde que sou, independentemente desse evento?

De qualquer forma, minha ousadia era coisa antiga.

— Então você começou a trabalhar com seu tio.

— Sim, mas não adiantou muito para o meu pai. — Outra risada, e terminei de beber o champanhe com um único gole. — Meu tio não tinha nada a ver com ele. Não era homofóbico. Só me fazia fingir que estava trabalhando enquanto eu brincava de boneca com minha prima.

A limusine deu uma volta e parou. Descansei a taça em um suporte junto ao banco e olhei pela janela. Não era a Paulista ainda, e quando chegasse lá, seguiria para o trio. Tínhamos parado na traseira de um prédio alto. Na última vez em que chequei o cronograma com Íris, uma coletiva de imprensa para anunciar o lançamento do single novo nas plataformas digitais estava agendada para antes do show. Não lembrava de uma parada extra no roteiro.

— É uma história e tanto — admitiu Sarah. — Sabe, bem que achei que você fosse mais complexa do que parece nas redes sociais.

— Ouço muito isso — ironizei.

As pessoas acreditavam que só porque eu fazia dancinhas no TikTok e mostrava minha bunda no Instagram, era tão superficial quanto uma tábua de passar. Eu não dava a mínima; não fosse pelas dancinhas, pela bunda e pelo meu talento me ajudando a viralizar, Sarah não estaria neste carro comigo. Voltei a investigar o espaço fora da limusine.

— Sabe onde estamos? — perguntei.

A jornalista guardou o gravador na bolsa de couro e alisou a calça laranja do terno.

— Queríamos fazer uma sessão de fotos de verdade com você — disse ela, sorrindo misteriosamente. Havia algo em sua voz, uma insinuação que tentava em vão dissimular. Um palpite cresceu em meu peito. Talvez estivesse errada, mas, se estivesse certa...

— Sarah, não me mata do coração. Não vai me dizer que...

Ela não me deixou terminar.

— Parabéns, Minah. Você é a próxima capa da *Vogue*.

Três horas para o retorno triunfante de Minah Mora

A estrutura para a minha sessão de fotos com a *Vogue* era impressionante. Uma equipe de mais de vinte pessoas — fotógrafo, assistentes de filmagem, assessores de imprensa e marketing, estilista, *social media*, cabeleireiro e até uma maquiadora — zanzava pelo terraço do prédio de quarenta andares. O céu nublado não atrapalhava em nada o momento; jogos de luz e um cenário completo tinham sido montados especialmente para a ocasião.

A minha ocasião.

Sarah Gurgel me observava de longe, tomando notas em um iPad enquanto Rui Fontanelle, um dos fotógrafos de moda mais requisitados do país, alguém que eu admirava havia anos e responsável por algumas das melhores capas e editoriais do Brasil, me repassava conselhos para o ensaio.

— Essa é a *sua* volta por cima, o seu retorno triunfante — disse ele de modo intenso, o cabelinho com corte chanel esvoaçando ao vento. Rui era baixo, usava um lápis preto forte nos olhos e um macacão de paetês prateado que achei engraçado quando vi. Para alguém que trabalhava tanto entre superestrelas da moda, ele não se importava em ser brega. — Você é um fenômeno. Agora decole.

Ele me lançou uma piscadela e pressionou de leve meu ombro antes de se afastar para que começássemos a sessão.

— Rui, espera. — Fiz questão de chamá-lo, me esforçando para não franzir a testa na luminosidade. — O ensaio vai ser aqui mesmo?

O terraço do prédio não era um terraço qualquer. Um tapete branco longuíssimo se estendia do início de uma escada até o heliponto, onde um helicóptero estava pousado. A melhor parte era que eu achava que o helicóptero estava ali por acaso, mas, como acabara de descobrir, estava ali para *mim*. E ainda com um modelo gatíssimo fazendo o papel do piloto.

Rui deu de ombros.

— Eu disse que você ia decolar, Minah.

Minhas músicas tocavam em um alto-falante, e eu rebolei um pouco para entrar no clima do ensaio. A *Vogue* ainda tinha oferecido uma troca de roupa e maquiagem, mas, diante de um dos espelhos do set, recusei.

Nunca me senti tão linda, e meu vestido era *perfeito*.

Kalina Luz, a designer trans que convidei para me vestir para o show na Parada, arrasara. O tecido, finíssimo, era uma tentativa acertada de reproduzir *soufflé*, seda francesa fora de mercado desde os anos 1980, famosa em looks emblemáticos de Marilyn Monroe e Cher. Três mil pedrinhas de cristal foram costuradas à mão por Kalina no *bodysuit* majoritariamente cor-de-opala e semitransparente, mostrando a silhueta do meu corpo e a pele nua que mal fazia questão de esconder.

Era um espetáculo iridescente posando diante do helicóptero com penas brancas nas mangas e na barra da saia, referência ao look icônico de Cher para o MET Gala de 1974 — o mesmo vestido em que estampou a capa da *Times*. Porém, as cores, minha bota branca de cano alto e a *lace* preta longa, faziam mais do que uma referência ao passado: eram uma mensagem para o futuro, desconstruindo o visual emblemático que eternizara o look e conversava com o novo.

Com minhas melhores poses, namorei a câmera de Rui. Ele queria algo *grande*, um olhar fatal que remetesse à vitória, e era isso que eu lhe servia: carão sedutor e empoderado com um pouco de *vogue* e classe — Dominique Jackson e Marylin Monroe.

— Esta! — Rui soltou um gritinho agudo cheio de empolgação, acenando com a cabeça enquanto fitava a foto na tela do computador.

Achei que demoraria mais para conseguir a foto perfeita, mas tampouco me surpreendia concluir o ensaio em cinco minutos. Morrendo de curiosidade, fingi fineza à medida que desci as escadas do heliponto com a ajuda de um assistente da produção.

— Terminamos por aqui, pessoal! Já temos nossa capa!

Uma salva de palmas explodiu no terraço do prédio. À distância, Sarah Gurgel levantou sua taça de champanhe e sorriu para mim. Agradeci com uma mesura

— Posso ver? — perguntei ao parar ao lado de Rui.

Fiquei de queixo caído com a foto: eu estava *deslumbrante*. O fotógrafo capturou perfeitamente meu caminhar. O corpo inteiro estava enquadrado, com a perna direita na frente e o quadril inclinado acentuando minhas curvas. Uma das mãos segurava de leve o vestido, enquanto a outra estava classicamente solta junto ao corpo. Havia somente o vestígio de um sorriso no rosto, e meus olhos fitavam a lente em uma pose gloriosa. Era como se tivesse acabado de descer do helicóptero e chegasse para conquistar o mundo, uma amazona imbatível.

Já visualizava a logomarca da *Vogue* em cima da capa, pairando sobre as hélices do helicóptero, com meu nome saltando da página para todos que passassem por ela.

Minah Mora, a drag superestrela, estava de volta, e o Brasil inteiro seria testemunha.

Uma hora e meia para o retorno triunfante de Minah Mora

Eu me enganei quando pensei que o gato no helicóptero era modelo. Na verdade, ele era o piloto *mesmo*, e me levaria da sessão de fotos da *Vogue* direto para o local do show. A carona não fazia parte dos planos da produção, mas quando vi que estava em cima da hora e não conseguiria chegar à Paulista a tempo, considerando o trânsito infernal da cidade, o sim ao meu pedido de socorro soou como outro milagre das deusas do drag.

Minha única vez voando em um helicóptero foi dois anos atrás. Estava na fase da paquera com Johny, que me impressionava com jantares em restaurantes caros e demonstrações de poder para fecharmos o contrato com a gravadora depois da minha primeira música hitar organicamente nas redes sociais. Era um passeio informal do Rio até Angra com o empresário antes de chegarmos ao iate dele, e eu estava desmontado. Desta vez, em *full drag*, fazia de tudo para evitar que a peruca embaraçasse e descolasse com o vento.

Tinham me prometido um percurso curto, e foi mesmo. Ainda assim, quase desejei não sair do helicóptero quando começamos a sobrevoar a Avenida Paulista. Era impressionante, sem dúvida uma das visões mais inesquecíveis da minha vida. Do alto, os milhões reunidos para a Parada emanavam uma força única. A massa colorida incendiava São Paulo em uma aquarela de formas. Esperança e liberdade espiralavam de tal modo que meu coração acelerou. A adrenalina corria nas veias, e eu vibrava em sincronia com as pessoas abarrotadas lá embaixo, histórias entrelaçadas em uma tapeçaria incomparável.

Nem mesmo as hélices do helicóptero ou os protetores de ouvido impediam que o barulho da música e o rugido das pessoas lá embaixo me alcançassem. Daqui a pouco, seria a minha música embalando as danças e os gritos que eram soltos a pleno pulmões.

Deixei de lado todo o meu nervosismo. No *story*, postei um vídeo do voo e uma selfie engraçada segurando minha peruca. Enquanto isso, por mais que tentasse ignorar os nervos, não conseguia ignorar o outro buraco que sentia no peito. Queria que Thiago estivesse aqui comigo. Ele morria de medo de altura, mas era uma dessas pessoas incríveis que não se acovardavam diante de seus medos. Ele os enfrentava deliberadamente, um a um.

Ah, *Thiago*.

De repente, as memórias do relacionamento voltaram à tona naquele dia que seria tão importante.

Nós nos conhecemos no dia em que raspei a cabeça, deixando para trás o cabelo longo que chegava à altura dos ombros. Deprimido na cama do hospital por conta de uma infecção causada pela imunidade baixa pós-quimio, eu me sentia feio e sem esperança. Foi logo depois que meu pai ligou para dizer que eu merecia isso, que meu câncer nada mais era que a consequência dos pecados que colecionava como esqueletos em meu armário, entre os vestidos, as maquiagens e as perucas.

Ficava me perguntando: seria aquela minha vida dali para frente? Noites em enfermarias e salas de emergência, somente postergando a hora inevitável da morte, que se negavam a colocar na minha agenda?

Thiago apareceu como um anjo vestindo seu uniforme de enfermeiro, aquele conjunto azul liso que nunca imaginei que ficaria sexy em alguém. Quando entrou no quarto com o carrinho de enfermagem, primeiro foquei no cabelo ruivo. Era espetado, sob constante efeito estático, independente de quanto ele o penteasse com os dedos para controlar o volume.

Os olhos castanhos eram impressionantemente gentis, e as olheiras profundas o faziam parecer compenetrado. Tinha a constituição física de um boxeador, com ombros mais largos que os quadris, braços musculosos e um nariz que parecia ter visto demasiadas lutas no passado; levemente torto. Um charme.

Era estranho, mas senti algo diante da imagem dele. Uma reviravolta, um pequeno furacão no ponto onde ficava meu coração. Como se eu estivesse conhecendo alguém importante.

Tentei afugentar as lágrimas. Me proibi de parecer fraco na frente daquele desconhecido.

— Estar aqui é uma merda, né? — Foram as primeiras palavras que ele me disse, fechando a porta com delicadeza ao passar. Não respondi. Felizmente, o silêncio não o impediu de preencher a lacuna. — Eu também choro quando chego em casa, às vezes. Todo mundo tenta fingir que hospitais não são horríveis, mas são.

— Então por que você trabalha em um? — perguntei. — Autopunição?

Thiago deixou o carrinho na entrada, colocou água em um copo e me ofereceu. Peguei da mão dele, evitando o contato entre nossos dedos.

— Porque quero ser a diferença. — Ele se recostou na outra extremidade da maca e me encarou, sério. — Se hospitais são terríveis, talvez minha presença melhore as coisas.

Qualquer um dizendo isso soaria pretensioso.

Thiago, não.

Tinha algo de fácil na voz dele, uma simpatia gratuita; o tipo de pessoa com quem nos damos bem sem esforço. Era isso ou eu era apenas um jovem adulto gay com tesão mesmo depois das sessões de quimioterapia, incapaz de ficar na mesma sala que um homem lindo sem flertar. Mesmo que o homem lindo em questão estivesse destinado a ser meu enfermeiro dali em diante, até eu receber alta.

— Nem todos os super-heróis usam capa — eu disse.

Se fosse Minah no meu lugar, a piada com certeza envolveria mais de um significado para "capa", mas como poderia ser? Thiago não conheceria Minah ali; ninguém mais a veria.

Engoli a água de uma vez. A garganta estava seca, e o simples ato doeu como uma picada de abelha.

— Tô vestindo meu uniforme de enfermeiro. — Ele apontou para si mesmo e tirou o copo das minhas mãos. — Acho que é bem mais legal.

— Concordo. Você fica gato nele.

Nós nos encaramos um segundo além do que era seria considerado apropriado.

Será que me via como mais do que um mero paciente? Gostaria que sim. Gostaria de me sentir normal naquele momento, e não como se aguardasse em uma fila para ser guilhotinado.

Em outras ocasiões, desviaria o olhar por último. Não consegui, contudo, vencer Thiago. Odiava que ele me conhecesse daquela forma, vulnerável. O que teria pensado se tivéssemos sido apresentados um ao outro em um dia de sol correndo pelo Parque Ibirapuera ou em uma boate?

Nesse caso, levaria Thiago para um *dark room*.

Não. *Dark room*, não. Secreto demais.

Eu o levaria ao palco comigo. Não era do tipo que dava para esconder do mundo; luz demais irradiava dele para isso.

— Então. — Ele pigarreou; o sorriso charmoso nos lábios o acompanhava até o cantinho dos olhos. — Romário, não é? Como está se sentindo?

— Com câncer.

— Fora isso?

— Como se meu corpo estivesse sendo dilacerado de dentro pra fora. Vou vomitar a qualquer momento ou cagar nas calças, *obrigado*. — Eu me dei conta do que disse e corei. — Ótimo, acabei de falar isso na frente do meu enfermeiro gostoso.

A risada dele foi a coisa mais linda que me aconteceu em tempos.

— Enfermeiro gostoso, hein?

— Por favor, não desista de mim nem me denuncie por assédio. — Eu me endireitei na maca. — Estou *morrendo*. Tenha misericórdia.

Ele não riu da minha piada mais uma vez. No lugar, uma carranca séria moldou seu rosto.

— Romário, você não está morrendo, nem vai. Não agora — garantiu — , não *aqui*.

— Ah, tá. E você é Deus, por acaso? Ou tem algum tratamento milagroso que ninguém me ofereceu ainda?

— Não sou Deus. — Ele negou com um movimento firme com a cabeça. — Mas não vou deixar isso acontecer.

— Não deveria fazer promessas que não pode cumprir — ralhei.

— Quem disse que não posso? — Ele deu um passo à frente e estendeu a mão para me cumprimentar. Hesitei. Quem era esse cara? E por que parecia *enviado* para mim? — Sou o Thiago. Não vou deixar você cair sem lutar. É uma promessa.

No final, Thiago estava certo. Não caí, e não morri.

Depois que ele saiu do meu quarto no hospital naquela tarde, escrevi a primeira linha da música que cantarei pela primeira vez hoje, na Parada.

Chama-se "Invencível".

Invencível, como Thiago me fez sentir.

Invencível, como decidi que seria para enganar a morte.

Abri nossa conversa e mandei um áudio depois que pousamos em um prédio na Paulista localizado perto do trio.

— Não sei o que está acontecendo, baby. Se está com raiva de mim ou com medo de terminar... mas escuta: não importa, Thiago. Eu te amo e serei eternamente grato por você e pelo que fez por mim, por nunca ter me deixado desistir.

Se eu chorasse, Lulu me mataria, então segurei as lágrimas. Eram pesadas, mas fui firme. Precisava ser.

— Por favor, vem pra cá. Hoje é por nós dois — disse, baixando a voz. — Nós conseguimos, amor. *Conseguimos*.

Apertei enviar antes que mudasse de ideia, enfiei o celular de volta na bolsa e respirei fundo. O piloto me desejou boa sorte, e deixei o helicóptero com um leve aceno de cabeça, me concentrando na tarefa adiante.

Assim que entrei no prédio para descer o elevador até meu destino e encontrar minha equipe, o celular começou a vibrar. Thiago. Só podia ser ele. Talvez tivesse ouvido meu áudio e se solidarizado? Diria um "eu te amo", um sussurrado pedido de desculpas. Eu estava disposto a perdoá-lo por ter desaparecido se isso significasse tê-lo ao meu lado hoje.

A decepção azedou minha boca quando o nome de Íris apareceu na tela. Aceitei a chamada, mas era difícil ouvir minha assistente com o barulho da Parada, tanto do meu lado da linha quanto do dela. Eu me esforcei por trinta segundos para estabelecer uma conversa inteligível antes de me estressar.

— Íris, não consigo te ouvir! Fala mais alto!

A primeira tentativa não funcionou; pensei ter ouvido Íris me pedir para ter "pressa", mas então sua voz explodiu, o ruído aplacando justo quando ela jogou uma bomba em minhas mãos:

— Minah, acabei de ser presa!

Trinta e cinco minutos para o retorno triunfante de Minah Mora

Minha primeira Parada foi em 2019, um pouco antes de me mudar definitivamente de Natal para São Paulo. Nunca viajara para tão longe de casa; passei meses economizando a graninha que fazia trabalhando montado em um bar queer durante a noite, e de dia desmontado em um restaurante. Torrei meu dinheiro para pagar a passagem de ida e volta à cidade que detinha o recorde de maior Parada do Orgulho do mundo.

A passagem mais barata que consegui era um voo que chegava em cima da hora. Não teria tempo de me arrumar no hostel que reservei, então precisei já ir a caráter do aeroporto de Natal até o de Congonhas. Nunca vou me esquecer da cara da menina que trabalhava no embarque da empresa aérea ao pedir meu documento, os olhos baixando e subindo da identidade para mim. Até que ela foi solícita quando contei a história — especialmente por ter sido a última pessoa a entrar no avião, com os alto-falantes do aeroporto avisando a Romário da Costa Silva que aquela era a última chamada.

Felizmente, cheguei a São Paulo vivo. Só tive tempo de deixar a mala no hostel, retocar a maquiagem e correr para a folia. Mal acreditei quando vi aquele mar de gente. Era como um carnaval fora de época, com a diferença de ser o melhor tipo de carnaval: lotado de pessoas como eu, se divertindo, beijando livremente e celebrando com orgulho quem eram. Nem o frio de julho importava tanto — e olha que eu estava praticamente seminua em um vestidinho tomara-que-caia que só faltava mostrar a bunda.

Hoje sei que o que me chamava à Parada era uma armação do próprio Universo.

A primeira pessoa que conheci naquele evento foi Lulu Majestosa. Literalmente tropeçamos uma na outra, o esbarrão quebrando meu salto. Lulu se apiedou e disse que conseguiria um calçado reserva. Era uma tremenda sorte que minha algoz tivesse acesso privilegiado aos círculos mais importantes do evento. Lulu me levou direto ao camarim de um grupo de teatro que tinha uma drag com o mesmo tamanho de calçado que o meu.

Ela me adotou pelo resto da tarde e noite adentro. Tinha passe livre no *after* em que Pepita faria uma apresentação surpresa com Lia Clark, Urias e Kaya Conky, e ali estávamos: duas nordestinas vivendo um dos melhores dias de suas vidas enquanto pulavam juntas de festa em festa e contavam histórias sem nem imaginar que um dia se tornariam melhores amigas.

Naquela época, eu era desconhecida. Parava apenas quando alguém queria tirar uma foto com uma anônima muitíssimo bem montada ou um boy se jogava para me beijar (não é surpresa dizer que cheguei ao hostel praticamente sem maquiagem, parecendo uma grotesca carranca de madeira).

Só que meu presente não tinha nada a ver com meu passado agora que andava pela Parada cercada de seguranças brutamontes vestidos de rosa, o melhor que pude encontrar ao requisitar uma escolta de última hora. A equipe navegava no mar agitado enquanto o público — me reconhecendo mesmo usando um roupão branco improvisado para não estragar a surpresa do look — entoava um coro ensandecido de MINAH, MINAH, MINAH! A pior parte era recusar as fotos, principalmente com os fãs que usavam camisetas com frases minhas ou com a capa de um dos meus singles.

Uma coisa era certa: a energia, o rugir da multidão me alimentavam. Eu me dei conta de como sentia falta de estar próxima ao público. Música e drag não rimavam com isolamento. Se compus a maior parte das novas canções durante o período solitário no hospital, a nova etapa era no *mundo*, entre futuras turnês e encontros com fãs. Uma vida de conexão que já recomeçava.

Mas que para aquela gente toda deve ter parecido uma alucinação coletiva ver Minah Mora no meio da multidão, disso eu não tinha dúvidas.

Ninguém imaginava, conforme acenava e respondia a um ou outro comentário com uma gargalhada e lançava beijinhos para o alto, que meu destino era uma unidade móvel da polícia. Que decadência.

Porque veja bem, além de ser uma das grandes atrações do evento, eu também tinha que bancar a babá da minha assistente, presa quando deveria estar garantindo o sucesso do show de hoje.

O show que começaria em TRINTA MINUTOS e contando!

Caramba, qual era o problema de Íris? No xadrez! Logo hoje! E nem parecia *ansiosa* quando liguei de novo para instruí-la do que fazer sem a presença de um advogado. Em outras palavras, Íris precisava ficar calada, e, sobretudo, manter distância de Genevieve Maya.

Conhecia de cor e salteado o histórico dela com Genevieve. Lembrava-me de ter visto o nome da jogadora de futebol da Seleção Brasileira no currículo de Íris quando a garota compareceu à nossa entrevista usando um macacão jeans no mínimo questionável. Foi bastante reservada em relação a sua última experiência profissional. Desconversou sobre o motivo da demissão que recebeu, mas meu sexto sentido desconfiava de que havia mais do que Íris queria transparecer...

Quando minha assistente finalmente confessou ser apaixonada pela ex-chefe depois de exagerar nas caipirinhas em uma de nossas viagens a trabalho, fiquei bem mais tranquila.

— Eu sabia! — disse a Íris naquela noite depois da confissão envergonhada da assistente, enquanto ainda estávamos sentadas na mesa do bar. — Entendo que ser uma jogadora de futebol tenha seu apelo, mas qual é o *lance* com essa Genevieve, afinal? Por que todo mundo quer dar pra ela?

Íris balbuciou alguma coisa como "olhos azuis impressionantes", "bom pique" e "patriota". Esse último comentário me obrigou a quase cuspir o drinque.

— Íris, você não tá metida com minion não, né? — perguntei. — Porque neste caso, minha querida, já vai precisar achar outro emprego.

— Não, Minah! Meu Deus, o que você pensa de mim? — Íris rebateu, esbaforida. — É que ela ama defender o Brasil, é apaixonada pelo país! Não é patriota nesse sentido, juro! Genevieve até fez o L!

Sabendo o histórico daquelas duas, não me surpreendia que quase tivessem saído no tapa depois de se encontrarem. Eu avisei a Íris que Genevieve era um problema a ser evitado, só não esperava que esse problema se tornasse meu justo hoje.

— Estamos perto? — perguntei ao segurança musculoso à minha frente enquanto marchávamos com dificuldade.

— Só mais um pouco! — gritou o cara. — Quase lá!

Quando a estrutura da unidade móvel despontou no meu campo de visão, já tinha cansado de amaldiçoar Íris e esquematizava as melhores maneiras de desovar o corpo da minha assistente no Tietê sem ser pega.

— Podem esperar aqui fora? — falei para a equipe de segurança, recuperando o fôlego. — Só preciso de um momentinho pra resolver esse... — estalei os dedos, procurando a palavra certa para o problema — ...equívoco.

O chefão me pediu um segundo e sacou o walkie-talkie do bolso. Deveria estar se comunicando com algum dos responsáveis pelo trio em que me apresentaria. Eu fiquei observando enquanto ele concordava com a cabeça, os olhos escuros pousando sobre mim.

— Cinco minutos. É tudo que você tem. Seja rápida.

Avancei, abandonando a escolta. Meu corpo suava, algo que eu só pretendia que acontecesse durante o show, não antes dele. Precisava tirar Íris da cadeia a tempo de pelo menos recuperar a maquiagem derretida antes de subir no trio.

Um policial alto estava parado na entrada da tenda, controlando o acesso.

— Linda tarde nublada em São Paulo, não? — cumprimentei.

Presenteei o cara com um sorriso irresistível. Geralmente funcionava, mas por que ele permaneceu calado?

Pensa rápido, Minah.

Eu era inexperiente sobre o que falar nessas ocasiões. Meu único contato com "policiais" aconteceu em orgias fetichistas, e nesses casos era *bem* mais fácil subverter a ordem. Ainda bem; e no geral, considerando tudo, eu tive sorte. Não era como se a polícia tivesse um excelente histórico em confrontos com a população LGBTQIAP+. Afinal, comemoramos o Mês do Orgulho em junho em homenagem à rebelião de Stonewall, contra uma batida policial em um bar queer de Nova York — muitas drag queens, como a ativista Marsha P. Johnson, estavam na linha de frente dessa luta.

— Cá entre nós, senhor policial, vim resgatar uma das minhas funcionárias. Íris foi injustamente detida após um grande mal-entendido. — Eu me aproximei e baixei a voz, jogando uma mecha do meu cabelo atrás do ombro. — É uma questão de *vida ou morte* que ela seja liberada agora. Tenho que estar no palco em cinco minutos! Sou a próxima atração depois da Pabllo!

O policial permaneceu imperturbável. Suspirei, imaginando a humilhação que teria que suportar, até que ele finalmente livrou a passagem que levava à tenda e, em um tom de voz grave, falou:

— Senhora, não estou impedindo a passagem de ninguém. Cumpra com seu direito constitucional de ir e vir, por favor.

Ele manteve o rosto rígido, mas, antes de entrar, consegui o vislumbre veloz de um sorriso valsando em seus lábios. Bem, pelo menos não fui presa por desacato à autoridade. Ainda. Essa batalha estava só começando.

Lá dentro, a estação policial montada para a Parada do Orgulho LGBTQIAP+ era um furioso caos colorido. Se aquela era a cara da bandidagem queer moderna, a história de gays trambiqueiras que a internet tanto pedia, então, honestamente, eu estava impressionada.

O que será que a bicha em um *cosplay* de Lady Gaga fez para estar ali? E que problemas na justiça tinha a garota de turbante roxo e tatuagem de Exu no braço? Pior ainda, seria o garoto de mullet sentado no canto o adolescente que estrelava os vídeos que Lulu tanto me fez assistir quando eu estava no hospital? Nicolas — o nome estalou em minha língua — ficou famoso por documentar sua transição de gênero e compartilhá-la com o mundo no YouTube.

Tudo parecia acontecer ao mesmo tempo, o frenesi de uma colmeia desnorteada sem a orientação da rainha.

Sorte a deles que eu apareci na hora certa.

— Preciso falar com a responsável por este lugar imediatamente! — declarei, jogando o roupão no chão de forma dramática.

A resposta veio mais rápida do que pensei.

— Minah! — O grito era de Íris, algemada, correndo com dificuldade até mim.

— O que aconteceu com você? — sussurrei ao segurar o rosto da garota. — Seus olhos e boca estão inchados! E essas algemas… Santa Madonna, foi a Polícia da Moda que te prendeu?

— Ah, Minah, desculpa. — Ela ignorou minha pergunta. — Eu não queria estragar seu dia. Sei como hoje é especial.

Fiquei com pena, e fiz carinho em suas costas.

— Para, garota. Ninguém tocou um dedo em você, né? — perguntei. Íris fez que não, mas eu não tinha tanta certeza, não com Genevieve Maya na outra ponta da algema. Fiz questão de ignorá-la. — Ótimo, porque senão eu que sairia presa daqui.

Minha assistente respirou fundo e se afastou para me encarar. Íris, de pele preta retinta e cabelo cacheado platinado curtinho, era linda mesmo naquele estado (e vestindo o uniforme horrendo que a proibi de usar em mais de uma ocasião). Ela era gentil e divertida, profissional na maior parte do tempo. Um pouco espevitada e teimosa também, claro, qualidades que eu via como essenciais; quem trabalhava com famosos precisava encontrar o equilíbrio certo entre ser amável e petulante. Felizmente, Íris era os dois.

— E uau! — disse ela, levando a mão livre à boca, os olhos cintilando quando realmente me *viu*. — Você está…

— Divina — Genevieve respondeu atrás de Íris. Aquele rosto. Era impossível não ter prestado um pouco de atenção nele quando passava na televisão ou aparecia estampado na primeira página de jornais alardeando-a como o novo fenômeno do futebol mundial feminino; e nas fotos que deveriam ter sido excluídas do celular de Íris, se ela não fosse apaixonada demais para guardar tudo. — É um prazer finalmente te conhecer, Minah. Sou Genevieve.

Eu a escaneei de cima a baixo. Os cabelos loiros curtos, os lábios carnudos…

— Genevieve Maya, claro. Ouvi falar muito sobre você.

Ela lançou um olhar confuso a sua companheira de algema, que baixou a vista para as próprias unhas tentando disfarçar.

— Sempre disse à Íris que vocês duas juntas eram sinônimo de encrenca, mas *presas*? Não esperava que baixassem tanto o nível.

— Sentimos muito, de verdade. Foi culpa minha — disse Genevieve, parecendo genuinamente arrependida.

Certo, precisava admitir: Genevieve Maya não parecia *tão* má. Assim, cara a cara, até que poderia compreender um pouco da obsessão de Íris pela futebolista. Porém, estava chateada demais com as duas para deixar que isso transparecesse.

— Íris não fez nada — continuou Genevieve. — Fui eu que fiz a besteira de prender a gente nessas algemas. E eu prometo que não é bem o que parece, não fomos presas nem nada, só viemos para cá porque precisávamos dar um depoimento.

— É bom te ver protegendo ela, mas não temos tempo pra nada disso. — Eu me virei para Íris. — A gente precisa ir *agora*. Tem uma equipe de segurança inteira esperando lá fora com ordens pra nos levar a gente arrastada se não sairmos em três minutos.

— Tem razão. — Minha assistente endireitou a postura. — Seu show está prestes a começar. A organização da Parada vai…

— Esfolar nosso rabo. Acredite, *eu sei*. Com quem preciso falar pra tirar vocês daqui? — Ergui o olhar, procurando em minha volta.

Uma estranha sensação de quietude tomou conta do ambiente. Foi só então que eu percebi: a unidade policial estava em silêncio absoluto. Sussurros substituíram os gritos de antes, e todos os olhos estavam fixos em nós: Íris, Genevieve e eu. Até mesmo uma policial próxima parecia nos observar com curiosidade e... admiração?

Se aprendi bem uma coisa nos meus tempos de holofotes era reconhecer olhares. Distinguir o falso do real era uma habilidade útil para sobreviver no mundo do entretenimento. Sabia separar de cara o que era apreço do que era inveja, quando um "fã" não era exatamente um fã, e se a bajulação de uma *queen* escondia um favor que ela aguardava pedir mais tarde, quando eu estivesse com a guarda baixa.

E tinha algo diferente naquela policial.

Eu podia jurar que...

Ai, meu Deus.

AI, MEU DEUS!

O cabelo ruivo pintado, os olhos azuis, aquela pintinha acima do lábio superior, à direita...

— Sheila? — chamei seu nome, me aproximando dela cautelosamente. — É Sheila, não é?

A mulher piscou várias vezes, o queixo caído. Não conseguia falar nada.

— Não acredito! — Fui rápida e a abracei com força. — Sheila, é você mesmo!

A policial demorou um pouco para reagir, mas retribuiu o abraço.

— Você lembra de mim?

— Claro que sim! Como não lembraria? — eu disse, ainda abraçada a ela.

A policial quase engasgou.

— Você leu minhas mensagens?

Eu ri e dei um passo para trás, soltando-a do abraço e segurando sua mão.

— Eu te respondi, não respondi?

— Achei que fosse sua assessoria. — A policial sacudiu a cabeça, incrédula. — Não imaginei que era você quem respondia às mensagens.

— Lembro do dia em que vi a sua solicitação! Você tinha me enviado quatro ou cinco textos enormes, um mais fofo que o outro, dizendo o quanto eu era importante pra você e como queria que eu melhorasse rápido.

Sheila arreganhou os dentes, mal conseguindo conter a própria euforia.

— Então era você mesmo!

— Sim, era eu. — Abri um sorriso genuíno.

— Ah, Minah... — Sheila falou, franzindo a testa. Notei que ela segurava as lágrimas. — Você está *aqui*. Você é real!

(Essa era geralmente a reação que eu causava nas pessoas.)

— Hum, espera. — Era a voz de Íris. — Então esse tempo todo você é fã da Minah? — Sheila mordiscou o lábio e, acanhada, concordou. — Por que não me deixou ir embora? Gente, eu até mostrei uma foto nossa!

A policial deu de ombros

— Estava simplesmente fazendo meu trabalho. Não podia liberar vocês com o sistema travado.

— Amor, você está certíssima. Mas será que dá pra soltar minha assistente e sua *amiga* agora? — Apontei a algema cor-de-rosa prendendo Íris e Genevieve, que estava estranhamente próxima dela, apesar de tudo.

— Na verdade… — Sheila pigarreou e aprumou as costas, elevando a voz para se referir a todo o grupo dentro da tenda. — Eu tenho uma boa notícia. O sistema voltou e todos vocês estão liberados. Precisamos desocupar aqui. Podem ir curtir a Parada em paz, mas, *por favor*, sem confusão! E quanto a essas duas, não tenho nada a ver com essa algema aí, mas acho que posso dar um jeito.

Um burburinho explodiu dentro da tenda, e mais de uma pessoa se levantou para celebrar; outras até se abraçaram. Observei aquelas reações. Sempre acreditei que não houvesse nada de aleatório nos movimentos do Universo. Por um segundo, busquei respostas para a orquestra invisível que regia aquele aparente caos, as histórias entrelaçadas ali. Não podia ser em vão que cada um tivesse sido trazido até aquele lugar, bem naquela hora.

Com mais tempo, investigaria os segredos das duas garotas negras no canto, uma com cachecol de várias cores e a outra com um chapéu excêntrico. Descobriria o que rolava entre o garoto Nicolas e o rapaz ao seu lado, de olhos azuis e roupa estampada com frutas e flores. Espiaria a conversa em inglês entre o adolescente gringo bonito e seu acompanhante, deixando o rosto do estrangeiro em brasas ao sussurrar algo em seu ouvido. E desvendaria o motivo do sorriso e das lágrimas da moça de turbante roxo na entrada...

O relógio corria contra mim e me obrigava a seguir em frente. Só que o tempo era um item escasso no momento.

Eu me virei para Íris enquanto Sheila arrombava a corrente que ligava as extremidades da algema com um alicate.

— Encontrou as pessoas pro show?

Minha assistente me encarou com uma expressão decepcionada.

— Minah, sinto muito, mas não consegui.

— Íris!

— Desculpa, mas essa daqui me prendeu antes que eu tivesse a chance! — ela apontou para Genevieve.

Refreei a vontade de passar a mão pelo rosto. Agora não era hora de estragar a maquiagem.

— O que vamos fazer?

— Eu não sei. Não vai dar tempo de achar o pessoal e... — Algo iluminou o rosto de Íris, a luzinha indicando o nascimento de uma nova ideia piscando diante de seus olhos. — Calma, já sei! — Ela se aproximou da policial. — Aposto que você não quer que o grande show da Minah seja um fracasso total, certo?

A mulher apenas assentiu. Observei atentamente a troca rápida entre elas. Não sabia onde Íris queria chegar com aquilo, mas estava curtindo ver suas engrenagens arquitetando uma resposta à nossa crise em tempo real.

— Acho que encontrei uma maneira de salvarmos o dia, mas antes preciso falar com o pessoal aqui. Posso? — Iris disse a Sheila.

— Contanto que não incite uma revolução ou algo do tipo — respondeu a policial—, e eu consiga uma selfie com a Minah, à vontade.

Gostava mais da parte de começar uma revolução, porém lhe prometi a selfie, o que pareceu tranquilizá-la. Com o aval, Íris agiu rápido e puxou uma cadeira. Genevieve a ajudou a subir e, quando já estava lá em cima, a voz da garota ecoou pela unidade móvel:

— Gente, isso é muito importante. Preciso da atenção de vocês agora. Assim como todo mundo aqui, eu também vim parar nessa unidade móvel da polícia contra a minha vontade. Acreditem, o que mais quero é sair daqui o mais rápido possível. Mas não posso. — Íris baixou o tom de voz nessa última parte. — Para aqueles que não sabem, esta é Minah Mora. — Ela apontou para mim, e todos os pares de olhos presentes me encararam. — Minah é uma das drag queens mais talentosas do mundo, uma das maiores artistas do Brasil. Ela não teve um ano fácil, mas nunca deixou que suas dificuldades atrapalhassem o caminho para realizar os seus sonhos. Hoje é o retorno triunfal de Minah aos palcos, e precisamos de vocês. Na verdade — seus olhos reluziram —, temos um convite especial.

— Um convite para uma revolução gay? — sugeriu Nicolas.

Íris olhou para ele, sorrindo.

— Isso seria ótimo, mas, por enquanto, o que acham de subir no trio elétrico com a Minah e ver o show lá de cima?

Então era esse o plano? Eu precisava tirar minha peruca para Íris: era genial! Para aquelas pessoas, nos acompanhar seria uma maneira de encerrar a Parada, quase arruinada pela polícia, de forma positiva.

Agora que eu entendia a intenção de Íris, resisti à vontade de pegar uma cadeira e me juntar a ela, me somando ao seu discurso inspirador. Aquele momento pertencia inteiramente a ela, e sua tomada de protagonismo me enchia de orgulho.

— Queremos lotar nosso trio com pessoas diversas, que desafiam o sistema, que não têm medo de falar o que pensam e amar quem amam. E, a não ser que eu tenha escutado errado todas as fofocas enquanto a policial anotava nossos depoimentos, acho que vocês *são* essas pessoas. — Íris olhou ao redor, o sorriso tão triunfante quanto meu retorno aos palcos. — O que me dizem? Prontos para mostrar ao Brasil quanto orgulho sentem por serem quem são?

Três meses antes do retorno triunfante de Minah Mora

O consultório médico em que receberia a notícia mais importante da minha vida estava em uma temperatura congelante. Eu me movia na cadeira preta enquanto esperava que minha médica chegasse para verificar os exames no computador. Eram os últimos, me prometeram. Reagi bem ao tratamento, e o linfoma praticamente desaparecera. Porém, ainda faltava a dúvida final que dra. Helena, a especialista que me acompanhava, buscava sanar antes de anunciar a remissão.

Na parede em que fotos da médica com sua família estavam dispostas, também havia um relógio. Eu observava o movimento lento dos ponteiros, me esforçando para não baixar os olhos e dar de cara com meu reflexo no espelho, a imagem que servia de lembrete para a devastação dos últimos meses.

A descoberta.

O cancelamento da agenda que tanto trabalhei para conseguir.

A saúde fragilizada…

Antes, eu amava me olhar no espelho. Não tinha receio em admitir que era narcisista. Uma espiada aqui para ajeitar o cabelo, outra ali para me encantar com meu sorriso… Depois da quimioterapia, aquele antigo ritual passara a ser tortura. Como eu explicaria ao mundo minha decadência? A falta de viço na pele, a fragilidade exposta aos vinte e seis anos...

Nada daquilo deveria estar acontecendo comigo.

Nada.

— Ei, vida. Relaxa.

Vida. Era assim que Thiago me chamava. Sua mão se moveu em direção à minha, e ele apertou meus dedos com força. Às vezes, achava que ele era o único peso que me mantinha firme no chão. Se não fosse por Thiago, talvez já tivesse partido, flutuando em algum lugar no céu infinito.

— Você está curado, eu sei disso — falou ele. — Não precisa se preocupar.

— Mas ela tá demorando *tanto*. — Mordi o lábio inferior e me virei para encarar meu namorado, escapando do espelho cruel. — Por quê? Por que essa demora toda?

— Eu não sei, mas não precisa ficar tirando conclusões precipitadas. — Os olhos ensolarados eram reconfortantes; sempre foram, desde aquele primeiro dia. Thiago estava aqui não como meu enfermeiro, mas como meu parceiro. E eu era tão grato por ele. No meio do naufrágio que se tornara meus dias, ele era uma constante boia de salvação.

— Se ela disser que não estou bem...

— Não vai acontecer. — Ele balançou a cabeça. — Não vai.

— Mas se ela disser... — insisti, fitando-o intensamente. — Quero que a gente aproveite para ir viajar. O que acha da República Dominicana? Sempre sonhei com uma viagem pelo Caribe. E a Índia! Meu Deus, a Índia foi o despertar espiritual de tantas pessoas ao longo dos anos, eu não poderia perder a chance de...

Thiago me silenciou com um beijo, o único modo eficaz de me fazer calar a boca.

— Para — sussurrou ele. — Não vou fazer planos pra passar contigo o que você pensa que são seus últimos dias, porque não são, vida. Com certeza topo ir a todos esses lugares com você, mas não assim. — Ele suavizou ainda mais a voz. Então, encostando o nariz contra o meu, completou: — Talvez na nossa lua de mel quando nos casarmos. O que me diz?

— Isso é um pedido de casamento?

— Ainda não. Não *aqui*.

Eu ri. Era isso que ele fazia comigo: me arrancava risadas fáceis, descomplicava o mundo, desacelerava o tempo. E queria se casar. Comigo. Thiago falava sobre casamento com frequência. Dizia que não era "de namorar", era "de casar".

E eu concordava.

Se soubesse que teria um futuro, iria ao altar com ele.

— Tem certeza de que quer se casar com um homem morto?

— Você não estava morto ontem à noite, estava? — Ele deu uma piscadela para mim, apertando minha coxa.

A porta se abriu antes que eu pudesse responder.

Dra. Helena carregava alguns papéis com ela. Era negra e alta, com um rosto amigável que às vezes eu achava assustador. Porque, quando Helena ficava séria como estava neste momento, não podia significar algo bom.

— Desculpe pela demora — disse ela enquanto se sentava em sua cadeira. — Tive que atender uma chamada de emergência.

— Sobre mim? — perguntei. Eu me sentia diante de um juiz, aguardando a sentença de uma prisão perpétua.

— Não, não teve nada a ver com você. Era minha filha. Brigou na escola com uma coleguinha e foi levada à diretoria. — Helena balançou a cabeça e sorriu para mim. — Ter filhos não é fácil.

A forma como Thiago apertou minha mão novamente parecia significar dizer: *Viu? Eu disse. Sem sofrer por antecipação.* Eu fiz carinho nele e me concentrei na médica.

— Helena, será que você pode, por favor, ir direto ao ponto? — pedi. — Tá tudo bem? Ou eu tô morrendo? Não fica com medo de dizer. Só fala, sério.

— Estamos todos morrendo.

— Helena!

— Desculpe, mas é verdade. Nós nascemos para morrer. — Ah, ótimo. Esse tempo todo ela era fã da Lana Del Rey? Antes de me irritar mais, ela continuou: — Mas você não vai morrer dessa doença.

Na verdade, você está *bem* vivo, Romário. Sim, estávamos preocupados com os últimos exames. Parecia que, embora estivesse melhorando, ainda havia algo de errado, por isso refizemos o teste.

Ela clicou algo na tela do computador.

— E? — perguntei, ansioso.

O rosto de Helena mostrou bondade quando ela disse:

— Você está limpo, o linfoma entrou em remissão. Não tem com o que se preocupar, Romário, exceto que terá que voltar para exames de rotina e relaxar até o corpo se recuperar e a imunidade voltar ao normal. Portanto, nada de trabalho por pelo menos uns dois meses. Ainda há muita vida esperando por você, e muitos sonhos para realizar também.

Eu nem consegui responder Helena, de tão chocado que fiquei. Na verdade, a palavra certa era... embaçado. Thiago disse depois que eu chorei. Que eu ri. Que eu o beijei e abracei Helena e saí do hospital agradecendo às enfermeiras e gritando no Uber o quanto eu estava *vivo*.

E quando chegamos à minha casa, Thiago me pegou nos braços e me levou até a cama. Deitado com ele, eu lhe perguntei:

— E agora, amor? O que nós fazemos?

Ele me deu a mão e sorriu.

— Vivemos.

O retorno triunfante de Minah Mora

Era possível que eu estivesse dentro de um sonho.

Um casal de garotas se abraçando, um pai com o filho no ombro, dois garotos se beijando com paixão como se fosse o fim do mundo. Cores vibrantes de todos os tipos, sombras de azul, lilás, dourado e preto, gradações de vermelho no sangue falso que vertia do coração de uma travesti atravessada pela flecha de plástico em sua fantasia.

E o pulsar.

O som era como a onda que vibra quando uma pedra é lançada sobre a água. Uma vez que atinge seu alvo, não há mais volta.

Finalmente, eu, no meio do trio elétrico, de pé em uma plataforma que me deixava em destaque, uma feiticeira com as mãos amarradas no alto do tronco que arderia em chamas. Projeções de fogo bruxuleavam ao meu redor. Se me vissem de cima, encontrariam meus dançarinos no chão, deitados como fetos ainda protegidos no ventre de suas mães.

Meu nome ecoava em coro. *Minah, Minah, Minah*. Era esse o sonho que por pouco escapuliu de mim? Quantas vezes não acordei no meio da noite desejando este exato momento?

Olhei para o céu. Ainda estava cinza, o sol escondido atrás das nuvens das quais São Paulo não conseguiu se livrar hoje. Um drone sobrevoava acima; senti uma gota de chuva escorrer na minha testa, ou talvez fosse apenas suor.

Ensaiei minha vida toda para esse dia, mesmo quando não fazia ideia de que ensaiava. Até quando meu pai batia em mim, quando precisava engrossar a voz, quando fugi de casa para viver a vida que sabia merecer; a vida que nunca teria se tivesse ficado no interior potiguar, fingindo ser quem esperavam que eu fosse...

Onde eu estaria se não tivesse feito as escolhas que fiz?

Nada disso importava — ou talvez importasse muito, mais do que eu conseguia explicar. Imaginei os rostos que me viam na tela da televisão e de celulares. Minha mãe, meu tio, aquele garoto da escola que nunca conseguiu sair do armário, uma garotinha *queer* espiando pela porta da sala, desejando um dia estar ali. Meu pai entre eles, esfregando a bancada do bar à medida que servia os clientes da tarde. Visualizei os vincos do rosto dele se aprofundando, a idade, a raiva e o sol marcando sua pele. Será que já mudara de canal, ou secretamente me observava?

Só que quando a base harmônica grave e misteriosa que servia de intro para o show irrompeu nos equipamentos de som, eu me transportei para o presente, para o oxigênio entrando e saindo dos meus pulmões.

Eu estava ali. Aquele palco era o único lugar onde poderia estar.

Tinha apenas vinte segundos até entoar o primeiro vocal no microfone auricular. Era a parte mais dramática da performance antes da folia que caracterizava meu show. Simbolizava renascimento, o dia depois da tempestade, a nova chance oferecida à beira de um precipício.

Aqui e agora, repeti meu mantra. *Aqui e agora*.

Quando as primeiras palavras de "Feeling Good" finalmente deixaram minha garganta, lentas e calculadas, quase um murmúrio confessado, meus olhos fitavam o céu cinzento. A testa estava franzida; o rosto estampava a emoção dos meses difíceis que vivi, mas o alívio inundava minha expressão conforme avançava na letra.

It's a new dawn
It's a new day

It's a new life
For me...

Sustentei a nota em um vibrato agudo. As projeções de fogo, antes pequenas labaredas aos meus pés, cresceram até se transformarem em chamas que davam a sensação de me engolirem por inteiro.

Meu coração batia acelerado, tão rápido que nem um metrônomo igualaria seu compasso, mas mantive a firmeza. Eu estava de volta, e o palco era a minha casa. A multidão gritava, intensa. Senti o corpo arrepiar diante da brisa, aplausos e assobios, a energia concentrada em mim. Cantei com tudo que tinha, escalando até culminar no ponto alto da canção, logo quando o instrumental era abruptamente interrompido.

And I'm feeling good.

Acima de nós, o sol se abriu em uma fresta em meio às nuvens. Uma explosão orquestrada de fogos de artifícios e uma chuva de confetes tomou conta da Avenida Paulista. Meus dançarinos saltaram em sincronia, me cercando em círculo. Pela primeira vez, fiz contato visual com o público já aquecido após o show da Pabllo, que minutos antes me anunciara cheia de empolgação. Os confetes coloridos ainda pairavam sobre as pessoas, atiçados pelo vento e resplandecendo à súbita aparição da luz solar dourada. Eu ergui o punho e gritei:

— São Paulo, eu quero te ver sair do chão e gritar bem alto! a gente tá vivo! sua rainha tá *viva*! Minah Mora voltou!

Os trompetes da banda se mesclaram à percussão de "Me Namora", meu primeiro grande hit, e de repente era apoteose. Não existia mais a câmera lenta, e sim o gingado divertido e acelerado da canção que eu conhecia melhor do que qualquer outra que compus quando a realidade que vivia hoje não era nada além de uma fantasia, enquanto pegava ônibus lotados a caminho do trabalho, servindo clientes bêbados e sorrindo na porta de boates.

"Me namora" era um funk clássico com elementos de música eletrônica e um saxofone viciante. Foi a música que me colocou no topo das paradas, tocando em estações de rádio que pouquíssimos artistas pop brasileiros conseguiam. Desde o primeiro vídeo viral até a dancinha do Papi Gol depois de uma importante vitória do Flamengo, o single conquistou um público completamente novo.

Eu não estaria aqui sem "Me namora", e a cantei com entusiasmo, fazendo o *breakdance* antes da última volta do refrão.

Com o sinal verde da minha equipe, o trio começou a encher. Todos os maxilares contraídos que vi em cada rosto na tenda policial apenas minutos atrás agora escancaravam sorrisos. De soslaio, olhei para trás enquanto continuava cantando. Lulu estava ao lado de Íris e Genevieve. Tive vontade de perguntar por Thiago, mas era uma via sem saída; antes do show, enquanto retocava a maquiagem no camarim, Íris disse que não tinha recebido notícias dele. Pelo visto, ele fizera uma escolha que não me incluía. Ainda não sabia bem como reagir a isso, mas não permitiria que atrapalhasse o show.

No entanto, quando Lulu sorriu para mim, soube que estava bem. Lembrei de mim mesmo em casa apenas horas atrás, encarando com medo o espelho, achando que não conseguiria. Como pude ser tão bobo? Minah era uma força da natureza; sempre foi. E agora o palco era pequeno para ela. Minha dança, o modo como passava de uma música para a outra, os beijos e abraços e risadas entre as pessoas no trio, as vidas entrelaçadas ali presentes...

O show passou rápido. Saí de "Me namora" para o brega funk de "Toda se querendo", o reggaeton caribenho de "Pode vir quente" e a pisadinha chiclete "Txoma". O set não deixava ninguém parado por um segundo sequer. Quando terminei a última volta de "Aposto teu beijo", quarenta minutos já tinham se passado e eu me encaminhava para o ato final: "Invencível", meu primeiro single inédito em meses.

Bebi um pouco de água e enxuguei a testa com uma toalhinha de mão que uma assistente de palco me entregou. A essa altura, já deixara de lado o microfone auricular e pegara um de mão. Eu me escorei na barra de ferro do trio. Havia cruzado aquele lugar de um lado ao outro, aproveitando o palco móvel e quebrando a quarta parede da transmissão ao vivo um par de vezes. Porém, naquela hora do show eu queria era conversar com o público. O mesmo público que agora gritava "MINAH, EU TE AMO!" com tanta intensidade que precisei me segurar no apoio metálico para não cair. Era ensurdecedor.

— Uau, eu... Obrigada. Mesmo. Do fundo do meu coração — comecei a dizer. As primeiras palavras foram abafadas pela gritaria, e me custou um pouco até conseguir conter a agitação lá embaixo, gesticulando com a mão. — Hoje é um dos dias mais importantes da minha vida. Quando recebi o convite ano passado para tocar na Parada, não imaginava que viveria uma montanha-russa como a que vivi. Semanas depois de aceitar o convite, descobri que estava com câncer.

Sentia as lágrimas se acumulando em mim. Era como se só agora conseguisse processar de verdade tudo o que passei.

— Não foi fácil. Pensei que não conseguiria estar aqui hoje, mas, sempre que a incerteza tomava conta de mim, eu fechava os olhos e imaginava vocês. Imaginava o sol se abrindo pra gente, e vocês cantando comigo cada uma das músicas com a letra na ponta da língua. Imaginava *este* show. Porque vocês nunca me deixaram desistir, e eu sou grata, de verdade. Eu sabia que a gente ia se ver na Parada, e sei que a gente vai se ver em muitas outras também, porque eu estou curada do câncer. EU SOBREVIVI, EU TÔ VIVA!

Bandeiras do arco-íris se ergueram, e meu baterista bateu um par de vezes nos pratos, acentuando os aplausos. Lá embaixo, o cartaz de uma fã saltou aos meus olhos: "MINAH, EU SOU MAIS FELIZ CONTIGO".

— Mas não me senti viva por um bom tempo — falei, buscando o olhar de tantos na plateia que me apoiavam. — Tive medo como nunca tive antes, e no desespero disse a mim mesma que, se sobrevivesse, desistiria de fazer drag. Foi um erro, eu sei disso agora. Tenho a sorte de ter pessoas incríveis ao meu lado que não deixaram que eu perdesse meu caminho. Que eu *me* perdesse. — Olhei para Lulu e fiz um movimento com a cabeça para que ela se juntasse a mim. Quando chegou, radiante sob o sol inesperado de São Paulo com seu vestido de lantejoulas prateadas, sua mão se prendeu à minha. — Como esta garota aqui. Lulu Majestosa foi um dos meus anjos. Obrigada, irmã, por me lembrar da importância de ter orgulho de quem sou.

Ela me abraçou em meio aos fortes aplausos, e depois voltou a recuar no trio.

— E Lulu não foi a única. Quando eu estava doente, alguém muito especial me disse que eu não poderia cair sem lutar... — Eu me virei direto para a câmera da transmissão. E daí que tivesse sido rejeitada por ele? A gratidão que sentia naquele instante era maior do que qualquer outra coisa. — Thiago, se você estiver me vendo, saiba que essa música só existe por sua causa.

Um "eu te amo" quase escapou dos meus lábios — *quase* —, mas inspirei fundo e voltei ao público, já preparada para a performance a seguir. Eu me sentia leve, com uma sensação de dever cumprido que era deliciosamente recompensadora. Nunca estive tão certa de uma coisa: aquele momento marcava o início de uma nova era na minha vida e na minha carreira, e eu estava disposta a abandonar o passado, ainda que fosse doloroso.

— Com vocês, pela primeira vez, meu novo single: "Invencível"!

Os fãs mais próximos ao palco foram ao delírio. Celulares se ergueram na plateia quando o baixista tocou as notas iniciais da música, e meus dançarinos se aproximaram para começar a coreografia. Eu já estava prestes a cantar a primeira linha da letra quando a banda ficou em silêncio. No lugar dos instrumentais que anunciavam "Invencível", uma palavra ressoou alta no sistema de som que conectava a Parada do Orgulho, dita pela voz que sussurrava por mim em noites sem estrelas, os dedos acariciando o contorno do meu corpo:

— *Vida*.

Olhei para trás, chocada.

Ali, eu o encontrei.

Thiago, com um microfone na mão, surgindo no trio elétrico como um mensageiro celestial, vestindo um terno branco com pedrarias roxas. Sorria para mim com sua cabeleira rebelde agora domada por gel, lindo e deslumbrante como se não tivesse desaparecido por uma semana inteira, ignorando cada uma das minhas mensagens.

— Me desculpa por não ter respondido — ele se antecipou ao questionamento estampado em meus olhos, gaguejando conforme se aproximava de mim a passos lentos. — Sei que você tá bravo comigo. Mas, vida, eu prometo que tenho uma explicação.

Eu me senti dividida. Por um lado, é claro que o queria ali comigo. Por outro, aquele era o meu show. Thiago poderia esperar o fim da performance antes de aparecer assim.

Só que ele não estava sozinho.

Deu um passo para o lado e, atrás dele, estava minha mãe.

Paralisei conforme Maria do Socorro olhou ao redor com uma mão tapando o sol acima das sobrancelhas. Usava o vestido transpassado boho que escolhi pessoalmente caso viesse à Parada. A peça era elegante, de um rosa claro que combinava com a bolsa bege que carregava. O cabelo foi pintado de loiro, a maquiagem a rejuvenescendo em anos.

A última vez que vi minha mãe foi na minha primeira visita a Natal depois do câncer. Painho estragaria nosso tempo juntas se estivesse presente, de modo que mainha mentiu sobre viajar à capital para arrumar a papelada da aposentadoria enquanto passeávamos pela praia de Ponta Negra. Thiago e eu a levamos em um passeio de barco no pôr do sol. Foi nesse dia que a apresentei ao meu namorado e fiz o convite para assistir ao show em São Paulo.

Quando Íris contou hoje cedo que ela não viria, fiquei arrasada, mas não era inesperado; meu pai a impedia de ver o mundo, prendendo-a em uma gaiola dourada.

Meus dedos apertaram a grade do trio.

Não conseguia dizer uma única palavra.

— Sei a importância da sua família, o quanto você os ama — Thiago continuou, em resposta ao meu silêncio. A voz vacilava. — Por isso viajei até a cidade de vocês para buscar sua mãe. Não podia te deixar sem ela hoje.

Era por isso que ele tinha desaparecido?

Lembrei de quando contei a Thiago sobre minha família, das vezes em que chorei por eles, dos desabafos sobre como era doloroso não os ter participando da minha vida… Se alguém entendia a importância da presença de mainha naquele palco, esse alguém era Thiago.

Finalmente, fiz contato visual com mainha. Lugares altos a deixavam nervosa por conta da labirinte, e senti que ela estava um pouco tonta. Escapei da minha letargia e fui até ela. Eu a abracei, beijando seu cabelo e sua bochecha, ainda sem acreditar que estava *aqui*, que desafiara meu pai e viera. Por mim.

— Meu filho. — Ela segurou minhas mãos, me fitando intensamente. — Você tá lindo!

— Tô parecendo a senhora.

— Tá mesmo. — Mainha riu, bem-humorada. — Quando eu era mais jovem, anos atrás.

— A senhora tá maravilhosa também.

— Culpa da sua amiga ali. — Ela apontou com a cabeça para Lulu, que fazia malabarismos com as lágrimas para não borrar a maquiagem. — Chegamos em cima da hora e ela fez esse milagre às pressas, pra você não desconfiar que a gente tava aqui. Ela também não sabia de nada. O Thiago queria que fosse uma surpresa. — Ela baixou a voz. — Esse menino te ama muito, Romário. Muito mesmo.

— Mainha...

— Escuta o que ele tem pra te dizer, filho. Só escuta.

As mãos da minha mãe me soltaram, e eu me virei novamente para Thiago.

Ele estava mais perto agora, o rosto que eu conhecia tão bem brilhando sob aqueles raios de sol repentinos. As horas em que cuidou de mim no hospital, contando piadas e histórias de infância para me fazer rir, me abraçando enquanto eu chorava... poderia ter me perdido por um tempo, mas ele sempre foi norte, a bússola me impedindo de estar à deriva em alto mar.

— Vida — disse ele carinhosamente no microfone outra vez. — Eu não trouxe sua mãe aqui apenas para assistir seu show.

— Não?

Thiago balançou a cabeça, parando bem na minha frente.

— Eu a trouxe aqui porque queria que ela vivesse esse momento com a gente, cada segundo.

Thiago se ajoelhou aos meus pés.

O mundo ficou em câmera lenta outra vez, meu coração a mil por hora. Precisei recuperar o equilíbrio para não cair do salto no instante em que Thiago retirou do bolso do terno uma caixinha roxa de veludo. As mãos dele tremiam. Ele mordeu o lábio inferior e chacoalhou a cabeça antes de me encarar com o sorriso mais radiante e vulnerável que já vi em seu rosto.

O sorriso que, gravado em mim, jamais esquecerei.

— Romário — ele disse —, aceita se casar comigo?

Pela primeira vez, ao olhar para o homem de joelhos com o smoking branco e roxo esperando por minha resposta tanto quanto milhões de pessoas ao nosso redor, me dei conta de que o amor não era apenas uma possibilidade remota. O amor era uma certeza se desenhando nas linhas do meu destino com os bons ventos do futuro feliz que eu merecia.

— Tá falando sério? — perguntei, longe do microfone.

Thiago assentiu, também deixando o microfone de lado.

— Nunca falei tão sério.

Meus olhos brilhavam com as lágrimas que estava segurando. Como é possível que eu tenha pensado que não havia motivos para acreditar no futuro, e exatamente isso — um futuro, um futuro *feliz* ao lado do homem que amava — agora me era oferecido?

— Eu te amo muito, muito mesmo, e queria que você soubesse disso — sussurrou ele com urgência. — Meu sumiço...

Eu me abaixei e toquei seu rosto.

— Não precisa explicar, baby. Já entendi.

— Queria que hoje fosse triunfal, como você merece.

— E é. — Respirei fundo. — É triunfal.

— Mas Romário... — Thiago continuou, ansioso. — O que me diz? Casa comigo?

A plateia ainda aguardava. Demorei meus olhos por eles, pelas pessoas do trio, e finalmente voltei a fitar Thiago em toda sua glória.

Todos esperavam minha resposta, torcendo que eu me lançasse em seus braços e declarasse amor eterno. Em vez disso, aprumando a postura, devolvi minha pequena dose de vingança:

— Te conto quando chegar em casa.

A multidão pareceu prender a respiração. Thiago arregalou os olhos, o queixo caindo.

— Tô brincando! — falei, apressada. — Claro que aceito, amor! Claro que caso contigo!

Thiago suspirou aliviado e, tremendo à medida que a multidão nos aplaudia, colocou o anel de noivado no meu dedo. Coube perfeitamente; era lindo, de cor prata e com um topázio delicado no centro. Mostrei a mão para a câmera e o público foi ao delírio. Os olhos de Thiago só escaparam dos meus quando nos beijamos, suas mãos firmes me lembrando de que eu estava vivo, de que sobrevivemos; de que, independentemente do que nos aguardava, esperança era um sentimento poderoso demais para ser contido.

A banda fez barulho. As pessoas no trio envolveram Thiago e eu em um abraço. Quando se afastaram, Thiago me colocou no colo e girou comigo pelo palco.

— Você é perfeito — sussurrei no ouvido dele. — *Perfeito*, sabia?

— Eu sei. Você também.

Bati de leve no peito de Thiago.

— Não faz isso comigo de novo. Não me mata do coração assim nunca mais.

Ele assentiu com uma risada.

— Prometo, vida. Já tivemos emoção demais este ano.

Levei nosso anel de noivado à boca dele, encostando-o em seus lábios.

— A gente resolve o resto no camarim depois. Tenho um show pra encerrar.

— É nossa música, não é? Vai lá. — Ele me beijou de novo e me pôs no chão. — Mostra pra eles que Minah Mora é invencível, como eu sempre soube.

Segundos antes de começar meu ato final, fitei o sol brilhante que a vida derramava sobre nós. Gostava da ideia de que éramos os responsáveis pelo tempo abrir, que iluminamos o dia. Afinal, o arco-íris não era apenas um símbolo. O arco-íris éramos *nós*. Estava contido em nossa alma, um cristal multicor cravejado em nosso coração como magia. Como uma dádiva.

O vento gelado no trio elétrico me lembrou que era inverno, mas, naquele momento, contemplando a multidão visceral, sedenta de sonhos e de vida, bradando que jamais seria apagada, parecia mais a primavera. Algumas das sementes espalhadas milênios, séculos e décadas atrás pelos que vieram antes de nós germinavam hoje. Outras seguiam aguardando a hora certa de uma colheita futura.

Me vi como uma flor no auge de sua floração. Linda e rara, coroada entre os seus, justiça poética em um mundo que nos condenou por tempo demais à marginalidade, à morte e às entrelinhas da história. Não era capaz de explicar como, mas me sentia tocada por todas as rainhas que me precederam.

E por elas, por mim, por cada criança queer se descobrindo, pelas que viriam e para as que nunca poderiam pisar neste palco e reclamar sua coroa, eu cantei sobre ser invencível.

Porque é isso que somos, todas nós.

Invencíveis.

EPÍLOGO

Azad

Azad parou de atuar. O personagem que ele interpretava na TV foi morto, e o Azad de verdade nunca se sentiu tão vivo. Ele e Luiz trocam cartas uma vez por mês. Luiz está planejando transformar as cartas em uma instalação de arte quando eles forem dois homens velhinhos e felizes. Azad prometeu viajar de volta ao Brasil para a inauguração da sua exposição.

Milena

Milena aprendeu a tocar violão, a cantar mais ou menos bem e a dançar com moderação, pois movimentos bruscos ainda fazem sua pressão cair. Sempre extrovertida, faz amigos aonde vai, e sua lista de contatos já está nos três dígitos. Continua virgem, não beijou ninguém e não está preocupada com isso.

Ela e Rayssa seguem unidas e estão planejando um mochilão pelo litoral do Brasil assim que terminarem a faculdade, para comemorar a formatura. Com sorte, dessa vez não vai chover.

Nicolas

Nicolas e Yohann se tornaram grandes amigos depois de todos os acontecimentos da Parada. Yohann aprendeu a jogar *Alto-Mar* assistindo às *lives* do novo amigo e lançou mais um livro de poesias. Dessa vez, Nicolas leu e entendeu facilmente as referências a ele. Na terceira obra de Yohann, Nicolas apareceu nos agradecimentos.

Íris

Genevieve foi campeã do mundo junto com a Seleção Brasileira naquele mesmo ano. Ela e Íris não voltaram a trabalhar juntas, mas Íris ainda dá pitacos sobre a rotina caótica da namorada.

As duas moram juntas e têm um gato, Odisseu. Planejam adotar um irmão para ele, Aquiles, mas Genevieve insiste que Aquiles é nome de cachorro. Íris continua trabalhando com Minah, mas decidiu abrir a própria empresa de agenciamento de atletas brasileiros. As duas continuam vivendo odisseias da vida cotidiana e não poderiam estar mais felizes nessa forma de ser.

Odara

Odara está escrevendo seu terceiro livro, e sua primeira obra já foi traduzida para dois idiomas. Ela faz palestras, media rodas de leitura, participa de feiras literárias e viaja o Brasil com suas palavras. O projeto dos lambes se tornou um sarau para mulheres LGBTQIAP+ e acontece toda quarta-feira de maneira itinerante. Odara pediu para avisar que está aprendendo sobre o amor-próprio diariamente e que Oxum segue abrindo seus caminhos. Odara sou eu e também é você.

Minah

Minah Mora chegou ao número um do Spotify Brasil com o single "Invencível". Seu segundo álbum de estúdio, *Apoteose*, foi o marco de uma das eras mais celebradas da música pop brasileira. Romário e Thiago se casaram em uma cerimônia nada discreta (e cheia de drag queens) na praça da cidade onde Romário nasceu. Eles adotaram uma menina e são um exemplo de amor e respeito mútuo. Lulu Majestosa entrou para a história como a primeira deputada federal trans do Rio Grande do Norte. Minah Mora seguiu, compondo e cantando músicas que inspiraram gerações. Seu legado como uma artista revolucionária e defensora da comunidade LGBTQIAP+ nunca será esquecido.

SOBRE OS AUTORES

© Marc Ohrem-Leclef

ABDI NAZEMIAN é autor de *Tipo uma história de amor*, *O legado de Chandler*, *The Authentics* e de *The Walk-In Closet*, que ganhou o Lambda Literary Award por Ficção LGBTQIAP+ Estreante. Abdi também é roteirista e trabalhou nos filmes *The Artist's Wife*, *O preço do silêncio* e *Menendez: Blood Brothers*. Foi produtor executivo e associado de diversas outras obras do cinema, incluindo *Me chame pelo seu nome*, *Little Woods*, *Um novo mundo* e outros. Abdi mora com o marido e os dois filhos em Los Angeles.

© KNSDesign

ARIEL F. HITZ tem entre 20 e 60 anos, nasceu no interior do sul, está na graduação de Letras e passa a maior parte do seu tempo bebendo café e escrevendo histórias. Busca focar seus trabalhos literários na representação de pessoas trans de forma mais humanizada e criativa. Em 2022 publicou *Todas as mentiras que eu nunca quis contar*, livro que narra a história de Paulo, filho de um assassino famoso. Também é o autor de *Camomila*, *Junho te trouxe aqui* e algumas fanfics de Percy Jackson e Dom Casmurro.

© Pedro Henrique Cotrim

ARQUELANA é autora de comédias românticas, e apaixonada por esportes. De forma independente, já publicou os livros *Realidade paralela* e *Aparentemente noivos*, além de ter um Instagram literário, o @arquelanalivros, onde compartilha dicas de leitura e escrita para seus seguidores. A história de Genevieve e Íris é só uma pequena amostra do quanto sente orgulho de ser quem é de verdade.

© Kika Fotógrafa

MARIANA CHAZANAS é escritora, psicóloga, pedagoga, funcionária pública e procrastinadora profissional, além de mãe de dois gatinhos lindos. Escreve desde sempre e anda viciada em romances. Já participou de diversas coletâneas, e seu romance de estreia será lançado em 2023. Atualmente reside em São Paulo, onde trabalha com pesquisa e com o próximo livro, porque sempre tem um próximo livro.

© Olga Gonzales

PEDRO RHUAS cresceu em cidades do interior do Rio Grande do Norte e do litoral do Ceará. Seu romance de estreia, *Enquanto eu não te encontro*, tornou-se um best-seller instantâneo no Brasil, consolidando-o como uma das novas vozes da literatura jovem brasileira. Além de escritor, jornalista e apaixonado por viagens, Pedro é músico e já foi drag queen, dando vida à carismática — e fugaz — BiBi Bitx. Seu trabalho artístico busca ampliar a representatividade queer e nordestina, inspirando uma nova geração a acreditar na transformação social através da cultura.

© Pétala Lopes

RYANE LEÃO é poeta bestseller cuiabana que vive em São Paulo. Publica seus escritos na página Onde jazz meu coração, com mais de 600 mil leitores. É autora dos livros *Tudo nela brilha e queima* e *Jamais peço desculpas por me derramar* e atualmente está escrevendo sua terceira obra. É também fundadora da Odara — English School For Black People, escola de inglês afro-referenciado para população negra. Ryane é do axé, filha de Oyá com Ogum e sabe que ser vento é sempre seguir em frente.

Este livro foi impresso pela Lis gráfica, em 2023, para a HarperCollins Brasil. O papel do miolo é pólen natural 80g/m², e o da capa é cartão 250g/m².